外国名作家文集・斯特林堡卷

狂人辩词

Plädoyer eines Irren

[瑞典] 斯特林堡 ／著

金弢 ／译

August Strindberg

漓江出版社
・桂林・

目录

狂人辩词

斯特林堡和他的《狂人辩词》

金 弢

“他一向以讽世者自居。他从不贪图安逸，满足现状；从不浅尝辄止，为点滴的精神收获沾沾自喜，而是频频攻克堡垒，公开自己的观点，并时时反省，更新思想。他毕生是个革新派。”这是德国作家海尔曼·黑塞在谈及斯特林堡时的一段精辟的评价。

堪称瑞典文学史上的巨擘、世界文坛奇才的约翰·奥古斯特·斯特林堡（1849.1.22—1912.5.14），生前创作丰赡，多有警世动人的上乘之作，他曾写就六十多个剧本，被公认是开二十世纪欧洲现代戏剧之先河的主要剧作家之一，当评论家提及他时，又总是首先冠以“杰出的小说家”之头衔。

出身船舶经纪人家庭的斯特林堡，早年丧母，少小时期曾屡遭继母虐待。他青年时代在乌普萨拉大学学医，因家道艰难，几度辍学。他担任过家庭教师、图书馆助理员，当过化学试验员、记者。丰富的阅历使他日后的创作有了深厚的底蕴。

斯特林堡三次结婚，留有子女四人。他一生穷困潦倒，频频遭受社会的冷遇。十几年身处异国他乡的流亡生活，加之婚姻的不幸和事业上的郁郁不得志，使他身心俱损，精神一度失常。坎坷的命运使斯特林堡自幼变得敏感且又早熟。他从来不倦思索，伸张正义，年轻时代就以犀利的笔锋鞭挞社会的虚伪与欺诈，他的作品多触及社会问题。

斯特林堡身后留下大量的小说。他的自传体长篇《女仆的儿子》（四卷），洒洒万言，被誉为祖国传记文学的杰作；长篇讽刺小说《红房间》以斯德哥尔摩上流社会为背景，抨击了达官显贵们的虚假、伪善和迂腐，作者因此一举成名；《新王国》以辛辣的手笔，针砭时弊，讥刺世风，读来令人啼笑皆非；短篇小说集《结婚集》（两集），第一集是针对同代剧作家易卜生的《玩偶之家》而作，斯特林堡以揶揄的口吻，攻击妇女个性解放，书中一段有关圣餐的描写，曾被控以亵渎宗教神祇，后虽宣判无罪，但使作者精神上受创至深；中篇小说《海姆斯岛上的居民》描绘了北欧群岛瑰丽的风光，文字之优美，堪称瑞典文学宝库的旷代笔致；《在海边》为另一部逸品，无论是对人情世故淋漓尽致的描摹，还是就人物个性、花鸟树丛及海洋生物细致入微的刻画，都足见作者渊博的学识和卓异的写作才华；斯特林堡晚年的长篇讽刺小说《黑旗》，因掊击瑞典文坛的腐朽和愚昧，揭示斯德哥尔摩文学界的丑恶内幕而招致社会上一群权贵的非议。

在世界文坛上，对后世影响更为深远的是斯特林堡的剧作。除早期作品《自由思想家》《去罗马》《奥洛夫老师》之外，作者运用自然主义手法写下《偷果人》《父亲》《同伴》等，剧情着意揭示社会变态关系和反映两性间的冲突、新旧道德的交锋以及不同社会阶层间的巨大隔膜和尖锐矛盾。独幕剧《朱丽小姐》被评为欧洲戏剧史上“第一部真正成功的自然主义作品”。在写《去大马士革》时，作者的戏剧创作放弃了以往的自然主义风格而采用了表现主义和象征主义手法。斯特林堡基于自己几次婚姻的不幸经历，用时空交错、现实与梦境离奇地糅合为一体的幻想方式，抒发了自己的怨愤、凄楚与绝望，作品充满神秘主义色彩和悲观情愫。《死魂舞》《一出梦的戏剧》同具这一风格。他的晚年剧作《古斯塔夫·瓦萨》《鬼魂奏鸣曲》《大路》在表现技巧上颇具新意，对后来欧洲及西方的戏剧和舞台艺术的发展有过很大的影响。

斯特林堡创作道路曲折，思想发展也极为复杂。他早期信奉社会主义思想，奋笔疾书，抨击宗教狂热和君主制；随即又接受无政府主义理念，中年思想发展受尼采、叔本华和弗洛伊德等人的熏陶；后又逐渐倾向民主主义，写出剧本《查理十二世》和一些政论；晚年皈依宗教，以寻求自我解脱。然而在一生的最后几年中，他积极支持瑞典工人运动，赢得了工友群众的尊敬和爱戴。

斯特林堡虽然对其他社会问题态度激进，但对妇女解放一直持保守观念。作品中，他不时地流露出对女性的偏见、鄙薄，甚至是仇视。他的《结婚集》第二集、《去大马士革》以及长篇自传体小说《狂人辩词》都直白地表现出了这种思想意识。

《狂人辩词》写的是作者与女演员茜丽·冯·埃森的爱情婚姻生活。对谙熟他生平的文友而言，《狂人辩词》毫无疑问是斯特林堡第一次婚姻生活的记载。作者在书中所描写的个人婚姻危机，在当时的斯德哥尔摩可谓妇孺皆知。

按作者初衷，《狂人辩词》本不许在其生前付梓。作者在给契友海顿斯坦姆的信中曾自认，他完全是迫于贫困才将书出版。但是，作者绝对不允许在其生前让这部作品在祖国发表，他深知，这十年“地狱婚姻”的生活写照会毁坏自己的声誉。

小说用法文写成。斯特林堡把手稿委托给一位名叫乔治·卢索的法国青年作家。遗憾的是，这位年轻人虽然修正了作品中语法和语句上的不足，但却循照矫饰造作的时风，在许多章节中做了大刀阔斧的删改。斯特林堡原先笔力千钧、栩栩如生的语言由此变得平庸无力、陈腐空洞。

斯特林堡把“润色”过的稿子卖给法国一家出版商，然而在小说临近出版之际，这位出版商出卖了他的出版社，出版事宜因此耽搁下来。

结果，小说几经波折终于在德国面世。1893 年，德国一位匿名译者将书译成《雷神的忏悔》，于柏林文库出版社率先印行。两年后，第一个法文版本与读者见面。1910 年，爱米尔·希林根据经过“润色”的法文版本将书再次译成德语，由慕尼黑－莱比锡基奥克·米勒出版社出版。

比起“加工”过的原文，希林的移译又有更大的出入。译者在小说里多处添加了斯特林堡的诗句和散文，使小说的前后失去了连贯与一致。此外，译文中，原著的引子被挪至结尾作为结束语，使之完全失去了启迪意义，因为作者正是在此阐明了他写就此书的动机。

1896 年，原稿失踪，销声匿迹七十七年后，1973 年于奥斯陆大学解剖研究院被发现。据情判断，这来自画家爱德华·默西的遗产。

显然，画家当时为了帮助斯特林堡摆脱困境买下了手稿。手稿的真实性很快得到手迹专家的确认。四年后，联邦德国翻译家 H. J. 马斯根据原稿将书第三次译成德语，本书即根据此德文本译出。

原稿篇幅为 362 页，外加一页序言，与德语文本大体相符，偏差较大的只是小说的结尾。原稿中，《狂人辩词》拥有较长篇幅的“最终辩词”，但在过去所有已出版的德文版本和法文版本中，“最终辩词”都只用了一句话作为小说的结束语：“这一故事就此完结，亲爱的，我已报仇雪恨，我们旧账已清。”在出卖手稿时，斯特林堡将“最终辩词”隐去了，这也证实了作者本不想在其生前将书公之于众。

早期的斯特林堡对女性并不持蔑视、诋毁的态度。相反，他非常关心妇女问题。他在《结婚集》的序言中，就未来社会的两性关系及作用都做了开明的阐述：他提议女子一旦年满十八就应算完全成年；学生自幼应男女同校同教；妇女应享有选举权；推广平民婚姻法，简化离婚手续；摒除向女子献殷勤的时风；清除门第观念。他还呼吁，女子婚后不随丈夫姓。斯特林堡的理想社会是：男女除了性别上的不同，不存在传统意识上的差异。斯特林堡很早就道出了当下西方女权主义者的心声。

斯特林堡后来对妇女的偏见，与他的生活经历，尤其是与他的私生活不无关联。他从对女性的笃爱、膜拜发展到仇视、诋毁，这一转变过程在《狂人辩词》中历历可见。女主角茜丽是他毕生唯一真正挚爱的女性，她给他带来过莫大的幸福，但也带来了他一生中最大的失望、痛苦，甚至仇恨。这一段经历对斯特林堡后来的人生观起到了根深蒂固的影响，“他把对妻子极度的愤慨扩展到对所有女性的憎恶”（德文本编者）。

使斯特林堡最为忧心的，除了茜丽要求妇女个性解放，他还为自己门第低下，在贵族女子面前萌生的自卑和嫉妒深感痛苦。这种自卑和嫉妒发展成对贵族阶级的不满和报复心理。当他初次与男爵夫人交欢时，按捺不住内心的欢愉：“平民子弟占有了雪白的肌肤，市民赢得了豪门闺秀的爱，猪倌与公主的血混杂在一起。”敌视妇女和痛恨门第之见这两个主题在斯特林堡一生的创作中占重要位置，并在他以后两部最优秀的自然主义风格的悲剧中得到进一步生发：《父亲》和《朱丽小姐》。在《朱丽小姐》中，两性间的抗衡最终发展成为阶级间的争斗。

《狂人辩词》通篇行文优美，譬喻形象、尖刻。作者采用自然主义手法，将自己曲折离奇的经历活生生地展示在读者面前。1919 年，瑞典出版斯特林堡全集，其中的第五十五章和最后一章中的信函均属原件，这些信在《狂人辩词》中，除略有缩减，几乎原原本本地被采用了。

《狂人辩词》一书以谬误的标题（又译《傻瓜的忏悔》）闻名欧洲各国由来已久，其译文也一再以讹传讹。原稿的发现，不但纠正了以往多种译本的错误，还作品以原来面目，而且对我国文学工作者研究这位文学大家，对广大文学爱好者了解斯特林堡的一生并正确理解其作品，都具有重要的现实意义。

序言

斯特林堡

这是一部糟糕透顶的书，我怀着灼痛的悔恨，但内心却毫无矛盾地承认这一点。是什么酿成了这一切？在我行将就木之际，我有合理的要求，洗涤自己的尸体。

我还清晰地记得，四年前谈及我的婚姻大事时，我的一位文友——一位被人视为不共戴天的死敌，曾插话道：

“你可知道，这于我的创作有如天然的素材！”

从那一刻起，我主意已定，由自己来剪辑自己的小说，尽管我对朋友的赞许没有充分的把握。我的朋友，切勿怪罪，作为所有者及第一占有者，我欲行使我的权利！

同时我又想起，与我分道扬镳的妻子，其过世的母亲十六年前曾说过的那段话。在提到她的女儿——男爵夫人，跟那些风华正茂的青年男子眉目传情，而我对她心驰神往时，她说：

“可不是，先生，对您来说这难道不正是小说的题材？”

“拟什么书名，最尊贵的夫人？”

“烈性子女人。”她说。

幸福的母亲，你可以安息九泉，你的夙愿已经实现。小说已脱稿，此刻，我也该圆寂归天了。

狂人辩词

引 子

在我手执羽笔，倚伏书案的时刻，高烧的侵袭有如闪电一样击中了我。我已有十五个年头未经病魔缠身，所以这场病使我忧心忡忡，它的到来是多么不合时宜。我并非畏惧死亡，我远不会这样，而是因为我在坎坷多难的人生旅途上走完了三十八个春秋的里程后，却言犹未尽，青春时代的宏愿尚未完全实现，对未来我仍满怀企望。此时此刻道别人生，我死不瞑目。在不尽如人意的流亡生活中，在携家带小地熬磨了四度秋冬之后，我蛰居在巴伐利亚的一个村落。我恹恹不振，极度疲惫，前不久又被押上法庭，身陷囹圄，随后又被放逐，被遗弃在一片废墟上。在我倒卧病榻的那一刻，笼罩我身心的除了复仇没有别的情感。一场搏斗开始了。我丧失了呼救的能力，孑然一身躺在斗室里，忍受着高烧的折磨，它把我摇撼得犹如一张羽榻，死死掐住我的喉咙，欲将我扼杀，用膝盖顶住我的心口，使我感到两耳发烫。我的眼球仿佛要从头颅中被迸压而出。毫无疑问，这是死神，它已溜进我房间，扑向我的身体。

然而，我不想死！在我奋力反抗时，搏斗变得残酷。我浑身的神经紧绷了起来，血液在动脉中沸腾，脑浆开始翻滚，如同珊瑚虫落进了醋里。蓦地，我感到自己在这死亡的舞蹈中必遭失败。我屈服了，倒在地上，瞠目仰视，任凭死神给我可怕的拥抱。

遽然，一种不可名状的宁静攫住了我，一种迷蒙的快意蔓延到我的周身，渗透我的四肢；一种柔和的安逸掠过我那在漫长的岁月中无休止地承受了煎熬的躯体和魂灵。

毫无疑问这就是死亡！慢慢地，生存的意志开始怯逃，我已停止了感受、知觉、思想。意识正在消逝，唯有惬意的虚无感充填着空白，它随着无名的痛楚、惴惴不安的思绪、永不得已承认的恐惧之消释而滋长。

在我苏醒过来时，见到妻子盘坐在床枕上，神色焦灼地注视着我。

“怎么了，可怜的朋友？”她问。

“我病了！”我回答，“然而生病又是多么美好的事！”

“别这么说了！事情会应验的！”

“这是临终，它正在靠近。无论如何，我心甘情愿。”

“上帝赐恩，他不会让你抛下我们这一文不名的孤儿寡母！”她喊道，“我们身处异国他乡，远离亲朋好友，又囊空如洗，往后怎么办？”

“我把我的人寿保险金留给你们，”我宽慰她，“这笔钱虽数目不大，不过起码能支付你们回家的路费。”

她未曾想到这一点。神色略微平静后，她继续说：

“不过，亲爱的，我们得想想办法，我去请医生！”

“不，我不需要医生！”

“为什么？”

“因为……嗯，因为我不想要。”

我们交换了一下眼神，它们有如尚未出口的言语，是那样意味深长。

“我想去死！”我打断她的话，“生活已让人作呕，陈迹在我看来或如一丛灌木，我再也没有气力把头绪清理。但愿夜幕快快降临，窗帘低垂。”

我心胸坦荡的倾吐让她不寒而栗。

“还是你那些旧日的猜疑！”她喃喃作语。

“是的！把鬼魂驱走吧。这全是你一个人作的孽！”

她习惯地将手搭在我的前额上。

“这样好吗？”她以早年“小妈妈”的口吻问我。

“很好。”

确实，这只曾沉重地压在我命运之上的纤弱小手，抚摩我时具有驱邪除恶的力量，它能排解隐藏在我心底的疑虑。

说话间，体温又猛地增高。我妻即刻起身，去做一杯丁香茶。片刻间，屋里只留下我一人。我支起身子，想透过窗棂看一眼对面的墙。那里有一个硕大的开口，像一幅三张相连的图画，被分割成三段，四周被葡萄藤镶成一个圈。透过绿叶缝隙，风光可见一斑。前面是榅桲树梢，无数个美丽的金色果子点缀着深绿色的叶丛。再往前便是几棵苹果树，鹄立在草坪的中央；还有教堂的钟楼，博登湖的一汪碧绿，以及背景中的阿尔卑斯山山脉。

时值盛夏，午后的太阳倾泻下一片光辉，构成一幅难得的美丽画面。

那边的楼底下，传来栖息在葡萄架上的欧椋鸟悠扬的鸣啭、雏鸭的嘎嘎、蟋蟀的唧唧、奶牛的铃声。在这欢快异常的交响曲中掺和着我的孩子们的欢声笑语、我妻的说话声，她在向园丁的妻子发号施令，与她谈论病人的境况。

生趣再次攫住我，死亡的恐惧震慑着我的心。我再也不愿死去，我的职责远远未尽，成堆的债务亟待偿还。我忍受着愧悔的折磨，感到急切需要忏悔，乞求整个世界对我尽可能地宽宥，让我对人卑躬屈膝。我自感有罪，良心因莫名其妙的罪戾倍遭谴责。我惶惶不可终日，迫不及待地想通过彻底的坦白，洗刷我臆想中的全部罪孽。

正当这因天生缺乏自信而产生的怯弱向我袭来时，妻子又出现在眼前。她手执奶罐，端来了丁香茶。在把茶递给我之前，她先呷了一口，以此稍微影射那一度与我不无相关的迫害狂。

“茶里没有毒药。”她说，不觉莞尔一笑。

我感到羞愧，一时不知如何作答。为了不让她扫兴，我将茶一饮而尽。

这杯教人发困的茶水，它使我变得多愁善感、内疚不已，它汇入了我心中负疚的感情洪流。丁香花的芳菲唤醒了我对故土的怀念。在那里，神秘的接骨木丛是民俗祭礼的偶像。

“亲爱的，在我辞别人世之际，请听好我的话。我承认，我是一个无休止的自私鬼，为了我的文学成就，我耽误了你的戏剧生涯。我已做好准备，供认一切，请宽恕我。”

她试图反驳，想以此抚慰我，但我打断她的话，继续说道：

“按你的心愿，我们在结为夫妻时曾立下婚约。尽管如此，我还是挥霍了你的陪嫁，为的是能漫不经心地履行我业已允诺的公民义务。这是我最感郁悒的事，因为我一旦命归西天，你对我已问世的作品不拥有继承权。快去把公证人找来，不管我的遗产虚实如何，我将把它留给你。而后，你可回到那因为我而放弃的艺术中去。”

她试图引开话题，把我所说的一切视为玩笑。她劝我稍睡片刻，安慰我，万事会顺理成章，死神不会如此突兀降临。

我浑身疲乏，抓住她的手，求她在我入睡之前，挨近我坐下。我握着她酥软的手，再一次央求她宽宥我的一切，饶恕我对她犯下的罪愆。一丝甜蜜的睡意降落在我的眼睑上，我感到自己恍若冰雪开始融化，逐渐消融在她那明亮的眸子传送出的无限的柔情蜜意之中。她吻了我，有如冰冷的印章盖在我滚烫的前额上。我神志恍惚，仿佛跌入了难以置信的极乐世界的万丈深渊。

当我从昏迷中清醒过来时，天色已放明。阳光照射在绘着懒人国度的卷帘上。据楼底清晨的喧闹估计，是时早晨五点。我一夜无梦，醒来天已破晓。

盛放丁香茶的罐子依然留在床头柜上，妻子坐过的椅子原地未动，但我发现她已穿上狐皮大衣，皮毛上柔软的刚毛[①]轻轻地刺痒着我的下颌。

我觉得，自己像是十年未寝，过度劳累的大脑竟变得如此警醒、

① 优质的皮毛，其刚毛柔软。

轻松，曾一度漫无目标四处奔突的思绪此刻聚集成正规军，生机勃勃，精神抖擞，准备好了抵御一切病态的“良心折磨”的进攻和蜕变者身上出现的种种不断衰竭的病兆。

最让人感到忧烦的是我一生中的两个污点，这在昨天我已坦白，就像一个即将谢世的人向他的情人忏悔一般。这么多年来，它们把我害得好苦，甚至连我误以为的生命的最后几个小时都未曾幸免。

此刻，我该处理那几个提到过的问题了，于它们，我向来不多过问。当我隐约地意识到，事情并非一切都入情入理时，我大为震惊。

让我们再次细致地梳理一下，我自言自语，我的罪尤何在？使得我自视为懦弱的自私鬼，为了自己的远大前程，竟葬送了妻子的艺术生涯。

事实又是怎么回事呢？大家有目共睹。在我们刊登结婚启事之前，她已演过二流，但更多的是三流的角色。当时因欠缺才华、自信和音色等，她的第二次出场就告失败。在我们举行婚礼的那一天，她出乎意料地收到一个分好角色的脚本，里面附着两个答复。来函的是一场不足挂齿的喜剧中一个微不足道的交际花。

一场婚姻带来了如此之多的泪水、如此之多的失望，它侵夺了一名女演员的荣耀。先前，身为男爵夫人，她曾是那样地富有魅力，她是为了追求艺术而离异的。

自然，这次功败垂成要算我的过错，其序言此时此刻才刚刚开始，而在流淌了两年的泪水之后，其作用日趋微弱，最终将结束在一页灰黄色纸片上的告别辞中。就在她的戏剧生涯寿终正寝的时刻，作为小说家的我却获得了成功，那是坚实而无可辩驳的成功。过去，我曾有过几个小品被搬上舞台，但都未得重演。而今，我的心血要花在一个能被人认可的剧本上，即一个不仅让人喜闻乐见，而且将佐助我爱妻扮演令人神往的新角色的剧本。开始动笔时，我略略有些勉强，因为长久以来，我已注意到了舞台艺术的更新。尽管如此，我还是背弃了自己的文学信念为她写作。我将不惜一切，强迫观众接受我的呕心之作，凭借各种尝试性的艺术手法，将作品强加于众，走私般地将它送入戏剧界同行勉强的同情心中。

然而，一切的一切事与愿违！

演出被喝了倒彩，这位女主角在台上大出洋相，观众跟这个离婚改嫁的女子过不去。剧团老板忙不迭地解除了对他来说分文不值的合同。

这莫非是我的失误？我扪心自问，躺在床上，四肢舒展。初次反省后，我觉得自己无可指摘。是啊，心底清白又是多么愉快的事，我情不自禁地喊了起来。我如释重负，继而投入创作。

一度春秋的光阴流逝了。虽然，盼着有个女儿的希望已如愿以偿，并给家庭带来了欢乐，但日子仍过得悲凉、抑郁，充满泪水。

突然有一天，她那种对戏剧的狂热以成倍的力量爆发了出来。我们从一个剧团跑到另一个剧团，强迫剧团老板接受我们的要求，为我们做广告。我们一诺千金，结果还是一筹莫展。四处碰壁后，得到的尽是让人泄气的规劝。

剧本的不成功让我深感失望。由于我正处在确立自己文坛地位的大好时光，我自然不愿意在写剧本时唯喜剧演员之命是从。我不想为了迁就某种正在消逝的情愫，拿家庭生活做赌注。我约束自己，仅承担属于自己的那部分无法回避的忧虑。

终于，这么做尽显了我的能力。在充分利用与芬兰剧团的交往中，我们终于洽谈成功。在一系列的场次中，我为妻子促成了一次客座演出的安排。

没想到我由此酿成苦酒。整整一个月，我成了独守空房的鳏夫，成了光棍汉、一家之主和厨娘。我从两次送回家中的花束和花环中得到的慰藉微乎其微。

但她是那么幸福，显得那么年轻和富有魅力，弄得我不得不马上给剧院老板发出求聘的信函。

谁都以为我已做出抉择，准备离弃自己的祖国、朋友、职位和出版商，目的是为了满足一时的感情冲动。但有什么办法呢？爱人与否，必择其一。

有幸的是，那位好心人无法留聘一个无保留节目的女演员。

这又是我的过错，不是吗？——我躺在床上，感到由衷的高兴。是的，能像英国人那样时时反省，受益匪浅。我此刻的心情比以往更为轻松，我要从中获取良好的休息。

让我们拭目以待事态的进展！孩子们相继来到人间，一连三个。人类的繁衍竟会如此密实！然而她对戏剧的热情却有增无减。该告一段落了！一座具有竞争实力的新剧院开业不久，还有什么能比向这个剧团递交一个剧本更为上策呢？既然这回剧本是为一个女子而写，那为何不写得耸人听闻些呢？妇女问题向来备受关注。

有言必行，正如众所周知：爱人与否，必择其一。

好吧，写个剧本，塑造一个女主角，配上相当的服饰，来个摇篮，加上月光，还有个无赖做陪衬，一个挚爱妻子的怯弱丈夫（那就是我自己）；此外还有妊娠（这是舞台上的新鲜事），加之女修道院内幕的描写，等等。

这个剧本对女主角而言是一大成功，而对作者只意味着失算。是的，一次失算！……

她得救了，而我完了，被打入了冷宫。

尽管做了极大的努力，还花了百多个克朗请客应酬，并在戏院门前不合时宜地三呼“万岁”而遭警察罚款五十克朗，但聘用的事一直杳如黄鹤。

当然对这一切我不负有任何责任！但谁又是殉难者和牺牲品呢？正是我自己。毋庸置疑！事情虽然如此，但我仍遭受所有正派女子的憎恶，是我断送了妻子的前程。也是因为这，多少年来我一直抱怨自己，每每夜幕降临，便内疚不已。尖刻的责备向我袭来，甚至于社交场合，这在过去是不可思议的事！的确如此！然而，事实恐怕恰恰相反。一个人的前途遭受断送，但又是何种前途？又是谁的前途呢？

残酷的猜疑萌生了。每当我想到，自己在后人眼里将是一个断送了妻子前程的男人，而且无人会为我申辩昭雪，便顿时心绪黯然。

还有那笔被挥霍掉的陪嫁。

我记忆犹新，曾有某家报纸披露过我挥霍了妻子的陪嫁；甚至有人对我当面指责，说我强迫妻子赡养自己，这一情景至今历历在目。咄咄逼人的言辞，迫使我将左轮手枪的六发子弹填满！让我们再次追究一下事情的缘由吧，因为有人要弄个水落石出；让我们做出评判吧，因为有人认为是做出评判的时候了。

我妻子以靠不住的股票形式带入婚姻的一万克朗是以我的名义向典押银行告贷的，大约折合票面价值的百分之五十。事隔不久便出现了股市震荡，那些股票几乎变得一文不值，这些都在我的预料之中。不景气时股票是难以脱手的。我被迫付清全部的贷款，或者那明摆着的百分之五十。而发放了令人生疑的股票的金融主，事后还补偿了我妻子债权的百分之二十五，这正是银行倒闭后属于她的那部分财产。

这样一来，数学家有题可解了：我挥霍的钱财究竟为多少？

一分钱也没有，我这么认为！有价证券给其主人正好带回了实际价值，而由于我的担保，证券的价值又提高了百分之二十五。

有目共睹，我在这件事上，跟其他方面一样，毫无过错！然而那些内疚、绝望、自杀的念头一直萦绕我心头。还有猜忌，那些往日的不信任和可怕的怀疑唤醒了我对新生活的向往。每当我想起自己差一点儿孤苦伶仃地离别人间时，不觉怒火中烧。忧虑与工作死死缠住我，让我腾不出时间去澄清那些谣言、影射和让我深恶痛绝的挖苦嘲讽。在我全身心地扑在艰苦的创作上时，嫉妒的人们和咖啡馆里的飞短流长，捏造出一个个轶闻谣言。我的上帝！除了自己，我相信了整个世界！

难道我非要用言行向人表白自己丝毫不是狂人？从未患疾？从未衰竭？表明我在无辜地遭人蒙骗且受骗于那个被我挚爱的诱者？她用精巧的剪子修理着西蒙松的鬈发，而因为担忧妻子及孩子以致大脑疲惫不堪的他能心安理得？有这种必要吗？在诱奸者的双臂中沉睡了十年之余，人会变得笃信无疑，不觉中丧失了荣誉感、男子气、生活的勇气和智慧，甚至更多！

事情会这样吗？想到此，我无比惭恧。这片迷雾隐匿着罪恶，而我犹如一个幽灵，多年来徘徊其中。这种朦胧、下意识的罪恶，被不可名状的欲望，以及那个妇道人家隐秘的企冀唤醒，它要在被人称之为婚姻的决斗中占据上风！

毫无疑问，我成了这场骗局的牺牲品！遭到了一个有夫之妇的勾引。为了隐瞒她的身孕，保全她的戏剧生涯，我被迫娶她为妻。成亲时立下了婚约，条件是，丈夫对家庭的开支负有一半责任。十年过去了，我发现自己惨遭破产、洗劫，因为这场婚姻的经济重担落到了我一人头上。

在妻子把我看成碌碌无为、不能持家的庸汉，对外把我说成诱奸犯，说我挥霍了她凭空想象的财产并将我摒弃的同时，她把四万克朗的债务压在了我头上，这正是我们结婚那天达成君子协议时她所谓的那部分财产！

其实，正是她对我负债累累！

我横下心，要明了这一切。我支起身体，就像跛子摆脱了想象中的拐杖，一下子跳下床来，忙乱中穿上衣服，仓促地下楼去找她评理。

透过半掩的屋门，我惊喜的双眼捕捉到一幅令人着迷的画面。她舒张着腰肢，躺在杂乱的床上，美丽小巧的头颅埋进了白色的床头；亚麻色的头发散落在衾枕上，那件刺绣寝衣从双肩滑脱下来，让人隐约看见少女般的乳房；纤柔的四肢和优美的身段，在细软、红白相间的床单下轮廓清晰可见；一只细嫩的裸脚，高高拱起，显得完美；玫瑰色的脚指头上覆盖着白净、透明的指甲。一件尽如人意的杰作，一件用人的血肉浇铸而成的古代大理石全身雕像。她悠然自得，微微含笑，满带一副贞洁圣母的神情，凝眸注视她那三个面颊丰满的孩儿，他们在那条印有花纹的鸭绒被里喧闹嬉戏，宛如出没于鲜花丛中。

面对这种天趣盎然的场面我无言以对，却暗自告诫："当母豹子跟它的孩子玩耍时，得千万当心你的脑袋！"

我承受着母亲尊严的驯服与束缚，惴惴不安地走进房间，那羞涩劲儿不亚于一个书童。

"你起来了，我的小宝贝！"她问我好，神色显得诧异，但绝非是我所希望的惊喜。

我慌忙解释，语无伦次，多半是因为在我弯曲身体，正想给孩子的母亲一个吻时，他们扑在我背上，不由让人憋闷窒息。

她会有罪？在我抽身离去时不禁自问。我被端庄美人的利器，那张未受谎言玷污的嘴狐媚的嫣笑所征服！不，她绝对不会！

我溜出房门，心中已被相反的信念折服。然而，那些不留情面的猜忌重新向我扑来。为什么我出人意料的康复她竟无动于衷？为什么她没过问我发烧前后的情形，也不打听一下这一夜我是怎么过来的？此外，在她看到我神志清醒、精神焕发时，她那副失落、不快的神奇表情，她那冷峻倨傲、讥讽的微笑又该作何解释？难道她私下曾有过这样的希冀，能在如此美好的清晨看到我的死，随后让自己从我这个依然打算把她的生活变成一种折磨的狂人手中解脱出去，好在事后能得到我作为人寿保险的那几千克朗，并用这笔钱在新的人生道路上追求自己的目标？——上千个不可能！

但是尽管如此，那些猜疑还是紧紧抓住我不放。我怀疑一切，怀疑妻子的节操，怀疑孩子的血缘，以及自己灵魂的健康。它们苦苦纠缠着我，不给我片刻的安宁。

无论如何我要结束这种局面，中断这些凭空想象！我必须确信无疑，否则我将死去！若不是隐藏着罪过，那就是我神经错乱。算了吧，不必揭露真相了。一个戴绿帽子[①]的丈夫，知道了这些又怎么样呢?!

此刻，我只能用一声狂笑为自己解嘲。难道人世间明晓自己受骗的丈夫就我一人？我让所有在年轻时代、现已成家立业的朋友回首往事，我发现不受蒙骗的只有一人！那些被蒙在鼓里的人是幸福的。得承认，过分的计较是没必要的；对一个女子是一人占有还是与人分享，这无足轻重。然而身为丈夫却一无所知，受人耻笑，这才是事情的关键。我要弄个水落石出，不然的话，即使活到一百岁，对妻子的道德与行规仍知之甚少。人可以认识世界，了解宇宙，但兴许对自己的妻子无以想象，而她又与自己休戚相关。这正是为什么那个可怜的包法利先生会给所有幸福的丈夫留下如此深刻的印象的原因所在。

然而我，我要弄清事情的真相，我要为自己雪恨！诸位注意，向谁雪恨？向那帮情夫？但他们仅仅滥用了自己的男性权利。向这个女人雪恨？但证据又不确凿！将这些小天使的母亲置于死地？别

① 意为妻子有外遇。

异想天开！

但是，为知道事情的真相，我将不惜一切代价。为达到这一目的，我将采取彻底的、谨慎周密的，如果您信的话，甚至是科学的调查。我将运用一切现代的心理学手法，充分发挥感应作用，使用测心术、灵魂的折磨，同时又不放弃惯用的劫掠、偷盗、截取信件、撒谎、伪造签名等手段。这难道是我的偏狂癖、神经错乱的突发？做出裁决的不应是我！但愿开明的读者在读完这部以坦诚心灵写就的书后，最终做出公正的评判。或许他在书中将发现探索爱情的某些片段、一丝病态心理，还有那么一丁点犯罪哲学。

一

1875年5月13日的斯德哥尔摩。皇家图书馆占去了宫殿的整个侧翼。我久久地坐在这个轩敞空旷、用山毛榉板隔开的大厅里。板壁随着岁月的流逝已显得灰暗，有如被烟熏黑的海里漂浮的残渣。旷荡的大厅里，四周满是洛可可时代卷云状花纹边框装饰、花环、链条、徽章，在一层楼房的高处，被一种带有托斯卡纳①风格的微型塔柱构成的画廊所环抱。我的脚下，大厅犹如一个深邃的洞穴启开着虎口，像一个藏书万卷的巨人头颅。在此，流逝的岁月中世世代代的思想都被逐一陈列在各个架子上。

两个突兀竖立、高达三米的巨型书架，组成了整个厅内的主体部分，沿着镶木地板伸展开去，被一条从大厅的一端伸到另一端的过道隔开。孟春的阳光穿过十二扇窗户的窗棂，投下无数的光束，照亮了文艺复兴时期金黑两色的羊皮纸文集、十七世纪银黑相间的哥尔多瓦皮革文集、十八世纪镶有红边的小牛皮文集、帝国时代的

① 托斯卡纳为意大利中部地区名，此为一种建筑风格。

绿皮卷本，以及时下廉价的普通板装卷集。在此，黑色艺术代表身边簇拥着神学家，自然科学家身边集聚着哲学家，诗人身边汇集着史学家。一种无底的地质学的沉淀，其中所有的阶层被压挤成一块布丁，它们标志着人类的愚昧与智慧所经历的不同阶段。

我久久地停留在画廊里，仿佛在为满车的大部头书编制目录。所有这些藏书是一位颇具名望的书籍收藏家不久前送给图书馆的赠物。此人做事仔细周全，在每册书的扉页上都盖上了自己的水印徽章，以期让它们永久传世。水印的端部有句格言：Speravit infestis[①]。

由于我像无神论者那样迷信，所以对此箴言我不能不耿耿于怀。一个星期以来，每当我打开卷首，这句格言便率先跃入眼帘。这位尊贵的人物，这位家谱中拥有六位大主教的后裔，并没有因为命途多舛而丧失生活的勇气，相反，他从中获益匪浅。而我自己却因上演过一出五幕六景三场的悲剧就放弃了一切追求。至于职位晋升，我得先奉陪完七位松身鹤骨的官职继承人，待到他们告老还乡后，才能得以提拔，其中的四位已享受上了养老金。而我眼下，一个月薪二十克朗，年方二十有八，阁楼写字台的抽屉里搁着一出五幕悲剧的人，接受时代悲观主义是再容易不过了，倾心那种因衣食无着、为赎回日前典当的大衣而碌碌无为的庸人所热衷的怀疑主义。

身为一个颇有学识且放浪形骸的效古艺术家社团的固定成员；几家严肃报纸及文风正经八百，但稿酬极为可怜的杂志社合伙人；一个从事翻译爱德华·冯·哈特曼[②]的《无意识的哲学》的团体的参与者；

① 拉丁语，意为奢望招致灾祸。

② 德国唯心主义哲学家。认为黑格尔的泛理论和叔本华的唯意志论都不够全面。企图调和理性主义和非理性主义，主张宇宙的本体是“无意识”，《无意识的哲学》是其主要著作。

某个自由和商业性爱秘密结社的成员，顶着皇家秘书这么一个不足挂齿的头衔，以及创写了两个曾上演于皇家剧院的独幕剧本的作者，多少年来，我呕心沥血，才算勉强获取一种能糊口的生存条件。一向来，对生活的厌倦死死缠住我，但这并不意味着我已丧尽生活的意志，还远不至于如此，因为我一直坚持竭尽全力，以苟延这般浑浑噩噩的生存，企望我和我的家族能名垂史册。或许有人会说，那种被品性质朴的人按字面理解的，并被牵强附会地与疑心病相提并论的悲观主义，其所表现的是一种清醒和激励人心的世界观。既然宇宙是相对的虚无，又何必大惊小怪呢；既然真理是条件之本——不久前已发现，昨天的真理会变成明天的愚昧——为什么他那青春的活力要耗费在对新的愚昧的发现上呢；既然留给我们唯一肯定的东西是死亡，那么我们应该活下去！但为了谁呢？又有何追求呢？当幻灭的雅各宾党人贝纳多特[①]登基时，上个世纪末被废黜的一切破烂又重新被人采用。我所属于的1860年，眼睁睁地看着议会改革之后所有那些曾轰动一时的希冀化为乌有。由两议院组成的议会，取代了四等级的国会，组阁后的成员以农民居多。这些农民将德意志帝国国会改组成乡代大会。在那里，他们可以随心所欲，任意处理他们的日常事务，对一切涉及进步的问题可以置若罔闻。对我们而言，政治犹如公共福利与个人利益之间的“奶牛交易”，甚至那些在当时被称之为Ideale[②]的信仰，最后的痕迹也被溶解在苦涩的啤酒味中。让我们再加上宗教的反弹，这在查理十五世逝去之后，随着索

① 瑞典贝纳多特王朝，1818年创立。1810年，拿破仑手下的著名元帅让－巴蒂斯特·贝纳多特被选为瑞典王储，前往斯德哥尔摩。
② 法语，意为理想。

菲亚・冯・纳邵的登基而告开始。再次，除了个人的先决条件，对于一种开明的悲观主义，人们得同时承认其他的动机才对。

然而，在几乎要被书上的尘埃窒息的时刻，我打开朝着花园的窗子，想呼吸一点新鲜空气，观赏一下院中的景致。紫丁香鲜花怒放，在充满白杨树汁芬芳的微风中轻轻摇曳；金银花和野葡萄开始给藤架镶上一个绿色的花环；槐树和梧桐树显得春意姗姗来迟，仿佛深切了解五月天乖戾的性情。虽然乔木枝丫和灌木丛在新绿中骨骼依稀可见，毕竟，春天还是来了。在顶着代尔夫特①白釉蓝彩陶并铸有查理十二世花押字体的天蓝色罐子的阳台栏杆上方，高耸着停泊码头的汽船桅杆。桅杆顶端三角彩旗迎风招展，向五朔节②示以敬意。再向远眺望，一道墨绿色的海湾呈带状夹在长满针叶和阔叶树林的海岸间。碇泊场诸多的船只挂起了“万国旗”，它们多少象征着不同的国家。英国的国旗红得像公牛的鲜血；而西班牙国旗是红黄两色，宛如阳台上呈条纹状的遮阳篷布；美利坚合众国是一块带条纹的床单；色彩明快的法国三色旗飘扬在德国昏黑色的国旗边，后者带着十字形状的 As 紧贴着桅杆，总是负载着悲哀；还有丹麦的女士装，以及乔装过的俄国三色旗。一切都齐全了，一幅挨一幅，被展示在北方天空的一块海蓝色的布面上。伴随着车辆喧阗、鸟语啁啾、钟声悠扬、卷扬机和起锚机的轰鸣，一阵阵机油味、新腌的青鱼味、皮革及殖民地贸易商品的气味，掺和着紫丁香的芬芳，从海面刮来，途中又被经波罗的海浮冰冷却的东风吹散。

---

① 荷兰城市名，16—17 世纪为著名的荷兰白釉蓝彩陶器贸易中心。
② 欧洲人庆祝春天到来的传统节日，大多在 5 月 1 日，有时也在 4 月。

我侧过身去，背向书架，将头探到窗外，想调理一下自己的五官。这时，卫兵队正好经过，哼着《浮士德》中的进行曲。音乐、旗帜、湛蓝色的苍穹、花朵，一切是那样令人陶醉，连办公室的信差送来的邮件我都没注意到。信差叩了一下我的背，递过一封信，便消失了。

这是一位女性的手书。我迫不及待地拆开，预感到会有一次小小的艳遇。事情果不出所料。

“今天下午准五点来约我。我在雷格林斯大街65号大门前等您。辨认标记：一卷乐谱。”

因为前不久我迷上了一个小妖精，所以用不着对我过多地请求。我有言在先，一遇良缘，决不充当清教徒。不过，有件小事总让人忐忑不安。

那就是她那种自信的，几乎是命令的口气，它损伤着我男性的自尊。这个陌生小个子女人干吗如此冒失地非引我上钩！这种女性到底作何感想，她们的道德意识竟是如此浅薄！人们不必征得同意，只需对其猎物发号施令。此外，既然我已允诺下午一同去乡间远足，我绝不可能在光天化日之下向一名女子求爱，何况是在市中心的一条最热闹的街上。然而，时钟却已敲响两点，我得去化学家的试验室跟朋友们赴约。甬道里挤满了医生及未来的哲学博士和医学博士。大家都好奇地等待着过节那一天的口令。

在我表示过歉意，取消了晚上的约会后，有人要我申明不参加晚宴的原因。我把信递给那位动物学家，对诸如此类的艳事他堪称行家里手。他只满不在乎地摇摇头，支吾其词地说了这么几句：

“没什么好戏可看。既不会嫁给你，也不会出卖自己，这种货色纯属家常型，跟我倒是珠联璧合！你就自作定夺，去吧，要是这个女人不是我所说的那样，你有兴趣可以事后去皇家公园找我们。”

到了约定的时间，在指明的人行道上我已守职到位，恭候这位美丽的陌生女子的出现。

这卷乐谱恰如一起求婚广告。我一面对女人，便想入非非。我很注重第一印象，但它往往又是极其模糊的。我吃不准对方的年纪，二十九岁至四十岁之间。服饰是离奇的，介于艺术家和女才子之间；大家闺秀或待嫁的女子；女性解放者或娼妓。她自称是我一位旧交的未婚妻，那是一名歌剧演员，她说是他让她来求得我的保护的，这在后来被证明是谎言。

她扮演起一只喋喋不休的小鸟角色，短短的半小时内，她把自己的感受和臆想到的一切全告诉了我。因为我对她的所谈兴味索然，便向她探问，我能为她作何效劳。

“难道我该是一位年轻姑娘的伴娘不是？”我喊道，“您难道不知道我就是这种人？”

“您会满意的，”她答道，“对您我是了如指掌。其实，您只不过是个倒霉的人儿而已，别人必须把您从黑暗的思想中拯救出来。”

“是吗，您以为对我已是知根知底了，但实际您了解的只是过时的想法，这就是您未来的丈夫从我身上学去的。”

我表示反对毫无意义，她自以为通晓百事，同样从远距离能识别男子的心理，她就是这么一种天性黏滞的人，她想通过潜入灵魂最隐秘的角落的方法，力求对自己的感觉施加影响。她保持着一种让人难以置信的通信方式，向所有的重要人物发出铺天盖地的信函，给人出谋划策；告诫年轻人，吹嘘能操纵人的命运。她自诩为灵魂的拯救者，出于对权势的贪婪，她感到责无旁贷，要拯救我。长话短说，她是一个货真价实的阴谋家，一个思想空洞、极端放肆的女人。

起初，我对她不无嘲弄，而后又讥讽世界、人类、上帝。她说我已是不可救药！

"不过，小姐，您想到哪里去了？我那些居于时代高峰的思想在您看来已是不可救药！而您自己那些从旧时代沿袭下来的意识、我青年时代的老生常谈、纯粹的废物，这些对您而言则是簇新的。恕我直言，您以为给我提供的新鲜货色，其实不过是封口不严的罐头食品。它们散发出一股恶臭，您一定明白了？"

她勃然大怒，完全失去了自制力，二话没说，跟我分了手。

我一处理完这件事，马上赶到皇家公园，加入了朋友的行列。我们在那里闹了个通宵。

翌日凌晨，我依然是头脑昏沉时，收到一封充满女性自负的来信，信中她对我一通责备，倾注了对我灵魂健康的关心、同情、宽恕、理解。在信的结尾，她以新的方式要我再去赴约，我们将一同前去看望她未婚夫的老母。

身为老于世故的男子，我忍受了再次向我泼来的汇成河流的絮语。为尽情尽理地摆脱此事，我在人世间，在上帝和其他一切世人面前，戴上了一副完全漫不经心的假面具。

真是稀有的约会！她身着一件皮料镶边大衣，头顶伦布朗式礼帽，紧束着腰，俨如一位年长的姐姐，满是温情的关怀，尽力回避一切敏感的话题，使得我们的魂灵顺遂对方的意愿，在一种彼此爱慕可亲的对话中相触。

自那次访问后，我们又在风和日丽的春色中散过一回步。

一种恶魔般的念头——像是要复仇，像是我对作为知心朋友的身份已感到厌倦乏味，我向她表白，我感到我俩如同订了婚一般。其实，一半是谎言，因为与此同时我正向一位年轻女子求爱。

听了我的话，她摆出一副祖母的神态，开始为那位姑娘感到遗憾。她向我探询姑娘的性格、长相，以及社会地位和生活条件。我粗粗做了一番描述，这或许引起了她的嫉妒，我们热烈的交谈顿时降了温。事情一目了然，这位守护天使一旦预感到有竞争对手也在挽救着我的灵魂时，她对我霎时变得兴致索然。我们尚未克服彼此间的任何一种觉察不到的冷漠，便告别了。

第二天的约会，我们的话题主要围绕着爱情和我想象中的未婚妻。

一起看戏，听音乐会以及一同散了一个星期的步后，她赢得了我的信赖，溜进了我的生活。每日跟她的厮守成了我日常生活的一部分，以至后来我觉得必不可少了。跟一位有教养的女子谈论艺术，传递着一种几乎是性感的魅力。于此，相通的灵魂在瑟瑟触摸，心灵在彼此拥抱，思想在相互爱抚。

一个美丽的早晨，她突然如释重负地来找我，把前一天收到的她妒火中烧的未婚夫的来信，读了几段给我听。现在她承认，她的言行违背了未婚夫的告诫，因为他强迫她对我采取绝对的自我克制。他已有预感，事情的发展将凶多吉少。

“我无法理解这种可恶的嫉妒。”她说，神态是一脸的卑劣。

“那是因为您不懂得爱情，小姐。”我答道。

“哎呀，爱情！”

“这种爱情，小姐，是至高无上的占有欲。而嫉妒正是对失去的恐惧。”

“占有——呸！”

“彼此占有，您明白吗？一个人占有另一个，双方都是如此。”

她对爱情就是这样一窍不通。爱情，这是一种无私的、崇高的、纯真而难以言表的东西！

关键在于她不爱她的未婚夫，而对方又对她爱得死心塌地，我得强调这一点。

她变得愤慨，毫不隐讳地承认，她从未爱过他。

“那么既然这样，您还打算嫁给他？”

“是的，否则他就完了。”

“这么说，您仍然是在拯救灵魂！”

她那么激动，甚至断定跟他从未有过婚约。

这么一来我们两人都陷入了谎言。多大的福分！

我能做的只是对她表白心迹，更正我的婚约。对此，我们有自作主张的自由。

然而，她一旦嫉妒终止，这场表演又从头开始。我以文字的形式向她表明了自己的爱，而她却把信一折叠又转寄给了她的未婚夫。他毫不犹豫地来信对我恶语相加。

于是，我要求这个美人儿声明她在我们两者间所做的抉择。对此，她谨慎行事。她已做好准备，选择我们两人，甚至三人、四人，多多益善，大家都得向她下跪，为的是求得对她崇拜的许可。

说到底，她不外乎是个风骚浪妇，一个扼杀男子的刽子手，一个“贞洁的”多夫之妻，其他什么也不是。

然而我已堕入情网，faute de mieux[①]；堕落的色情让人作呕，阁楼的寂寥我已厌倦。

在她的淹留快告结束时，我邀请她去参观一下我们的图书馆，以加深她的印象，好让她知道一下我的生活环境，这对一个渺小而自负的鸡脑会发生毁灭性的效果。我领着她从一个画廊走到另一个画廊，竭力夸耀自己全部的图书编目知识。我强迫她欣赏中古世纪的彩饰画、名人的签名题词；我展示着各种手稿和最初的印刷术，向她提醒重大的历史事件以让她为自己的粗鄙而感到羞耻。

“这么说您是一位学者，先生！”她大声说。

“当然，小姐。”

“可怜的喜剧演员。”她喃喃自语。她想到了那个未来的丈夫，那个歌手。

人们兴许会认为，那个歌剧演员是不堪一击的，他将被永远逐出情场。但是，事实并非如此。

那个喜剧演员在信中拿左轮手枪威胁我，控告我拐走了他托付给我的未婚妻。我向他表明，我既无偷盗，也没受到他的委托，因为他不拥有任何值得请人保管的东西。

书信的往来就此告一段落，继而便是一种可怖的沉默。

① 法语，意为别无选择。

启程的期限越来越近。在她行将告别之际，一天，我接到一封热情洋溢的来信。信中，这个美人儿预言了我受恩赐的命运。她把我写的悲剧给几位身居要职的名人看了，而这些人在皇家剧院的领导核心中不无影响。我的剧本给他们留下了深刻的印象，他们甚至希望能认识一下作者本人。事情的细节我想在午饭期间听她当面详述。

到了约定好的时间，X 小姐拖着我逛商店，进行最后的采购。她絮絮叨叨，不停地讲述着剧本的朗读情况。她或许明白我反感别人的提携。为了转变我的情绪，她做了最大的努力。然而我却骂开了：

“不过，亲爱的，我讨厌被人当作木偶摆布，会见素昧平生的人，届时又东拉西扯一通，就是不谈正题。为了投靠张三李四，我简直像个行乞的……”

正当我极力反对时，她突然在一个穿着考究、外貌风雅、为人机灵的年轻上流女郎前站住了。

她把我介绍给男爵夫人 Y，她在我对面说了几句我几乎无法理解的话，因为她的说话声被人行道上路人的喧闹淹没了。我讷讷而言，语无伦次。当我意识到自己进了这个狡黠女人的圈套时，我有一种难言的不快。这无疑是个预谋。

男爵夫人重复了 X 小姐提到的邀请后，便离去了。

在这位年轻女子身上，最使我惊讶的是她那少女般的，甚至是孩子般的容貌。当时她年方二十五岁，发型像个在校的学生，有一张悦目的、被不服帖的褐色头发包绕住的小脸；一对公主的溜肩，身段柔软得如柳条一般。她那点头的姿态显露出坦诚、尊敬和优越感。这位娇小的圣母丝毫没有因为听了我悲剧作品的朗读而受到伤害。

身为警卫队上尉的妻子、一个三岁幼女的母亲，她迷上了对她而言永不能身体力行的戏剧，原因是丈夫的社会地位过高，而她的公公又曾是宫廷任命的侍从官。

我五月的梦随着汽船消逝，它把我的“美人儿”载送到那个喜剧演员的身边。此时，这名演员正在侵犯着我的人权，开心地读着我写给他未婚妻的情书，这算是对前不久我与她单独在一起时读着他的来信的报复。

当我在汽船的舷梯上做柔情蜜意的告别时，我不得不保证，将尽快去拜访那位男爵夫人。由此，一切业已不言而喻了。

无辜的狂热，这与有学识的艺术家粗犷的放荡不羁是何等大相径庭，它留下的空白必须得到填补。与一个社会地位等同的女子的友谊、两个异性间的默契唤醒了我对艳遇的兴趣，从而让由来已久的家庭纠葛变得枯萎凋零。

在与一个平平常常、按习惯被称作良家女子的交往中，那种在咖啡馆受到压抑的对家庭生活的眷恋之情不断萌生。一个傍晚的六点时分，我不知不觉地来到位于诺吐尔斯大街的一所住宅门口。

命运之神的脾气有多怪谲！没想到这正是我出生的故居。在这里，我度过了青春时代最苦涩的岁月，忍受了性成熟期所有的内心冲动，还经受了坚信礼、我母亲的物故和继母的到来。我突然一阵眩晕，感到一种教人驻步回首的诱惑，一种催人逃逸的快感。我担心青春期的苦恼会再度出现。院内的景致依旧，几株楞树高入云天。

每到大地回春时节，我曾急不可待地盼着它们枝繁叶茂。一洼塌陷的鹅卵石坑边，孤单单地立着那间昏暗的小屋，它的倒塌早在预料之中，房租也因而一跌再跌。

尽管抑郁的情绪唤醒了我模糊的回忆，我还是下决心走进屋去。上了楼梯，我按了一下门铃，在铃响之际，我已做好父亲前来开门的准备。门框里出现的是一女仆，却又很快地抽身回屋通报我的到来。顷刻间，男爵出现在眼前。他热情非常，欢迎我的到来。男爵看上去三十开外，身材颀长，体态略趋丰腴，吐属高雅，举止洒脱，十足一个见多识广的人。宽阔而微微突起的面颊使一双布满忧虑的蓝眼睛放出光来，他的微笑不时地消融在一副罕见的苦涩表情中，它泄露着失望、不能如愿的希冀以及遭到破灭的期望。

现在的客厅便是我家原来的餐室。屋里的陈设虽带有艺术气息，但显得有些粗鄙。这位男爵沿袭了本国历史上一位著名将军的姓氏，大概是孔代①或蒂雷纳②之类的家族。他擅长收集三十年战争时期家庭成员的肖像。他的祖先们身披锃亮的甲胄，头戴卷曲的长发，肖像的背景是杜塞尔多夫画派的风景画。古老的、整修过并重新镀金的家具散落在屋子的四周，和新时期的软垫凳子簇拥在一起。

本来宽敞的客厅因此显得拥挤不堪。这里让人感受到温暖，散发着家庭和睦与节俭的气息。

这时，男爵夫人走进屋来。她显得妩媚、热情、平易、随和。但是，她的出场蕴蓄着某种拘谨和微微的不安。在判明其原因之前，

① 孔代亲王，波旁王室主系之一。
② H. 蒂雷纳（1611.9.11—1675.7.27），法国元帅。

我不由得嗒然若丧。

隔壁房间的喧哗声告诉我，他们家中正有客。我赶忙为自己不合时宜的来访深表歉意。来客是年轻夫妇的亲戚，聚集到这里玩惠斯特纸牌①。须臾之间，我来到四个家庭成员的跟前，他们是那位侍从官、那个告老还乡的上尉、男爵夫人的母亲和姨母。老年人在牌桌边一坐定，属于年轻一代的我们就谈开了。男爵毫不掩饰他对绘画艺术的兴趣，他曾借助已故国王查理十五世发放的助学金在杜塞尔多夫就学。这么一来，我找到了话题，因为作为艺术家的我也从那个君主手中领取过助学金。当话题涉及绘画、戏剧及我们那位资助人的品格时，气氛变得融洽。渐渐地，我们的热情还是冷却了下来，这是因为长辈的在场和他们时不时地加入我们的谈话，提及了敏感的话题，触碰了尚未彻底愈合的伤口。我为自己身临这种多代人的社交场合而觉得不妥，并为此感到杌陧不安。

我站起身来与大家告别。男爵和他的妻子一直把我送到门口。当来到远离老人的位置，他俩仿佛蓦地卸掉了面具。他们约我就在本星期六跟他们在小范围内一起吃饭。来到楼底的台阶上，我们又略作交谈。分手时，我们已是坦诚相见的朋友。

约好的那天下午三点，我来到诺吐尔斯大街，被视为久经考验的患难之交受到了热情的款待。小两口毫不隐讳地把家中的事告诉我。那顿不太丰盛的晚餐由于彼此间的信任增色不少。对自己的职位深感厌恶的男爵属于那种对新政权的统治不满的人。这个新政权自国王奥斯卡加冕后诞生。出于对驾崩的兄长深孚众望的嫉妒，这

① 英语 Whist，类似桥牌的一种纸牌。

位新君主对先行者所希望和推崇的一切尽量采取排挤镇压的态度，结果使得老政权的朋友怀着往日那种由衷的欢欣、那种宽容的精神和进步势力一起结成一股开明的对抗力量，但这种力量不介入各政党间狭隘的纠纷。

当我们再次唤醒对往昔的追忆时，我们的心又撞击在一起。自1865年议会改革后开始的倒退起，我一直耿耿于怀的老派小市民对达官显贵的偏见霎时烟消云散，变成了对捐躯的大人物的体谅与同情。

一开始，这位出生在芬兰，而且前不久才移居此地的男爵夫人感到对我们的谈话插不上嘴。但是晚餐一结束，她即刻走到钢琴前为我们弹琴唱歌。我和男爵马上发现，我们两人有着一直未被发现的表演威纳堡二重唱的天赋。正是由于这种二重唱的兴致，不觉中时间一晃而过。末了，我们还根据每人的才华分配角色，朗诵了最近在皇家戏院上演的一小段诗体剧作。

种种消遣之后，我们自然而然地静坐休息，因为谁都尽力出色地进行了表演，以图赢得他人的好感，所以精力消耗很大。就在这几分钟内，旧日的沮丧再次攫住我。我沉默了。

“您这是怎么啦，先生？”夫人问。

“这儿有鬼魂作祟。”我解释道，“您一定知道，我曾在这里住过，一百年以前，不错，是一百年之前，我已如此高龄了。”

“难道我们无法把这鬼魂驱逐？”她问，脸上堆满母性温柔的神情。

“这件事，”男爵插话道，“只有一个人能驱散您阴郁的思想。您已与X小姐订婚了，对吗？”

“我请求您，男爵，我的一切努力都是徒劳无益。”

“怎么回事？难道她另有所爱？”夫人流露出好奇的神情。

“这个问题提得好！”

“哦！不过这实在太可惜！这年轻丫头可真是一件宝贝。如果不是我的错觉，她对您一定有过好感。”

就这样，我们的话锋转到了那个可怜的喜剧演员身上。从那一刻起，我们都对那个不幸的歌手感到气愤，他竟胁迫一个年轻姑娘，违背意愿地爱他。最后，夫人向我保证，在她不久以后的芬兰之行结束后，她要好好地过问此事。

“怎么能发生这种事！”她大声疾呼。想到强迫一位如此引人关注的年轻女士跟一个与她的感情完全相背离的人结婚，她已完全失去控制。

临近七点，我起身告辞，但他们恳切地挽留我，让人不得不联想到这历经三年、有了一个天使般的小女孩的婚姻生活是何等索然寡味。

那天晚上，他们在等男爵夫人的一个表妹的到来。夫妇俩表示，愿意把我们俩介绍给彼此认识，想听一听我对这个年轻姑娘的性格的看法。

我们正交谈中，女仆送进一封写着男爵姓名的信件。他拆开信，马上读了起来，而后喃喃了几句，把信递给妻子。

“不可思议！”读完信后她大声说。

然后，在征得丈夫会心的同意后，夫人把事情的真相透露给作为朋友的我：

“她是我嫡亲的表妹。您试想一下，先生，我姨夫和姨母竟轻信有关我丈夫和他们女儿的流言蜚语，还禁止她跨进我们的家门。”

“真是岂有此理！”他插嘴道，“一个可爱、无辜而不幸的孩子在我们新婚夫妇这儿感到自在，但却遭到世人的诋毁。”

大概我不觉中露出了怀疑的微笑。不管怎么说，夫妻俩谈话的热情受到了影响，并且很快陷入窘境。虽然有人提议去花园散步，但也没将此事掩饰过去。

晚餐过后十时许，我终于道别离去。回到家后，我不由得思考起在这一攸关命运的日子中的见闻。

不管这对夫妇表面上多么幸福和情意缠绵，但这个家庭必定有个难以启齿的污点。忧悒的眼神、惶惑的表情、对心灵深处的某一痛苦的种种折射，不能不让我预感到有某种隐私。但我又害怕对这种隐私的发现。为什么？我不禁自问，这种远离尘世的生活，干吗要偏居在城市一隅？他俩有如两只残舟，能碰上一个人跟他们说说话，他们会这样喜出望外。无论对方是谁，他们会立即倾吐心中的积郁。

最让人费解的是男爵夫人。在我试图追忆她的形象时，我被她可供人选择的多重性格所迷惑。她心地善良、讨人喜欢、性格刚硬、好激动；她处事审慎、冷漠、焦急，像是抑郁感伤地做着前程远大的梦。她并非一事无成，但也谈不上机敏，却给人留下印象。她有拜占庭人的瘦削，她的衣饰像圣女西塞丽亚，叠成随意而且大方的褶皱。但她的身段有一种赏心悦目的匀称，手腕和脚关节都是非同一般的美。一种兴奋的欢乐，时不时地突然跃现在她苍白而紧绷的面颊上，给她那娇小的脸庞赋予了生气。我难以断定，这场婚姻生活中夫妻俩是谁起着决定性的作用。作为兵士，他向来唯命是从，但体质虚弱，使他显得卑躬屈膝。

与其说是缺乏意志，毋宁说是天生的贪图安逸。他们彼此相敬如宾，但缺乏初恋的激情。而我的出现在他们的心里唤醒了一种必要，即在第三者面前凭借对往事的回忆来振奋自己。总而言之，他们得过且过，厮守在一起倍感无聊。证据是，自从我初次造访后，他们对我发出了不计其数的邀请。

在男爵夫人启程前往芬兰的前夕，我做了告别访。那是六月的一个傍晚，我走进院子，突然在通往厨房小花园的篱笆后面发现了她。她正好站在一簇马兜铃花丛中，显得异常美丽，望去恍若一幅幻象。她浑身上下洁白，身穿一件带贴花花边的凸纹布服，一件俄国农奴的杰作；脖子上戴的用雪花石膏做成的项圈，还有材料相同的耳环及手镯发出的光芒把她包围着，宛如用玻璃制作的穹顶灯发出的光亮。阔叶的绿色同时给她苍白脸上的光明与阴暗处涂上了一层死神的色调，一对漆黑的眸子，目光炯炯。

此时此刻，我像是被幻觉震慑住了，一直渗透到骨髓。沉埋在我灵魂底处的膜拜和敬慕再次爆发出来。空虚得到了填补，被驱逐的虔诚、对崇拜的渴求以一种新的面貌再度出现。上帝被放逐了，他的位置被眼前的女人占据。然而，她既是母亲又是处女。当我看到那小女孩依偎在母亲身边，我无法对孩子的诞生做出解释。夫妻间水乳交融的关系在我的意识中从来跟肉欲无关，他们的共同生活在我的眼里显得那么抽象。

从这一刻起，这个女人在我的心目中成了纯洁而永不可及的灵魂的化身，它被裹进美丽的肉体，《圣经》想用它来妆饰死者的幽灵。总之，我敬慕她，但毫无占有她的欲念。

我把她当作真正的她来敬慕，视她为贤妻良母，就像她伫立在那里一样。我把她看成这个男人的妻子，这个孩子的母亲。所以我把这个男子的出现看作是我有幸膜拜她所必不可少的了。我曾想过，一旦失去了丈夫，她便成了寡妇，而我没有把握，自己是否会一如既往地崇拜守寡的她。

而且，倘若她属于我，成了我的妻子？不！我首先无法忍受这种邪念；其次，她一旦成了我的妻子就不再是这个男子的夫人，不再是这个孩子的母亲，不再是这个家庭的女主人。她只能是现在的她，不能有第二种可能！

总之，这也许跟对她居住的房屋的怀念有密切的联系，或者说因为我总带着潜在的意识仰慕更高贵的家族，崇敬这种血统的纯正。一旦她离开了众人仰视的位置，这种崇拜便会即刻消失。我对这个女人的膜拜在任何一点上都跟被我鄙弃的古老的宗教一样。崇拜、奉献、受难，除了由此产生的享乐以外，没有其他任何获得的希望。

我自封为她的保护神，照管着她，以防止我爱情的力量把她掠夺。我谨慎行事，极力回避与她单独交往，避免在我们之间产生任何有害于她丈夫的亲近。

在她启程的前一天，我在树丛中发现她时，她单独一人。我们做了一些无关紧要的交谈。然而骤然间，我的激情迅猛向她扑去。

当我用灼热的目光凝视着她时，无疑在她心中唤起对我的信赖。她神色紧张地承认，无论分别多久，她都会惦念丈夫和女儿的。她恳求我，空闲时多陪伴她的丈夫，同时也不要忘记她，因为她将过问我跟那位芬兰姑娘的事。

“您从心底里爱她，是吗？”她问，两眼正视着我。

“那还用问？”我反诘道，对这种痛苦的谎言感到满心的不快。

从此以后，我深信不疑，春天的迷恋只不过是一场梦幻，一次心血来潮，是微不足道的东西。

我担心在接触中自己所谓的爱情会玷污了她，害怕她会违背我们的意愿落入我的情网，又生怕她起来自我保护。我毅然中断了这次危险的谈话，向她打听起男爵来。她做了个鬼脸，一语道破了我慌忙中所暴露的忧虑。兴许是我对这倾城的美貌所表现出的茫然，对她来说甚至饶有趣味——这种怀疑至今尚未消释。要么她也在同一时刻觉察到了，对我这个貌似冷峻、无可奈何的圣洁约瑟，她具有何等骇人的魅力。

“跟我在一起您感到无聊！”她重复道，“我去找人。”

她用悦耳的声音呼唤着丈夫，他在楼上。

二楼的窗户打开了，男爵探出一张友好的脸庞，开心地微笑着问候我们。说话间他已来到花园。他身穿皇家警卫队的阅兵服，神采奕奕。他一身深蓝色，上装用银黄两色的丝绸刺绣覆盖着。他富有男性的健康体魄，与身边雪花石般的洁白形象正好相得益彰。这么出色的一对，真是绝无仅有。站在一起，他俩各自的优点更加突出。这种形象堪称一出奇观，一次精彩的艺术享受。

晚饭结束后，男爵建议，次日晚上我可乘他妻子坐的汽艇同行。我们两人，他和我可在最后的关卡站上岸。我接受了他的建议，男爵夫人为此感到兴奋。显而易见，她期待着在行船通过斯德哥尔摩岩岛群时能在甲板上观赏一个美丽的夏夜。

第二天晚上十点，汽艇徐徐离开码头，我们来到甲板上。夜色显得明亮，天空呈橙黄色，映照着寂静的湛蓝色的海。树木林立的海滩在昼夜相间的朦胧中移过，给人一种朝夕难辨的印象。

午夜过后，我们激动的情绪稍有平静，但随着不停眺望新的景致和对生活的留恋，感情一次又一次受到触发。不知不觉中，大家都已被睡意征服了。熹微中，我们的脸色显得苍白，晨曦的凉风让人颤抖。我们突然变得感伤，发誓要成为莫逆之交，是命运把我们聚拢在一起。朦胧的意识告诉我们，一条命运攸关的纽带将把我们牢牢地拴在一起。发了三天烧，我身体略有不适，气色很坏，而且我被人当作一个抱病的孩子。男爵夫人用她那条羊驼毛围巾把我裹了起来，强迫我在临海的那一边找个座位，替我从旅行壶中斟了一杯马德拉葡萄酒，带着母亲的口吻说服我。我只得顺从。

睡眠缺乏使我几乎要躺下。我闭紧的心扉启开一道裂缝，因为我不习惯女性的这种柔情，这种唯独做了母亲的女子才会浪费在我们身上的神秘天赋。我虔敬地向她坦露心迹，觉得自己消融在诗一般的、萦绕我受尽失眠折磨的大脑的梦幻中。往日失意的夜晚破灭的梦幻全部再次出现，变成雾蒙蒙的、神秘的、空气一样的形体。受到压抑的才华，整个显示欲刹那间在飘忽的幻觉中爆发。在两双聚精会神的眸子的敦促下，我接连几小时毫无倦意地侃侃而谈。我感觉到，自己脆弱的身体怎样在思维机器的持续运转中耗损。肉体存在的知觉正在悄然离去。

旭日东升，那数以千计的岛屿在海湾里游弋，互相拥抱着。枞树的枝杈在硫黄色的针叶中开始喷吐古铜色的火焰。

海岸上，小屋的窗玻璃反射着太阳的光辉。炊烟冉冉，居民已起身烹煮咖啡。渔舟扬起风帆，外出收回夜间投入海湾的捕网。海鸥嘶声鸣叫，它们发现了深绿色波涛下的鲱鱼。

汽艇上依然寂静如初，乘客在船舱里安眠，唯独我们三人伫立在船尾的甲板上。驾驶台上的船长不时地向我们窥视，他对我们如此长时间的深谈很是好奇。

凌晨三点，海角的背后出现了领港船。我们该分手了。

仅有几叶修长的岛屿将海湾与公海割开。此时已能感到海涛的震荡，闻听最后几个陡峭的岩石岛上拍岸的涛声。

告别的时刻终于到了。她和他互相吻别，带着一种痛断肝肠的激动。随后，她两眼噙泪，紧紧抓住我的手，请求我多关照她的丈夫，拜托我在这十四天的鳏居生活中尽力安慰他。

我下意识地俯下身去吻了她的手，既没感到有什么不妥，也没觉出自己违背初衷地流露了深藏的感情。螺旋桨停止了转动，汽艇放慢了行速。这时，领港员已来到中层甲板，我向舷梯跨出两步，进了领港船来到男爵身边。

我们的上方，汽艇突兀地伸向高空。那个小巧的头颅倚靠在栏杆上，向我们致意。一对泪水盈盈的孩子般的眼睛充满期待地微笑。

汽艇的涡轮开始转动了，那个庞大的怪物又向前挪去，船尾飘荡着俄国国旗。我们在颠簸的海面上摇来晃去，挥动着被泪水浸湿的手帕。

那张姣好的脸庞渐行渐小，秀丽的面颊开始模糊，剩下的只是一对明亮的眼睛，轮廓慢慢退逝，变成两道柔光，又渐渐消失。转眼间，仅见一块蓝色的面纱，飘舞在一顶日本式的礼帽上，还有一块用力挥动的棉布手帕。末了，只留下一个白色的斑块，白色的斑点……最终除了那个庞然大物、一团裹在发臭烟雾之中的无形怪物，什么也看不见了。

我随男爵在领航海关站登陆，这是一个夏日旅游的海滨浴场。四周的一切依然沉睡着，码头上见不到人影。我们就此驻足，目送着远去的行船。晨风中，它侧转舵轮，驶向海岬的背后，那是海岛最后的一道防波堤。

当汽艇消失的时候，男爵紧靠在我身上。他的身体因抽泣而不禁颤动。我们肩靠着肩，半晌说不出话来。

是因为彻夜未眠的缘故，使我们如此动情？是因为悲哀的预感，或者仅仅是期待？此情此景我竟无语凝噎。

我们想去附近的村庄喝咖啡。一路上，我们情绪低落，默不作声。饭馆均尚未开张，我们只好穿街走巷寻找，见到的都是一排排窗户被卷帘遮挡严实的小舍。出了村，我们来到一个僻静的地段，这里，一条狭长的海峡切入内地。清湛的海水引诱我们清凉一下眼睛。我解下行囊，取出干净的手帕、肥皂、牙刷和一瓶科隆香水。男爵的表情像是对我齐全的装备感到好笑，但这并没有影响他对我慷慨的提供而表示出的感激。

在折回村落的途中，我闻到了穿越海滨的赤杨树林飘浮而来的煤烟味儿。我用手势向男爵示意，这是汽艇让海风吹送给我们的最后祝福。我的话让他听得不知就里。

来到了咖啡馆，我的朋友神色沮丧，他那硕大的头颅睡意酣浓地倒向一侧；他两颊浮肿，给人以伤心至极的感觉。我们之间产生了某种特殊的困惑。他态度拒斥，始终沉默寡言。他频频抓起我的手，由衷地紧紧握着，请我原谅他如此伤神动情，随即又不合时宜地坠入睡梦。

为了使他欢快起来，我竭尽所能，但我的努力似乎缺之共鸣，我们之间的连字符已不复存在。他一向沉静、高贵的面庞出人意料地变得鄙俗、粗野，迷人的性格与那受人崇敬、生机勃勃的美男子相映衬的高大形象已消失殆尽。取而代之的是，一个鲁莽无礼的男子。

他在想什么，我无从知晓。难道他已把我看穿？从他变幻无常的举止来推断，毋庸置疑，他成了各种情感冲突的牺牲品。他继而握住我的手，称我为他唯一的至交，继而又对我置之不理，视若无睹。

连我自己都惊愕地发现，我俩只是因为她，也是为了她而聚首。一旦夕阳西下，我俩顿失各自的色彩。

回到城里我向他告别，但他却出人意料地非让我结伴而行，央求我送他回家，我无奈恭敬不如从命。

当我们走进空旷静谧的住宅，我不禁产生如同踏入太平间的感觉，我们不由得再次潸然泪下。茫然中，我不知如何能尽快地得到解脱。我不由失声大笑。

“男爵，这难道不可笑吗？卫队的上尉和皇家秘书被泪水淹没其中？……”

“流泪有益于身心健康。”他这么回答。

接着他把孩子叫来，孩子唤醒了我们对新生活苦涩的向往。

是时早晨九点，我们都已精疲力竭，他让我躺在沙发上小憩，自己回到卧室。他为我垫好枕头，用他的制服盖在我身上，祝我“晚安”。他三番五次地感谢我没把他一人抛下。

在他手足般的关怀中，充满着某种女性的温情。我一觉酣畅，醒来仍记忆犹新，入睡前的最后一刻，他还踮着脚来到我身边，再次问我是否惬意。

到了午饭时分，我醒了，他比我醒得早些。孤独让我感到恐惧。他提议，我们一同去皇家公园吃饭。餐后的时光我们就在无边际的漫谈中打发掉了。我们的话题更多的是那位女性，因为她的存在，我们奉献了自己的一切。

接下来两天我置身事外，去了图书馆自甘寂寞，去曾经陈列雕像的地下室寻找合我心意的避难所，在能眺望大花园的主厅里收藏着各种手迹。我悉心研究，不无新的发现。这些文献岁月之久，足以吸引住我全部的注意力。阅读中，现实总是越来越强烈地与往事交错。皇后克里斯蒂娜已泛黄的书信把男爵夫人的表白悄悄地送入我的耳廓。

我绕道避开常去的那家餐馆，以免碰上朋友。我不想在与这些异教徒的交谈中玷污我的口舌，他们永远无法理解我崭新的信仰。我不无嫉妒地护守着自己唯独于她人格的奉献。迈步街头，我希望看到眼前走着唱诗班的孩童，他们手摇小铃在向世人宣布，这人类绝无仅有的神圣之物，藏匿于我的心中，我正在向你们靠拢。当我散步在人行道上，我想象着自己正为驾崩的皇后披黑戴纱。我做好了准备，祈求整个世界，在这位死者面前，在我这初生即死、毫无幸存希望的爱情面前免冠致哀！

第三天，十二点与一点之间，警卫队的鼓乐声把我从沉醉中惊醒。突然间响起了肖邦的《葬礼进行曲》。我跑到窗边，发现走在前面的正是男爵。他带着戏谑的微笑向我点头致意。是他下的命令演奏妻子心爱的乐章，而乐师们却一无所知。他们面对更为无知的人群，正在替我俩奏响一曲对她的赞歌。

半小时过后，男爵来到图书馆找我。我引他走过昏暗、摆满壁橱和书架的过道来到地下室，走进手迹陈列室。

他情绪不错，急不可待地要把妻子来信的内容告诉我。诸事顺遂，信中还有一张给我的便条，我如饥似渴地匆忙读完，一边竭力掩饰内心的激动。她用坦率和诚挚的口吻感谢我对她“老头”的关照。她声称我对她的苦苦思念是对她的恭维。眼下，她正和那个拯救灵魂的女子在一起，并确实对她怀有好感。信中，她对她的品质大加赞赏，结尾时说，她会给我带来希望。别无赘言。

这么说来，她爱着我，这个妖精；我一想起她心中就充满厌恶。现在我被迫违心地扮演一个被人爱的男子，被宣判去表演一场可怕的，也许永无结局的喜剧。不错，玩弄爱情是逃脱不了惩罚的。我如落陷阱，怒气冲冲。我要使出浑身解数，要撕毁那个睡眼迷离、脸色灰黄、胳臂赤红、企图引我坠入情网的贱货的面具。我怀着极大的兴趣回味她勾引的技巧，她那教人生疑的举止，这曾使朋友们毫无顾忌地问起这个我携同在城郊散步的女人的姓名。我幸灾乐祸地想起，为了引我上钩，她所施的诡计、所表示的依恋与忠诚以及她的所作所为。她用从紧身胸衣里抽出怀表，使得内衣露出一角的招数。还有我们在皇家公园散步的那个星期日！我们在大道上闲游，她突然建议，应该穿过矮树丛绕道而行。我听了不禁毛骨悚然。我联想起类似的林中散步带来的流言蜚语。然而当我责备这种不相宜的娱乐时，她只作答：

“咱们别那么一本正经的！”

她说要去榛树丛里采迎风玫瑰，便离开大道，径直钻进了灌木丛。我一阵窘迫，无奈只好跟上。当我们来到荆棘丛后面的一处隐蔽的角落时，她席地而坐，把裙子展得很开，双脚都露在了外面。它们的形状小巧可爱，只是丑陋的冻疮有碍观瞻。即而是可怕的间歇。我想起了科林斯的修女们面对尘世间的强奸引而不发而怒不可遏的情形。她痴痴地看着我，而这回她的美德——以荣誉担保的诺言，只因为她奇丑无比的形象和我反感被人轻易占有而免遭玷污。

所有这些细节，过去我一直认为无伤大雅而极力忘却，此时都朝我涌来。我已站在旋即就能把她拥进怀抱的坎上。我默祷于苍天，但愿那个喜剧演员在这一风流韵事中走运。同时我命令自己听天由命，对这恶作剧强作欢颜。

在我读着便笺时，男爵已在那张庞大的、堆满书籍和手稿的桌子旁边坐了下来，他神不守舍地抚弄着象牙雕成的军官手杖，像是意识到了在文学修养上比起我这个平民，他相形见绌。我尽力想引起他对我的工作的兴趣，但他只敷衍了一下便岔开了话题。

“这肯定是饶有趣味的。”他说。然而我却为他军衔的外在标记，诸如领章、绶带、仪仗队制服而自惭形秽。我试图通过炫示自己的学识以重新维持我们间的平衡，结果使他窘迫。

刀剑和羽笔；贵族的没落，平民的崛起！也许那个女人从未来的贵族行列中选择她未来孩子的父亲时，已下意识地预见到，谁是未来的主人。

尽管男爵尽力与我平等相处，但我们之间仍存有一道心照不宣的隔膜。这一时期，他还因为我的才学向我表露尊敬，承认自己这方面的欠缺。偶尔他也想自命清高，但男爵夫人只要一句话，就足以把他从座鞍上掀翻落地。在她的眼里，世袭的贵族分文不值，上尉的制服在学者积满灰尘的衣冠前必将黯然失色。这不正是他当年身着画家的短外套，作为一名最后报到注册的学生所说的话吗？但是无可非议的是高层教育的沉淀物，一种传统各异的残余终究隐约可见。学者与军官间互相嫉妒和仇恨的意识已侵入他的肌体，融进他的血液。

在这一时刻，他需要我成为他诉说衷肠的听众。我接到邀请，与他共进午餐。

喝完咖啡他提议我给他妻子去封信，并亲自为我备好纸笔。我无法推托，只好绞尽脑汁，想出一堆掩饰我肺腑之言的陈词滥调。

写完信，我未加封，将它递给男爵，强迫他过目。

“我从来没有阅读别人信件的习惯。”他摆出一副造作的傲慢神情。

“但是我，”我答道，“未经丈夫的签准，也从来不给他们的妻子写信。”

他将信草草地看了一遍，淡淡一笑把信塞进信封。

整整一个星期他没露面，直到一天傍晚我们在马路的拐角邂逅了。见到我，他高兴异常。我们一同来到一家咖啡馆。在那里，对我这位缺之不可的挚友，他可以畅所欲言了。

他去了乡下几天，住在妻子那位大名鼎鼎的表妹家里。虽然我与这位迷人的妙龄女郎素昧平生，但我即刻觉察到，她给男爵的言行举止留下了何等影响。他卸掉了平日那副倨傲而沮丧的神态，换上的是一副无异好色之徒的喜悦嘴脸。

他的谈吐变得庸俗，让人难以置信。他甚至连说话的腔调都起了变化。如此软弱的性格！我思忖，它会屈从所有的影响；一张餐桌空空如也，在上面，连最纤弱的女人之手都能用指甲刻画出她愚昧和发自原始悟性的意念。

他完全变成了一个歌剧人物，举止幼稚可笑，说长道短，满口不登大雅之堂的玩笑——一旦换上便服，便失尽了他全部的威严。酒足饭饱，他提出找姑娘散散心。我心生厌恶，他只不过是一件虚有其表的刺绣制装，一副绶带，两块肩章罢了，其他一钱不值！

当酒酣兴尽时，他开始向我透露房事的隐秘。虽然他一再保证，是妻子允诺他享有完全的自由，在他独守空房的日子里可以随心所欲，但我还是打断他的话，愤愤地站起身来。在我看来，这超越了人格的范畴。此外，我对男爵夫人本性贞洁的怀疑也得以证实。结果，我们落个不欢而散。回到家，我仍为刚才听到的那一席不得体的言谈而恍惚不安。

一个爱着丈夫的女人，婚后三年，不为自己提出平等的权利，还允诺他全部的自由！真是少见！这跟没有嫉妒的爱情一样不合情理！这是失去了背面的正面！这意味着一无所有！他曾说她忠贞守节，这又是一种反常！这么说，这就是我朝思暮想的圣母！这样的贞操正是高贵种族的特点与表征，这是灵魂的净化，是上流社会文明德行的附丽。

这一切与我青年时代的想象不谋而合。那是尘世间的一位青年女性，她在我心灵深处第一次唤醒了我不掺杂任何肉欲的崇敬之情和纯真幻想，女性无知的甜美。当一个单身汉想入非非时，问题就会复杂起来。

终于，男爵夫人告归故土，她焕发着健康的光泽。对童年的回忆和与孩提时代的朋友惜别重逢，使她越发显得年轻。

“鸽子又叼着橄榄枝来了。”她说着递过那个年轻女子的来信，我所谓的未婚妻。

我读着一个没心没肺的女才子骄横且毫无色彩的连篇空话。她唯一的希求是，通过一次无论与谁的婚姻而获得自由。

读完这封一开头就使错劲儿的来信，我决定把这一令人不快的桃色事件弄个水落石出。

“现在您，”我试问，“能否告诉我，这位女士是不是那歌手的未婚妻？”

“是，可也不是！”

“她向他许过诺言？”

“没有。”

“她想跟他结婚吗？”

“不！”

“她父母愿意那歌手做女婿？”

“他们讨厌他！”

“那她为什么还执意把自己出卖给他？”

“因为……我说不上来！”

“她爱我？”

“也许是！”

“那这只是一种结婚癖罢了！她只想嫁给能出高价的人！这位女子不懂得什么是爱情，对吗？”

“而您，我的先生，又怎么理解爱情呢？”

“说真心话。这是一种超越一切的情感，一种无法抗拒的自然力量，就像天上的雷电、风暴中的潮汐，像瀑布，像狂风骤雨……”

她直愣愣地望着我，吞咽下了她本来也许要替女友申辩的全部措辞。

“您就这样爱着她？”她问。

在这一瞬间，我感到了一种诱惑，将一切坦白供认。然而，之后我还会留下什么呢？纽带将因此割断。而谎言——我的一种对罪恶般的爱情的挡箭牌——成了必不可少的东西。

为了避免正面回答，我请求她就此终止话题。她，一个美丽的小傻瓜，对我来说，她已经死去。残酷的责任感要求我把她忘掉。

夫人尽力安慰我，她毫不隐瞒，说那歌手是个危险的情敌，因为他具有近水楼台的有利条件。

对我们的谈话已兴味索然的男爵摆手告诫我们，玩火者自焚，并提醒以不介入他人的私事为上策。

他的指责是那样鲁莽，使得他妻子脸上不由得泛起一层气愤的红晕。我见势不妙，不得不把这股咄咄逼人的激流引航改道。

乾坤照转不误。那句谎言，最初只不过是一瞬间的念头，开始滋长。羞愧与惧怕是那样逼迫我自欺欺人，我不得不编造出一个连自己也不敢相信的童话。我给自己添加了被抛弃的情人的角色，如果撇开我感情的对象不谈，面对这一情形去扮演这一角色我并不感到困难。

但是，我现在眼看着就要落入自己用谎言编织的网。一个阳光明媚的日子，我在房间里发现了一位X先生的名片，一位海关秘书，换言之，就是那个小傻瓜的生身父亲。我很快登门回访。我见到的是一位小个子老人，长相与他女儿酷似得让人吃惊。这是一幅漫画的漫画，他把我当作未来的女婿接待。他详尽询问了我的家庭、我的经济状况、我晋级的希望。看来这件不愉快的事有必要来个重大转折。怎么办？我尽量使自己显得微不足道，让人觉得凄惨可怜，好摆脱他对我父亲般的目光。他远道来斯德哥尔摩的目的，我是再明白不过了。他要撇开那个可恨的歌手，或者是那美人在送走了估价员后自己决定选择我，器重我。是我自己不让人靠近，每次都逃避他地，不再与男爵夫人一同进餐。我的反常行为弄得那位可怜的岳父疲于奔命。我推托图书馆有紧要工作。结果，这位海关秘书不得不按预定的时间启程告辞。

倘若那个喜剧演员在娶了他的圣母玛利亚后，能明白他未来的不幸婚姻应该感谢谁时，那就太好了！但他始终是个尺二秀才，还自鸣得意，以为是他荣耀地把我决出了情场。

这件事理顺后，又发生了另一件，它无不给我们每人的命运留下痕迹。夫人带上幼小的女儿下乡去了。那是八月初，她以健康欠佳为托词，把逗留地选在玛利弗雷德浴场，梅拉伦湖湾[①]。她的表妹及双亲就住在那里。

如此远途旅行之后，她没住上几天又匆匆出门使我感到意外。但事情跟我没有更多的关系，我保持沉默。三天过去后，男爵把我叫去。他显得不安、神经质，神秘地告诉我他妻子过不了几天就回来。

"为什么？"我不胜惊讶地问。

"因为……她身体有些不适。她无法适应那里的气候。她寄给我一封颇为费解的信，弄得我心慌意乱。说句真话，我对她真是有点莫名其妙。她满脑子的胡思乱想。此外，她咬定说你生她的气了。"

谁都不难想象，我不得不克制住自己。

"这难道不荒诞吗？无论如何，"他往下说，"我从心底请求你，她回来后你什么也别问。她会为自己的喜怒无常而惭愧的。她那样妄自尊大，要是怀疑你在责备她的坏脾气，她可能会做出轻率的事。"

奥秘就在其中，我暗地里想。从这一刻起，我已做好逃遁的准

① 一个荒芜的小城镇。

备，因为我担心过不了多久自己会出于冲动卷入一场罗曼蒂克事件。

下一趟的邀请我编造了一个拙劣而得罪人的借口拒绝了，结果使得男爵找上门来，他要求我解释一系列不友好的举动。我不知道该怎样回答。他抓住我踌躇的机会，迫使我许下诺言，陪他们去城外做一次郊游。

当我再次看到男爵夫人时，我发现她气色不好，疲惫不堪的两眼流露出不自然的光。我顿时像只牡蛎，变得封闭，内向。我语气生硬，极力自制。游湖后，我们在一家熟悉的酒馆附近上了岸。在此，我们与男爵的叔父已有约在先。晚餐就设在露天，眼前是漆黑的湖面，一片沉郁的景色。湖泊被夹在黑黑的山岗之间，岸上丛林幽邃，那是百年的菩提树。这次赴餐成了一次抑郁的苦差。

我们的谈话枯燥而冗长，说的尽是些无聊的琐事。我仿佛感觉到了这对夫妇争吵后的郁结，我不希望争吵在我面前爆发。不巧的是，叔侄二人想离席单独谈谈。终于，埋藏的地雷爆炸了。男爵夫人突然把脸转向我，语调激昂地说：

“您知道吗，先生？古斯塔夫对我出其不意地回来非常气愤。”

“不，夫人，我不知道。”

“原因就是，您不难想象，他每逢星期天都要跟我那迷人的表妹幽会。”

“尊贵的夫人，”我打断她的话，“能允许我请求您当着被告的面指责他的罪过吗？”

我说了什么？替我的男同胞朝一个不忠贞的女人脸上泼去了辱骂，向她提出了刻薄而明白无误的谴责。

“不过，这实在欺人太甚！”她不禁喊出声来，脸一阵红，一阵白。

“是的，夫人，是太过分了！”

一切都明了了。是收场的时候了，永远地收场。

当她丈夫回到桌边，她立刻依偎着他，抓住他的一只胳膊，像在乞求他帮助对付一个敌手。

男爵注意到了，但他什么也不明白。

来到湖边的码头，我找了个借口，声称去临近的别墅看望朋友，向他们辞别。

我回到城里，事情的经过我无法做出结论。我的双腿拖着失去生命的躯壳回到家。生命的环节已被割断在此，一具尸体行走在自己的送葬队伍中。

孤寂，再一次被离弃，没有家，没有朋友。没有什么可以崇拜的了！可爱的上帝不能再次被人发现，圣母玛利亚被撞倒了，那女人已粉墨登场了，虚伪、不贞，露出了利爪。在她请我做知心朋友时，她已在通奸的路上迈出了第一步。

在这一时刻，我心中对异性的仇恨苏醒了。她想在我身上得罪那个男子，她的丈夫。我自感是她丈夫对抗女人的盟军。

收起那种美德吧！我丝毫没有拿它炫耀的动机。作为男子，他只能接受实际存在的东西，因此，他永远不是窃贼。唯独女人才会行窃和出卖自己。只有在一种情况下她才肯施舍，变得无私，肯承担丧失一切的风险，真遗憾，那就是通奸。娼妓出卖自己，有夫之妇出卖自己，唯独通奸的女子用偷窃丈夫的手段，把自己出卖给姘夫。

此外，我从未想过要霸占她成为自己的情妇。作为女人她给我灌输的只是友谊。当着孩子，她受到母亲装饰徽章的保护。在丈夫身边，她从不刺激我寻求满足的欲望。这种本是卑贱的情欲只有通过完全和特殊的占有才会显得高贵。

我心力交瘁、精神沮丧地回到空寂无伴的斗室。孤独感超过以往任何时候，因自结识这女子后，我跟那些放荡不羁的流浪艺人已无往来。

我住的阁楼相对宽敞，两扇窗户朝着尼波罗海姆河流和塞德尔嶙峋的山峰。窗户的一角我设计成一个小花园。孟加拉矮玫瑰、杜鹃花、仙鹳草，它们依次替我对怀抱圣婴的圣母献上各色花朵。这逐渐成了我日常的习惯：每当夜幕降临，卷帘垂落，我将花盆摆成一个半圆形，把被灯光照亮的男爵夫人的肖像安放其中。在此，她是个年轻的母亲，面带一副少有的纯净和稍显严肃的神态，小巧的头颅上结着一个金黄色的发髻，身着色彩明快的衣裙，裙领撑着下颌，脸庞被轮状皱领镶成一个圈。桌边是她年幼的女儿，浑身雪白，一对深邃的眼睛忧伤地打量着这个观赏者。在肖像前，我用“我的朋友”这样的称呼给她写信，几天后发往男爵家。这是我创作欲的唯一闸门。我收集灵魂中的精华填写信纸。为了让受压抑的艺术冲动朝新的方向发展，我要求夫人用文学的手法表达她诗人般的幻想。我给她捎去文学大师所有的杰作，为她提供观点、构思，帮她分析，提出建议，给她行之有效的指点并对文学结构的基础做了解释。她对此兴致索然，对自己的写作才能表示怀疑。我举例回答，说明任何受过教育的人都具备写信的能力。这样，从创作而言，他们多少都是作家。一切努力终归徒劳，因为她对戏剧的迷恋已在心中根深蒂固。她自称有对白的天赋，但社会地位不允许她登上舞台，而她又对此朝思暮想，所以她常夸耀自己是个殉难者，这么做对她的婚姻幸福当然有害无益。那个男子作为我行善施惠的同谋，已受到我暗中的保护，以不让他的家庭遭受令人惋惜的没落。他对我的好意虽深表谢意，但不敢表示出强烈的兴趣。我无视男爵夫人的责备，依然一意孤行。在一封又一封的去信中我劝诫她，切除这一心灵上的脓肿，用小说、戏剧或诗的形式倾吐衷肠。

“您把感受都写下来，”我信中这么说，“因为您经历的人生起着动人心弦的变化。铺一张纸，备一杆笔，诚心诚意地，您将成为作家。”我随意引用波尔纳①的要求。

“回味苦涩的生活，让人不胜痛心。”她回答我，“不，我更热衷对自己艺术的探索，在潜心研究与己不同的品格中，温习被淡忘的一切。”

我未曾想过，她说的被淡忘的是指什么，我对她的过去知之甚少。莫非她害怕那个谜一旦被解开，开启她品格的大门钥匙也由此被人截获？她追求戏剧艺术是为了隐藏自己？或是她想通过扮演形象比她高大的角色，使自己平步青云？

我摆完了论据，建议她从翻译开始，以改进文风，同时也逐渐熟悉出版家。

---

① 波尔纳，十九世纪德国出版家。

“翻译的收入可观吗？”她问。

“相当不错，但必须精通这一行。”我答。

“别以为我是个财迷。”她继续说，“但凡没有成功把握的工作于我无法产生特别的吸引力。”

她被当今女性自食其力的狂热所淹没。男爵表露出怀疑的神情，似乎更愿意有人操持好家务。他不愿妻子为挣得可怜的零花钱而使家庭陷入混乱。

她从此缠住我不放，求我搞一本可译的书，替她找一家出版社。为尽可能体面地摆脱这件棘手的事，我找来几个很短的试译品，译文将发表在一家插图报纸的栏下，只是不计报酬。一个星期过去了，她只字未动，连花不了多少时间的小品也没完成。男爵取笑她，说她生性懒惰，得过且过，并劝她就此罢休。男爵言语不慎，明显触伤了她的痛处。从此，我不再坚持自己的观点，我不想做他们夫妻不和的始作俑者。

当矛盾激化时，我们已相距甚远。

此刻，我坐在阁楼的写字台边，逐一阅读眼前摊放着的男爵夫人的来信。我的心紧缩了起来。这是一颗绝望的灵魂，一种未启用的力量，一个跟我完全一样生不逢时的人才。我的同情心油然而生。我忍受着这种感情的煎熬，如同承受一个器官植入我痛苦而扭曲的灵魂。

但她的言行又怎样搅乱了我的同情心！一次，她合乎情理的嫉妒心发作了，她抱怨婚姻让她失望，而我，非但没有让她变得理智，这将是更容易的事，反而抛弃她，呵斥她，因为就夫妻间是否要忠诚来说，她给了丈夫绝对的自由。

我突然异常同情起这个女人来，在她身上一定有着不寻常的隐私，她身心发展有着本质上的反常因素。而且，这时我才明白，倘若让她顺从命运任其发展，那将大错特错。忧心忡忡之下，我决定给她写信，求得她的宽恕，恳求她忘掉发生在我们之间的那一幕，忘掉误会造成的恶劣印象。然而，我语无伦次，词不达意，我的笔头丧失了生命力。我恹恹欲睡，倒卧在床榻上。

翌晨醒来，那是昏暗而温和的八月。八点左右，我无精打采，忧心如焚地来到图书馆。我因为有钥匙，便提前进馆，在上班前可以独自待上三小时。我先在楼道里徘徊，两旁是兀立的书架，我被吞没在一片魔法般的沉寂中。我熟悉这些不同时代的思想家，跟他们在一起我能排遣寂寞。我不时抽出一卷，尽量集中注意力，以忘却让人烦扰的事情。我无法驱散脑海中那尊跌倒的圣母被玷污的形象。我翻阅着书页，但什么也看不进去，抬起头，仿佛她就在眼前。幻觉中，她像从旋梯上下来。旋梯在画廊低矮的背景中无穷尽地向上伸延。我看见她走下来，撩起蓝色裙子的褶皱，露出一对动人的小脚和完美的裸踝，她用猥亵的目光引诱我去干伤风败俗的勾当，拿虚假和淫荡的微笑挑逗我，这是我昨天才从她身上发现的。幻觉催醒了我压抑了三个月的情欲，那是因为她身边纯净的氛围使我变得贞洁。事实现已表明，跃跃欲试的冲动要表现个性，让自己全神贯注在一件物体上。当然我渴望得到她，我把她想象成裸体。她那为我熟谙的衣饰条纹，在我的想象中变成了白皙的肉体。由于此刻我的思绪找到了目标，我很快从书架上抽出一本带有意大利各博物馆插图的书籍，其中包括所有著名雕塑作品的照片。为了探究这位女性的形体，我做了一次科学调查。我要弄清她所属的风格。这具有很大的选择性：有胸脯坚实、臀部引人注目的维纳斯，一个平常的女子，期待着她的男人，对于美貌胸有成竹！她不是这样！那个跟孩子一起滚耍在床上的圆润的母亲尤娜，炫鬻着绝美身体的羞耻部分。她也不是这种人！

那么她是米纳娃，那个女才子，老处女，她将干瘪的双乳藏在男性的胸胛后面。不着边际！

要么迪安娜，那个见不得光明的苍白夜神。她事与愿违的贞洁更为残忍，这是形体有缺陷的结果。与其说她是个姑娘，毋宁说是个男童，可怜得只剩下必要的东西。当阿克丹撞见她身穿浴衣时，她气愤至极。可是，她该属哪一类呢？只有未来最有发言权了！但是这种弱不禁风的体格、细嫩的四肢、动人的小脸蛋、高傲的微笑，显得嗜杀成性，流露出隐秘的肉欲；还有那被掩饰住的胸脯。这就是她——可怕的现实！

寻找中，我翻阅了所有已出版并珍藏在丰富的国家书库里的各种艺术手册，为的是找个贞洁女神的肖像。我做着比较，像科学家一样验证我的观察。我在那些书籍的引导下在这庞大的建筑物里，从一端蹒跚到另一端，直到敲响上班的钟声。同僚们纷至沓来，我才无奈地回到自己的位置。

到了晚上，我决定去俱乐部看望朋友。一踏进实验室，一阵恶魔般的吼叫向我袭来，我感到一阵温暖。房间的中央，一张摆好的餐桌被当作祭坛。桌上，硕大的、装着氰化钾的药剂瓶前安放着一个死人的头颅。旁边是一本打开的、沾满潘趣酒痕迹的《圣经》，页码被作为教鞭的外科手术探子固定了下来，避孕套被当作书签塞得比比皆是。

四处都是潘趣酒杯，不断被曲颈酒瓶斟满，朋友们正开怀痛饮！有人递过一只半立升的大烧瓶，我一饮而尽。这时，在场的都高呼俱乐部的格言：“上天的惩罚。”接着，我作为对答，领头唱起了色鬼赞美诗：

狂饮
嫖妓
这是生命的真谛！
狂饮
嫖妓
这是生活的目的！

既而又是一阵狂欢，群魔乱舞。在一片喝彩声中，我开始朗读自己颇为著名的亵渎神明的献词。我用抑扬顿挫的韵脚，用解剖学的理解把女人赞颂成无功能男性的化身，自寻乐趣。

我被粗鄙的语言和对圣母的辱骂陶醉了，她是一个性欲得不到满足的病态产物。我对这不贞偶像的全部仇恨是那样猛烈地迸发而出，我领略到一种苦涩的慰藉。那些同伴，那些只有在妓院才领教过色肉的色鬼，听到我用污秽的言辞糟践那些他们可望而不可即的女性时，个个高兴得手舞足蹈。

陶醉有增无减。几个月来，萦回在我耳畔的是多愁善感的哭泣，伴随着虚情假意和伪善的箴言，现在听到男子汉的嗓音是一大享受。人人像是摘下了面具，仿佛可以唾弃一切遮掩荒淫的虚假虔诚。我心灵的眼睛窥测到了，那个被崇拜的偶像，为了驱逐这难以忍受的生存，怎样在夫妻性生活上纵欲。在因无法占有她而产生无能的疯狂中，我以下流的语言、唾沫和辱骂一并泼向她，这个不在场的女人，尽管我厌恶这种犯罪。

此刻，实验室里的场景对我有如一次悲喜交集的宴席。木架上的玻璃杯放射着彩虹的各色光彩：有铅丹的红色、钾盐的橙色、硫黄的黄色、青铜的绿色、硫酸铜的蓝色。空气被烟草掺和着柠檬汁、令人迷茫和引起乡愁的大米潘趣酒气味污染。那架有意随便定下音阶的钢琴是那样虐待着贝多芬的《葬礼进行曲》，使人只能分辨音乐的节奏；在烟草蔚蓝色的雾霭中，醉汉们苍白的脸庞来回游移；少尉金色的绶带，哲学博士黑色的髯须，大夫衬衫的前胸，眼窝空洞的死人头颅，那狂呼、喧闹、不可忍耐的音响，令人作呕的画面，都运行了起来，所有这一切都交杂在我发了炎的大脑中。这时，突然响起一声召唤，一个唯一的、异口同声的呼喊：“上妓院去！”

接着大家附声加入大合唱：

狂饮
嫖妓
这是生命的真谛！

披上大衣，戴上礼帽，一队人马浩浩荡荡。

半小时后，这群酒肉之徒在轻佻姑娘的包围中双双对对地进了房。订好了烈性黑啤酒，壁炉中火苗蹿跃，这帮色情狂被有血有肉的图像引航入港……

清晨，当我在卧榻上醒来时，惊奇地发现自己的神志异常清醒。病态的感伤消失了，对圣母的膜拜仅此一夜被驱散得无影无踪。我把自己臆度中的爱情看作是灵魂与肉体的怯弱。这时，我一切都无所谓了。

洗完冷水浴，饱餐一顿之后我来到班上，只觉浑身是劲，我为这良好的收效高兴。我以超常的速度完成了应做的工作，时间一晃而过。

正当十二点半，办公室的信差送来男爵来访的通知。

看来痛苦没有完全解脱，我自言自语，做好了各种思想准备。

男爵神采奕奕，非常亲切地握着我的手，盛情约请我参加南泰利耶[1]海滨浴场的汽艇郊游，那里的社会剧院将举办非专业性演出。

我尽量寻找借口，推托有紧要的公文要办。

“不过，我妻子坚持要您同行，”他这么说，“此外，贝贝也来参加……”

贝贝，就是那位表妹。他那样恳切地央求我，一边用疑心病患者的目光上下打量着我，使我逐渐软化。但我没有直接给予肯定回答，却问：

“夫人近来无恙？”

① 瑞典斯德哥尔摩省城镇。位于斯德哥尔摩西南，波罗的海和梅拉伦湖之间。

“她昨天病了，而且很厉害，不过今天好多了。告诉我吧，朋友，”他说，“前天晚上在那卡到底发生了什么事？她说，您有某种误解，你生她的气是毫无道理的。”

“真的，”我没有任何把握地说，“我自己也无从知道。也许是因为喝多了，说了一些欠考虑的话。”

“我们不谈此事，”他匆忙打断我的话，“我们重新做朋友。您明白，女人总是那么敏感……您说呢？好吧，下午四点再见！”

我答应了！

无法解释的谜，一场误会，然而她毕竟还是病了。是因为惧怕，因为气愤，还是因为鬼晓得的事病了！自从那陌生的小个子女人出现后，事情发生了戏剧性的转变。下午四点，我不无心跳地登上指定好的那条船的甲板。

朋友们纷纷到来，夫人以兄妹般的柔情向我问候。

“您不会因为我严厉的措辞而生气吧？”一开口她就这么说，“我这个人就是爱动肝火……”

“这件事让它过去吧。”我打断她，在后甲板上为她找到座位。

“……先生……女士。”男爵做着介绍。我眼前站着一位年约二八的妙龄女郎，像个狡黠的婢女，跟我的想象毫无出入。小个儿、粗陋的身段、衣着平常，有着一种造作的高雅。

但是男爵夫人！脸色苍白，两颊低陷，瘦骨嶙峋，咳！

镯子在她的手腕上颤颤作响，细长的脖颈探出衣领，那些延伸到耳根的蓝色动脉历历在目。因发式不整，两只招风耳更为注目。其次，她不修边幅，服饰颜色刺眼，又不谐调。毫无疑问，她显得丑陋。我的同情心为此而深深打动。我暗暗诅咒自己那天对她的无理。她，卖弄风骚的女人！一个殉难者！一个无辜受难的圣人！

游船起锚离港。麦拉湖八月美丽的夜色诱人进入安逸的梦乡。

不知是蓄意，或是偶然，男爵和表妹坐在一道，离我们很远，说话辨听不清。男爵向姑娘微微欠下身子，交谈着，爽朗地笑着，玩笑不断。他显得那么满足和年轻，像是刚订完婚！

他时而向我们投来戏谑的一瞥，我们彼此点头微笑。

"她那么欢快，那姑娘，您难道不觉得？"男爵夫人问。

"她外表如此，夫人。"我答道，不知该做何表情为好。

"她很善于使我忧郁的丈夫欢快起来，这是我所不能的。"她补充说，朝那"两位年轻人"坦率而友好地微微一笑。

这一时刻，她的脸颊上流露出强忍的痛楚、干涸的泪水，一副非同寻常的悲伤表情。孕妇和年轻母亲那常能见到的善良、宽宏和忘我，恍若无法捕捉的烟雾从她脸上条件反射般地掠过。

我受着良心的谴责，为自己无依无据的猜疑而惭愧。我几乎难以克制自己的泪水，真诚地问她：

"您不介意？"

"一点也不，先生。"她答道，轻快的笑声中没有丝毫的恶意。

"您也许会觉得奇怪，但事实就是这样！我爱我丈夫，他是个好人，同时我爱怜这小个子女人，她是甜美的女性。此外，这一切都是清白无辜的。不，可恶的嫉妒心，人只会为此变得丑恶。像我这个年纪，还是持重为好。"

果然，她的丑恶以一种撕心裂肺的方式暴露了出来。我不假思索，用父亲的口吻告诉她，她该围上那条驼羊毛围巾，夜风会让她感冒的。我替她披上那条长绒的毛围巾，按我的审美观把她的脸围了起来，以更突出她柔和的美。

她带着微笑向我致谢显得多美！她看上去那么幸福，感激得像个企望爱抚的孩子。

“我可怜的丈夫，能看到他舒展一次眉头，我多么高兴。正如您所认为的，他忧虑重重，先生！”

“不过，夫人，”我碰运气地探问，“我不想冒犯别人。但看在上帝的分上您能否告诉我，是哪个方面出了问题。因为我不能不感到，在您的生活中有些事不那么正常。尽管我只能给予一个忠告，然而，如果您认为我会对您有所帮助的话，请相信我的友谊。”

这里触及常使我那些朋友忧虑不安的隐私：男爵不足以维持的军饷一直都是靠夫人的陪嫁费来补充的，这笔款项不久前被看作徒有虚名，是一堆靠不住的有价证券。而眼下她丈夫正打算离开军队，力求在银行博取一个出纳员的职位。

“就是因为这个缘故，”她补充道，“我想以自己的才能，增加一些收入，补贴家用。他陷入困境也有我的责任，是我影响了他的前程……”

面对这种严肃而又超出我的能力的事情，我能说什么，能干什么呢？我开始用现实描绘一幅玫瑰色的图景。在我说服自己这是一件区区小事后，我预言她的未来无忧无虑，前程似锦。我还回到经济统计学上，以此证明，好时光指日可待。我虚构着巨大的财源，用魔术变出一个新的军队编制，随之是出人意料的晋级。

这纯属臆造。我借助自己的想象给她增添勇气、希望，培养她良好的情绪。

到达目的地后，我们一同在公园散步。我们结对而行，等待着戏院的门卫放行。至此，我还未与那表妹说过话，因为男爵一直跟她谈论不休。他为她挽着上戏院穿的大衣，两眼贪婪地盯着她，绵绵话语把她淹没。他企图用自己的呼吸把她融化，但她依然无动于衷，冷若冰霜，神色严肃，目光淡漠。她偶尔地说上几句，对此男爵报以喧闹的欢笑，而她不动声色。从聆听者冷静的面孔来推测，她在不时地从旁做出评判，表示些弦外有音的暗示，甚至可能说些模棱两可的话。终于，戏院的大门开了，我们找了个位置就座，因为没有事先订座。帷幕升起了。重见舞台，男爵夫人不禁欣喜万分。这意味着现实世界，在此她闻到了水彩颜料、亚麻布景的馨香，还有清新的木料、脂粉、汗水……

今晚上演的是《心绪》。由于对往事苦痛的追忆，想到自己曾是个失败者，通向舞台的路早被梗阻，加之昨夜情欲放纵，我突然一阵难过。趁落幕之际，我悄悄溜进饭店的餐厅，借助几杯苦艾酒，坚持把戏看完。

朋友们如约来进晚餐，他的举止给人以无聊的印象，不免流露出对我逃离剧场的不满。在众人的沉默中摆好了餐具。现在，我们四人聚在一起，话题总是无法深入。表妹的神态一直缄默、倨傲、矜持。

闲聊转到了菜谱上。夫人征求我的意见，选择了开胃的餐前小吃。男爵定餐时用词粗鲁，我的神经对此不堪忍受，然后他又把菜退了。黑色的魔鬼辖制了我，我佯装不懂，定了两份小吃，一份给她，一份给自己——按她的心意。

男爵脸色煞白！空气中酝酿着一场雷雨，但谁也不作声。我感到非常自豪，因为我用羞辱回报了无耻，这在其他风俗不同的国度里，会被郑重提出给予解释的要求。我一言不发地开始用餐。夫人因我勇敢地保护了她的权利而受到了鼓舞，为了让我开心，她跟我打趣。毫无效果。任何交谈都不可能了，没有什么可说的了，我和男爵交换着咄咄逼人的目光。终于，我的对手开始跟他的女邻座窃窃私语。她点头示意作答，嘴唇不动地半吐着字音，一边向我投来蔑视的目光。

我感到热血冲上了头，闪电逼近了。这时，一个始料未及的插曲有如避雷针给我们解了围。

隔壁房间的一帮快活人，半小时以来一直可怕地敲击着钢琴，而此刻却拉大嗓门唱起下流曲。

“把门关上。”男爵命令仆人。门刚关上又被打开了。那些家伙继续寻欢作乐，还时时发出寻衅的叫喊。

现在是我借机闹个天翻地覆的时候了。

我从椅子上站起来，疾步穿过大厅，当着那帮狂呼乱叫的亡命徒砰地把门关上。面对敌手，我如此果断地挺身而出，其作用正如拉响了炸药的导火索。我牢牢抓住门把，经过短暂的僵持，一股强大的力量把门撞开了。我被拖进咆哮的人群，他们向我扑来，摆好打斗的架势。就在这时，一只手搭在我肩上。我听到一个愤怒的声音在提醒那些先生自重，他们竟以十对一抗击敌手……这是男爵夫人，她完全陷入了自身的愤慨，忘记了任何礼仪和举止是否得体，也许这样比她刻意的表露更恰到好处地显示出热情。

格斗就此终止，夫人用审视的目光看着我。

“您可真是个小英雄，”她说，“为了您，我承受了多大的恐惧！”

男爵要结账，他喊过侍者，让他把警察叫来。

此刻，我们又是和睦一致了，争相臭骂那些地痞的恶劣行径，以发泄心中的不满。嫉妒和自尊心受损而激起的怨气一股脑儿地泼向那群替罪羊。回到我们下榻的旅馆，饮着预订的潘趣酒，友谊的火焰重新燃起，至于警察一直没露面，我们早已忘在脑后。

翌晨，我们又在咖啡厅见面，大家心绪良好，个个神采奕奕，显得满足幸福，本以为那不愉快的事会投下阴影，不想一切早已烟消云散。

餐后，我们沿运河堤坝散步，我们依然结对而行，拉开适当的距离。当来到运河拐角的阀门边，男爵站住脚，面带温柔、近乎动情的微笑转向妻子。

“玛丽亚，你还记得这地方？”他问。

“记得，亲爱的古斯塔夫！”她答道，脸上露出激动而又悲戚的神情。她转脸向我解释说：

“一个傍晚，他就是在此向我求婚的，在下面的那棵杨树下。当时正好有一颗流星飞过……”

“……迄今已有三年，”我补充说，“此时您又缅怀往事，您靠回忆过日子，这是因为您对现实不满意……”

“别说了，先生，您想错了……我厌恶过去，并且非常感激我的丈夫，是他把我从一个爱虚荣的母亲手里解救出来，她善意的专断几乎把我毁了。不，我对亲爱的古斯塔夫崇拜之至，他是我忠实的朋友……”

“说的是，夫人，我始终站在您一边，以求得您的欢心。”

我们按约定时间回到甲板上，将坐船返回市内。汽艇驶过千岛碧湖，停靠在码头，我们互相挥手道别。

我暗自发誓，割除灵魂上“雌化”的赘疣，以新的勇气回到工作中去。但不久我便意识到，这股力量之大超出了我的自制。就在第二天，我收到邀请，去男爵夫人那里吃饭，这天是她的结婚纪念日。推托已是不可能了。尽管我担心我们的友谊会因此冷却下来，但我还是按时赴约。屋里正在清理，东西摆得横七竖八，我当时的失望心情不难想象。男爵情绪低落，没露面的妻子抱歉地让人转告，那顿饭推迟了。男爵既阴郁、饥饿，又为自己的无辜感到委屈。在院子里与他散步时，我慢慢地又引出上次的话题。没过半小时，我们就无话可谈了。我们决定去楼上的餐室。

那里，餐具早已摆好，定的是餐前小吃。但是，女主人却迟迟不出现。

“我们就站着边吃黄油面包边等吧。”男爵建议。

我尽最大的努力，劝他不要这样，因为我要维护男爵夫人的面子。但是无济于事。我被夹在中间，只好随他的便了。

正在这时，夫人出现了。她满面生辉，显得年轻、漂亮、衣着华贵，一件用透明的波纹绸做的连衣裙，颜色是她最喜爱的，米黄色配着三色堇紫色。衣裙出自名师之手，完美无瑕。少女的腰身、圆润的肩头清晰可见，双臂流水般的线条让人着迷。我急忙将我带来的那束玫瑰献上，但愿她有庆祝不完的结婚纪念日。

但是，我始终觉得，我们的缺乏耐心和有失体统应归咎于男爵。

当她发现餐桌已被人动过，不由露出不悦之色。她与其说是在开玩笑，不如说是用尖刻的口吻对丈夫进行挖苦。对某些话，男爵毫不犹豫地反唇相讥。我马上被卷入混乱，提醒我想起适才还跟男爵谈到的昨天发生的事。

“您觉得我妩媚的表妹可爱吗？”夫人问。

“让人着迷！”我大声说。

“不是吗，先生，这孩子可是宝贝。”男爵拿出真诚坦率和严父般的口吻激动地说。他对这块小小的烤魔鬼肉、这个臆想中的暴君的牺牲品，深表同情。

男爵夫人无视丈夫采用“孩子”这种遮掩的字眼，紧逼不让地继续说：

“您瞧瞧，可爱的贝贝怎样把我的丈夫梳妆一新。”

果真如此，男爵的秃顶见不到了，他现在留起了刘海，小胡子捻得向上翘起，这使得他的相貌变了样。我脑子一闪，还发现——不过我仍装作若无其事，男爵夫人无论是发型、衣着的各个细节，还是作态都在刻意模仿她的表妹。她俩身上，谁都可以找出活生生的亲和力。

这顿饭就这样吃得迟缓、沉郁，就像一辆缺了第四个轮子的手推车。喝咖啡时，本以为又是原先的那种四方阵形，但现在只有我们三人，整个气氛显得不谐调。

甜食上来后，我按习惯向这对夫妇举杯祝贺，但我们的表情像走了气的香槟酒，十分乏味。

夫妇俩互相亲吻，想到过去，他们心情好些。在造作的柔情中，他们变得两情依依。像演员一样，动情地模仿了忧伤，一旦做完了戏会感到真正的伤心。或许是死灰下依然有颤跃的火星，随时等待着，只要风箱里鼓起一丝微风都会燃起熊熊烈火，只要巧妙的手抓住合适的时机，加上时光稍加操纵，事态的发展就难以想象了。

我们来到花园，在园亭里歇息下来。这里，临窗能眺望街景。大家兴致索然，谈话渐渐终止。坐立不安的男爵倚窗瞭望，留心着表妹的出现。突然，他如脱了弦的箭破门而出，把我们单独留了下来。显然，他去迎接他的客人了。

亭子里只留下我们俩。与男爵夫人单独在一起我感到不自在。这不是因为我胆怯，但她那种神态，像是想用目光把我吞噬，对我衣着或这或那的细节发出赞许。沉默良久，当我们都为此感到窘迫时，她突然开怀大笑，指了指男爵消失的方向。

“这个善良的古斯塔夫爱得多深！”她说。

“也许是这样，”我答道，“而您却没有丝毫的嫉妒？”

“一点也没有，”她肯定地说，“说破了，我本人也为这可爱的小家伙着迷。您呢，说到我迷人的表妹，您又是何等心情呢？”

“心情好极了，夫人！说真心话，不是为了伤害您，我对这位女士绝无好感。”

我说的是真话。虽然我也出身平民，不过自见到这位年轻女子的第一天起，我就对她抱有偏见。她把我看成一个讨厌的目击者，她为了掩人耳目，得以进入社交圈，为自己围造了一个狩猎场，对她而言，我充其量不过是一个危险的猎手。她那双细长而具有穿透力的灰眼睛用行家的眼光把我划为无利可图、不值一交的人；她的小市民生性即刻让她怀有偏见：我来此是为了寻花问柳的冒险勾当。从一定的意义上说，她是对的，因为我已申明自己的意图，登场旨在寻找悲剧的施主。但是，由于我与戏剧界朋友的那些交往不值一提，那不过是虚构了一位芬兰小姐罢了，所以除了一些无足轻重的恭维话，从未有谁谈及我的剧本。

而当着表妹乐于尝试各种感受的男爵，从他在我跟前的举止变化中表明，他已完全用那个女骗子的眼光来看待我了。

稍稍片刻，那一对儿已出现在花园门口。两人兴高采烈，侃侃而谈，传来爽朗的笑声。

今晚，小个子女人情绪好极了。她骂起人来像街头的小流氓那么顺口，带着一副天真无邪的神情说着模棱两可的话，像是对双关语一窍不通。她抽烟、喝酒，但一刻也没忘记表明自己是个年轻，甚至非常年轻的女子。她身上没有丝毫的男子气，没有女性解放的影子，没有点滴的矫揉造作。总之，她看上去非常顺眼。几个钟头的时光无忧无虑地流逝过去。然而使我惊异的是，这在我看来是事发的先兆——当表妹不慎漏出一句双关语时，夫人会情不自禁地失声大笑。一种无廉耻的性感表情使她的脸上放出异彩。这证明了，她对纵欲的奥秘十分谙熟。

我们正谈锋甚健时，男爵的叔叔来了，他加入了我们的聚会。多少年来，他一直是孤家寡人，一个退了休的上尉。在女士面前，他举止得体，显得尤其殷勤热情，略带旧式学校学生对女子的大胆献媚。此外，他可以拿血统关系做掩饰，他总是自由地触摸两位女士，亲吻她们的手，抚摸她们的面颊。他一出现，她俩立即投入他的怀抱，发出低声的欢叫。

“啊，我的小宝贝，留点神！一下子两个，我老头子可吃不消！当心火！把小爪子拿开，否则我什么都保证不了了。”

男爵夫人把叼在嘴里的烟递给了他。

“叔叔，给我一点火吧！”她傻愣愣地喊道。

“我的火劲儿已过去了，孩子，五年前就不行了。”他答道，扮了个调皮的鬼脸。

男爵夫人在他的脸上轻柔地拍了一下，于是那老头抓住她的一只胳臂，两手紧抓不放，抚摸着她的肌肤，一直摸到肩头。

“我的宝贝，你一点也不像看上去那么瘦。”他继续说，一边玩弄她细嫩的皮肤。

夫人没有抗拒，她似乎还为这类恭维感到亢奋。她猛然一声粗犷而富有性感的大笑，高高地挽起那只衣袖，露出一只修长的臂膀，线条优美，洁白如玉。

蓦地，她觉悟到了我的在场，慌忙地将袖子放下，不过还是晚了。我已觉察到她的眼神中闪烁着一星点野性的光，那种女人在爱的陶醉中所表现出来的忘情。就在这时，我为自己点上一支烟，不小心将火星掉入衬衣与马甲之间。夫人一阵惊呼向我扑来，试图用手把那火星掐灭，她的脸涨得绯红，紧张地喊着：

“火！火！”我慌乱得浑身战栗，一边将她的两手紧紧按在胸前，想把威胁人的火星灭掉。接着，我尴尬地从她的双臂中挣脱出来，犹如摆脱了一场巨大的危机。我向夫人致谢，她是那么地紧张。

直到用晚餐，我们之间的客套显得那么不自在。红日西沉，月亮从天文台半球状的屋顶背后悄悄地爬了上来，柔光洒落在园中的苹果树上。这引得我们去猜测挂在枝头的果子的名字。它们半掩在树丛中，在月光映照下，树叶恍若芦苇变成了绿色。血红的施劳特苹果，此刻看上去像一块黄色的斑痕；那些阿斯塔乡苹果变成了灰绿色；莱茵特苹果呈棕红色，剩下的则大同小异。花坛上的花朵亦是如此：天竺牡丹呈一种无名的色调，像是来自其他星球的紫罗兰色，枝叶闪耀着无法形容的色彩。

“您瞧，夫人，”我企图做出解释，“一切是何等富有幻象。没有独立的色彩，一切由光的自然属性而定。剩下的只有虚幻的东西。”

“只有？”她重复道，在我跟前站住了，用她在夜色中放大的瞳孔透视着我。

“是的！”我谎称道，看着眼前用血和肉塑成的幻影不由得神魂不定，她此时此刻异乎寻常的美教人惊愕。

月光泻落在她那散发着野气的金发上，宛如一个光环围绕着面庞。她那秀美、匀称的身段在变成黑白相间的条纹连衣裙中更显得亭亭玉立。

紫罗兰花喷吐着荷尔蒙一样的芬芳，蝗虫引逗着被降露打湿的草儿，和煦的微风摆弄得树影婆娑，迷蒙的夜色把我们裹进苍白的被单。一切诱人去爱，而唯独那怯生生的礼数压抑了这种表白。

忽然，从风中摇曳的枝头落下一个苹果，夫人俯身拾起，意味深长地递给我。

“夫人，不，非常感谢，这是禁果！”

为了冲淡因言语不慎给人留下的印象，我赶忙转作影射吝啬的房东，做出自以为满意的解释：

“房东会说什么？”

“他起码会说，您是一位无可指摘的骑士。”她答道，样子想要责备我的胆怯。她朝树荫望了望，男爵和表妹坐在我们目力不及的地方。

晚餐端了上来。我们用餐之后从桌边站起身来时，男爵建议去散散步，顺便护送这位“可爱的孩子”回家。

我们出了大门上了街，男爵把手臂伸给表妹，然后向我转过脸来。

“您现在将手臂伸给我的妻子，以表明您是个骑士。”他用父亲的口气说。

我一阵心虚。那天晚上天气闷热，她把外套挽在臂上。透过波纹绸我能感觉到她的臂膊起伏的曲线。接触中，它传递过来一股电流，穿经我的全身，在我的体内唤醒一种特殊的感觉。我似乎觉得，她的衬衫袖口正好触碰着我的三头肌。这刺激是那样强烈，以致我能把这只使我神不守舍的手臂的组织结构原本地描画下来。她的二头肌以及那块硕大、在爱的拥抱中发挥着重大作用的提掣肌紧压住我的手臂，肌肤相贴，伴随着轻快的节奏。我们并肩往前走着，我能辨别出她沙沙作响的裙下那臀部的形体和丰腴的大腿。

“您领衔主演真不错，先生，您肯定是位出色的舞蹈家！”

我正处在尴尬的沉默中，她的话使我稍稍振作。

过了一些时候，她大概感觉到了我的神经紧张的颤动。“您在发抖？”她用女人挑逗的口气问我，意识到了自己的优势。

“是的，夫人，我感到凉了！”

“那么您就把外套披上吧，孩子。”她的声音像丝绸一样柔和。

我把外套披在身上，有如披上了一件束缚疯癫病患者的号衣，我感到现在能更有效地抵住从她身上袭来的热浪。不过，她那双腿踏着节奏向前挪动，与我的神经系统是那样合拍，让人联想到，我们犹如连体人在用四条腿行走。

这种嫁接发生在与命运攸关的散步中，这在园丁那被称作并接法。

从那之后，我再也无法把握自己，这个女人被注进了我的血液，我们的神经电荷已被充足。她那女性的生命体要求得我男性物质的精血，她的灵魂渴求我的智慧，而我的生命迫切需要注入这温润的花蕾。难道我们对此麻木不仁？这是问题的症结。

回到自己的房间，我不禁自问，该怎么办？是怯逃、忘却或去远方寻找成功？我当即制定旅行计划，去文明世界的心脏巴黎，在那里我将躲进图书馆、博物馆或其他地方，完成我的小说。

计划已定，我立刻着手将它付诸实施，以便一个月后开始我的告别访问。一个十分偶然的机遇有助于我完成这次棘手的出行，阐明我出走的原因。早在我记忆中消失了的赛尔玛小姐——就是那个芬兰女子，在报上刊登了与那位歌手的结婚启事。

为了忘掉一切，为了治愈我破碎的心，我被迫离开这里。我的借口委实巧妙。

在友人恳切的请求下，我觉得有必要再逗留数星期，同时也好躲避一下秋季的风暴。我主意已定，走水路去勒阿弗尔①。

此外，加上我妹妹的婚事，原先婚礼定在十月初，不知为何拖至今日。

行期拖延带来了没完没了的邀请。那位表妹已回到父母身边去了，所以几乎每到晚上总是我们三人在一起。男爵，现在受到了妻子的感化又向我投来和善的目光。我即将远行，这使他心神安宁。他恢复了常态，又把我当成了朋友。

一天傍晚，我们几个聚首在男爵夫人的母亲家里。男爵夫人神情懒散，倚靠在沙发上，将头依偎在母亲的怀里。突然，她闪过一个念头，表白自己对一位名演员的强烈好感。我说不清她这么做是在考验我，还是要以此来刺激我。我全不在乎。这时，年老的夫人抚摸着女儿的发辫，把脸转向我。

“先生，您听好了，”她这么说，“您若将来有心写小说，那么这里有您一个受爱情煎熬的女性模特儿。她除了丈夫，总有使她倾慕的男子。”

“这是真话，”年轻的女人插话，“这个令人神往的先生名叫……”

“她是疯了？”男爵微微一笑，身体神经质地一阵痉挛。他有些克制不住了。

一个受爱情煎熬的女人！这话深深刻入我的记忆。除了说话的语调有些滑稽，这一定包含着一个小小的真实内核，因为说这话的

① 法国第二大海港，在西北部塞纳河口。

是一位母亲和上了年纪的妇人。

启程前夕，我把男爵和夫人请到阁楼里吃了一顿单身汉的晚餐。为表示对这一天的重视，我把房间好好收拾了一番，以掩饰布置上的不足。清贫的斗室看去近乎寺庙，外屋两扇窗子之间的墙边，摆着用芦苇编成的破旧沙发，上面盖了一张仿制的老虎皮，被隐形平头钉固定住；窗子间的凹陷处，搁着写字台和小花坛，另一处是我的小小藏书室。屋子左面，沙发床由一块带有花纹的亚麻粗毯盖着；床上方的墙上是一张色彩鲜艳、有黑白斑纹的地图；右边是带镜子的五斗橱，两件铜皮包角的家具都是帝国风格；柜子上放着石膏胸像，一个洗漱台我暂时放在帘子背后；装饰着铜版画的墙给人一副千变万化的景象，造成一种非常古朴、富有特色的印象。

天花板上垂下一盏枝形吊灯，藤编托着陶器，这是我在古玩店的收获，其形状类似教堂的普通吊灯，灯上的裂缝我巧妙地用一簇人造常青藤遮住，这是前不久我从妹妹那儿搜罗来的；吊灯能插三根蜡烛，下面是餐桌。白得晃眼、绣着花的台布上摆着花瓶，插着孟加拉玫瑰；在下垂的常青藤藤蔓的衬托下，娇艳的红色花朵在深绿色的叶丛中给人以花卉节的感觉。玫瑰茎秆的周围满是红色、绿色、乳白色的玻璃杯，这是我碰巧买到的便宜货。加上由中国的、日本的、马林贝格[①]的和其他的陶瓷做成的盘子、盐瓶子、糖罐子组成的餐具。

晚餐有十几种冷盘，我选择了这些与其说是为了品尝，不如说

① 原名“开姆尼茨”，1953 年改名。联邦德国和民主德国统一后 1991 年复名开姆尼茨。属萨克森州。在厄尔士山北麓、开姆尼茨河畔。

是想欣赏它们漂亮的装饰，主菜是牡蛎。举办这么一次非同寻常的家宴带来了不少麻烦，我还得感谢房东的热情帮助。终算万事就绪。对整个布置我自鸣得意。这是种种细微的感性印象的谐调，它让人联想到了作家的苦心、学者的探究、艺术家的情趣、贪婪和对花的崇拜，以及出现在那些花后的女性偶像。要不是三套餐具，人们还以为是两人在举办婚礼。

这让人想到了爱的夜晚，但这在我只是一顿晚餐，一顿和解的晚餐。自从我跟那个下流女人分手后，我的小屋一直没有接待过任何女性。她留在沙发扶手上的小靴子印仍依稀可辨。从那之后，五斗橱的镜子再也没反照过女性的胸脯。而现在，一位贞洁女性、一个母亲、一个受过高等教育的温情女子将净化这间曾目睹了诸多的不安、饥馑和痛苦的斗室。同时，这又是一次奉献的晚餐，我这样想，因为最终我将奉献我的心灵、我的安宁，甚至我的生命，为朋友的幸福牺牲一切。

四楼的踏板传来脚步声，一切业已准备停当。我急忙点上烛灯，插放好瓶中的鲜花。转眼间，客人们已气喘吁吁地站在门外，他们征服了四层的楼梯。

我打开门。在无数支烛光的映衬下，夫人像是来到了一幅成功的歌剧舞台的布景前，竟鼓起掌来！

“您可真是一流的导演。”她喊。

“不错，夫人，我同时也写舞台剧本，毫无办法……”

我帮她脱去大氅，对她表示欢迎，请她在沙发上就座。但她无法安稳地坐在那里。作为一名从未见过单身汉的住房、离开娘家被昏头昏脑地扔进了洞房的女子，她怀有特殊的好奇心。现在她要做一次真正的家庭探访。她从我的工作间开始巡视，在那里，她触碰一下我的羽笔，抚摸一下吸墨纸，细细观看，像在期待能发现什么隐蔽的痕迹。随后，她将身体转向书架，用目光浏览了一遍书脊上的书名。当走过镜子时，她停留了片刻，理了理头发，把衬衣的领角塞进领口，以便裸露出半个酥胸。接着，她观赏家具，一件件细细过目，连声惊叹地吻了吻那些花。当她终于走完那一圈后，眼睛仍在寻找着什么，同时以天真的语调毫不隐讳地问：

“不过，您的床呢？”

“沙发即是，夫人。”

“呵，独身生活，一定很有意思。”她高声说。

话语间，少女时代的梦似乎又掠过她的脑际。

“有时也很无聊。”我说。

“无聊？是因为能自行做主，不受监视而感到无聊？哦，我想获得这样的无聊都要想疯了。至于婚姻生活，它是卑鄙的！不是吗，我的心肝？”她说着话把脸转向男爵。他颔首微笑，加以肯定：

“是的，结婚才是无聊！”

餐桌摆好，食物上了桌。一杯葡萄酒下肚，心情爽快惬意。然而，我蓦然想到，这种推心置腹的小型聚会总是苦乐参半，不尽如人意。我们又忆起昔日的好时光。追怀往事，我们再次体味着郊游中遇到的那些小风险，以往欢聚时每个人的举止笑貌宛在眼前。我们目光炯炯，心头发热，起身举杯相视，把臂言欢。几小时飞逝而过，告别的时刻越来越近，我们焦虑不安。男爵在妻子的示意下从口袋里掏出一个猫眼石戒指，把它递给我，并向我祝酒：

“这区区小礼，请笑纳。好朋友，谢谢您的友情，但愿您命运顺遂，一展宏图。这是我发自内心的祝祷。你我情同手足，我把你视作高洁之士。一路平安，我们不告别，也不说再见。”

高洁之士？这么说他把我看穿了！他把我们俩看穿了！大错特错！在做解释时，男爵措辞适度地把那个可怜的塞尔玛诽谤了一通，她曾背叛了自己，把自己出卖给一个男人……而现在，出卖给了一个她深恶痛绝的人，其幸福还得感谢一位品质高尚的人。

这人就是我！我深深自惭，被这颗坦诚、真朴的心感化，但又暗自嗟叹自身的不幸。万念俱灰，谎言以真理的化身出现，悄悄溜进我的灵魂。

那个因我玩弄的手腕所被蒙蔽，并被我持续的冷漠弄得方寸已乱的男爵夫人像是信了我的话。她重操以往母性温柔的口吻给我鼓气：

“别再提那姑娘的事儿了！女孩子到处都有，只会比她强！您不要自寻烦恼，我的孩子，她不是个正经姑娘，她从来没有等待的意思。此外，我现在说也无妨，我已耳闻了不少有关她的风流韵事，只是我一直不愿向您披露罢了。”

煽起了我对这个一度视为偶像的人的强烈反感，她有些喜不自禁。

“您可以想象，她曾试图勾引上流社会中的一名少尉；另外，她的实际年龄要比她谎称的大出三分之一……轻佻的女人，您明白吗？”

男爵向她做了个不赞同的手势，她自知失言，一边牵住我的手，一边用脉脉含情的目光乞求我宽恕。我又经受了骇人的折磨。

男爵已有三分醉意，他多愁善感起来，絮絮叨叨，尽吐真言，明白地向我表示兄弟之谊，不断地邀我举杯畅饮，在升华中忘却自我。

他肿胀的脸颊浮着善意，忧伤的眼睛温情脉脉地望着我，使我对他的友爱深信不疑。事实上，他确是一个好心肠的大孩子，诚实厚道、无可挑剔，促使我发誓要对他忠诚，哪怕历经艰险，我也会拼死相从。我们从桌边站起身来，为的是彼此分手——也是永久的分离。夫人开始痛苦地抽泣，把脸埋进丈夫的胸前。

“我是疯了，”她喊道，“这么依恋我们的好友，他的启程几乎让人心都碎了。”

在天使般柔情的外衣的掩护下，一种纯洁、污浊、忘我、自私、迫切的爱爆发了出来，她当着丈夫的面拥抱了我，画着十字为我祝福，向我道别。

候在门口的老女佣抹去眼中的泪水。大家都泫然泪下。这是一个悲壮而难忘的时刻：蒙难者的形象已塑造成功。

我上床就寝时已近午夜一点，但无法入睡，我担心误了船班，结果是彻夜未眠。一星期来的欢宴使我精疲力竭，饮酒过度让人神经过敏，无所事事的日子使我的生活失去了平衡，启程的日期一推再推教人心烦意乱，最后发展到昨天的那种动情，我已近乎僵化。

我在床上辗转反侧，直至破晓。我深知自己意志的薄弱，对火车怀有强烈的反感，这种滚动着的监狱，它的摇撼将毁坏人的骨髓。所以我选择了水路，以挫败任何潜逃的诱惑。轮船将在早晨六点起锚，出租马车五点来接我。我寂寞孤独地只身上路。时逢一个风凄凄、雾蒙蒙、寒冷异常的十月清晨，树枝上悬挂着冰霰。当我来到诺尔波罗时，我几乎不敢相信自己的眼睛，我发现了男爵，他的马车正跟我朝同一方向行驶。没错，就是他。为了与我辞别，他违背了一切誓约，大清早驱车前来。这种出人意料的友好举动使我大为感动。我自感不配，并责备自己以小人之心度人。到了码头，他登上甲板，察看船舱，向船长做了自我介绍，希望他能多多地关照我。他俨然像个兄长，一位挚友。我们泪眼相望，紧紧拥抱。

“老朋友，请自珍重，”他告诫道，“你看上去精神状态不是最好。”

我确是心绪不佳，但在船启程之际，我极力振作起来。我突然为自己这样漫无目标的旅行感到吃惊。我产生一种强烈的欲望，想纵身跃入水中，游回岸边，但我没有足够的勇气，将任何一种愿望变为现实。就这样，我患得患失地伫立在甲板的栏杆旁，挥着手帕回答着目送我的朋友。他很快消失在碇泊码头的船只后面。

这是一艘重载的货船，唯一的客舱设在中层的甲板上。我躺在卧铺上，裹上被单，想让开始的二十四小时在昏昏睡梦中度过。我要截断一切怯逃的后路。我昏沉沉地睡了半小时，船身似乎猛地被浪头一击，我惊醒了。这是因长期饮酒过量和失眠所致。

一瞬间，令人绝望的现实清晰地显现出来。我马上走出船舱，在甲板上徘徊。棕黑色的海岸线从眼前移过，景色显得荒芜，仅见一片兀立的树木、灰黄的草地和岩缝中的残雪。灰暗的海水漂浮着深褐色的斑块，天空阴霾密布，呈铅一般的颜色。污秽的甲板，粗鲁的水手，还有厨房里散发出的恶臭，这一切更增添了我的沮丧。

我感到难以抑制，想找人倾诉心中忧愁，但连一个同船的行伴也见不到。我攀上指挥台来找船长，但他是个最坏的水手，无法接近。这么说，这十天我成了囚犯，在一群不可理喻、无法沟通的人群中孤立无援。这真是一场磨难。

我又在甲板上开始了自己的旅程，我不停地徘徊，好像这样时间可以快些消磨掉。我发炎的大脑承受着高压不停地工作，每分钟出现上千个念头。被排挤出的念头又涌入脑海，相互拥挤着、驱逐着。混乱中，有一种尖锐的痛楚，像牙痛，既无法确定位置，也难以形容。船渐渐向公海驶去，我越发感到紧张。我仿佛觉得雾霭像一根纽带把我与故乡、祖国和家园紧紧相连。船行得越远，纽带绷得越紧，越易断裂。我在接天连地的波涛中摇晃，像是被人抛弃了，孤独给我注入一种无名的恐惧。这无疑是天性中的弱点。记得我十二岁那年，一次远行中我想到了母亲时曾潸然泪下，尽管那时我从生理发育上看已相当成熟。我想把这一弱点归结为我母亲生我时的早产，或是多次不成功的堕胎，这在多子女家庭中是司空见惯的。

尤其在我易地他方时，这种缺陷更为明显。眼下我正离开一个熟悉的环境，一种对茫茫前景、陌生国土、船上的水手无法预见和通融而产生的恐惧感抓住我不放。我生性极为敏感，如同一个过早出世的婴孩，其赤裸裸的神经暴露在制革一般的皮肉上，依然淌着血，就像一只刚换下壳的螃蟹，它要在岩石底下寻找栖身之地，感受人间冷暖。我在船上四处游荡，为了寻觅一个比我更坚强的灵魂，寻求一只能将我紧紧挽住的力臂，寻求相濡以沫的躯体和友善的富于生命之光的眼睛。我在前舱独自徘徊，犹如一只笼中的松鼠，被关在卷扬机和船舱的坚壁之中。我想象着自己将有十天的煎熬，而踏上甲板至此还不到一小时！这一小时，漫长得像个充满折磨的白昼。毫无希望能逃避这次该诅咒的旅行，毫无希望！我试图强迫自己以感情顺从理智，继而又毛骨悚然。是什么催逼我踏上了艰途？若是三思之后决定弃程返还，谁又会来指责我呢？

谁也不会！但尽管如此……这关系到荣辱、讥讽！不，让一切期求付诸东流吧！加之，客船在到达勒阿弗尔之前没有停靠。这么说，向前，只有鼓足勇气向前！然而，勇气要有生理和心理的力量做根基，而眼下我正缺少这两件东西。忧郁的思绪使我心烦意乱，我无法安坐，决定去后甲板散步，因为其间我对船头已是了如指掌。我已十分熟悉甲板上的栏杆、索具、帆具，就像一部已写完的书那样使我恶心。我穿过玻璃门，几乎撞上了一个背风蹲在客舱后面的妇人。这是一位老人，身着黑衣，头发花白，表情悲哀。她仔细地端详着我，充满了温情，使我不能不向她走去，与她交谈。她用法语回答我，我们就这样结识了。

一阵寒暄后，话题转到了这次旅游的目的。这于她并不是一件快事。她自称是木料商的遗孀，在斯德哥尔摩探望亲戚之后回去。是别人把她叫回家的，让她去照料患了精神病、被关在勒阿弗尔精神病院的儿子。

老妇人的讲述非常简明，简明得令人心酸，叫人久久不能忘怀。而且很有可能，这个嵌入我紊乱的头脑的故事将成为即将发生的一切的端始。

妇人的滔滔话语戛然而止，她惊异地望着我，用一种令人信服的同情口吻问我：

“啊，先生，您这是怎么啦？”

“我？”

“是的，您看上去很痛苦！您应该去床上休息。”

“说实话吧，我昨晚就根本没有睡，现在心神非常不安。可惜近来睡魔跟我无缘，我的一切努力终归徒劳。”

“这件事好办！您马上躺下，我给您一种药，您当即会沉沉入睡。”

她站起身，轻轻用手将我推开，强迫我在床上躺下。她消失了片刻，不一会便托着一种滴剂安眠药回来了，用调羹让我吞服了一剂。

“好了，孩子，现在您能安心睡觉了。”她说。

我向她表示谢意，她关切地替我盖好被。她多富于人情！浑身散发着母性珍贵的温暖，那种孩子时时在母亲的怀里寻求的温暖。她轻柔的抚摸很快使我平静了下来，两分钟后，我已进入深沉的梦乡。梦幻中，我像个吮吸乳汁的婴孩，眼前恍惚出现了母亲，她在我的床前关心地忙乎着。慢慢地，妈妈苍白的脸庞与男爵夫人那高贵的面容以及这位刚离开我的善良妇人的神情交融在一起。在三位女神的幻影保护下，我感到自己像颜色一样在褪逝，像烛光一样在熄灭。

最后，我除了是个知觉尚存的生物，其他什么也不是了。

当我醒来时，梦中情景已记忆模糊，但有一种无法摆脱的顽固念头，它像是在梦中得到启发：要么回到男爵夫人身边，要么发疯发狂！

一阵寒战使我瑟瑟发抖，我跳下床。卧铺因为侵入肌骨的海风穿透舱壁缝隙而变得潮湿。舱外，灰蓝色的天空像铅一样沉重，汹涌的浪涛打湿了索具、甲板，水花溅上我的脸。

我看了看怀表，想估算一下在我熟睡时轮船行驶的距离。我确定，我们大概处在即将进入诺尔彻平[①]的区域，要返程是无望了。沿途风光对我都是那样生疏，开始是一些小岛，散落在峡湾各处，一直与山石嶙峋的海岸相连；继而是沙滩上零星的小屋形貌和渔船剪剪风帆的侧影。置身于大自然，一股思乡之情油然而生，沉郁不安，令人窒息，我感到绝望。在这条船上，我像鲱鱼一样，被一种视为高贵荣誉的力量压进罐头。

我在愤怒的疯狂中耗尽了心力，落得浑身瘫软，最后凭靠在栏杆上，任海浪抽打我发红的面颊，一边点滴不漏地扫视着海滨，我渴望得到一线希望之光。我竟想到怎样游水返回陆地。

我凝视着海岸线，心里渐渐平静，快乐的希望无端地充斥了我的灵魂，发了炎的脑子不再高速运转。对美好夏日的憧憬及对青春时代的回忆又唤起对新的人生的向往，我无法对这种感情做出解释。轮船正经过一个岬角，那有门和窗柱漆上白色条纹的住宅，红色屋顶高耸在枞树林上方，花园的树丛中，一支旗杆突兀而立。我看见了一个碇泊桥、一个小教堂，还有钟楼和墓地……这难道是梦？是幻觉？不，这确实就是那简陋的海滨浴场，我青年时代的夏日就在它附近的小岛上度过的，那间小屋坐落其中。去年春天，我和朋

① 瑞典东南部城市和港口。

友们在那里投宿，那是我跟他和她，在游船上和村落中漫步一天之后……在那边的山坡顶，梣树下，阳台上，我确曾细细端详过她那张在金色秀发下沐浴着阳光的妩媚动人的小脸庞。她那顶小巧玲珑、带有天蓝色面纱的日本帽，戴着鹿皮手套的纤手，她曾用它从那里向我招手示意，告诉我午餐就绪……旧景重现，我仿佛看见她亭亭玉立在阳台上，挥舞着手帕，银铃般的悦耳之声在向我呼唤……轮船缓缓减速，机轮停止了转动，一艘领航船徐徐靠了过来。——我的估计与推测错了！一、二、三……我唯一的念头，疾如闪电，使我两翼生风，我一个猛虎跳山登上指挥台。我气势汹汹地站在船长跟前，毫不犹豫地说：

“请把我送上岸去，否则我要发疯了！”

他飞快地打量了我一下，没有搭理。他不屑于回答，像是眼前站着一个出逃的精神病患者。他喊过舵手，不假思索地命令道：

“把这位先生连同行李一起送上岸，他已经疯了。”

不一会，我已来到领航船上，领航员用力划桨，五分钟后我们就靠了岸。

我用特有的本事，装聋作哑，径直朝饭店走去。无论是知道我底细的领航员的脸色，还是脚夫的恶言恶语，我都视而不见，充耳不闻，以免伤了自尊。到了饭店，我安顿好后，要了一份苦艾酒，点上雪茄烟，开始闭门思过。

是我真的疯了？那危险果真那么咄咄逼人，以至于我有必要如此匆忙登陆？

我无法对自己做出解释，因为按医生的话说精神病患者是没有自我意识的，而且由于思想不无逻辑性，也找不出反常的证据。身为经验丰富的学者，我立刻检点我一生中所发生过的类似情况。我在大学就读期间，每次碰上让人不安的事，我的神经就会受到刺激，如同窗的自杀、掉进爱情的旋涡、对未来感到恐惧。

有一次，青天白日下我竟害怕黑夜降临而不敢单独留在房中。幻觉中，我能看到自己。夜晚，朋友们只好借着烛光，或傍着火星飞溅的壁炉，轮番看护着我。

又一次因遭不幸我悔恨交加，竟神志不清地穿过田野和树林，最后攀上一棵松树。我骑在树枝上，试图用说教声盖过沙沙的枞树声。我想象自己在临众演讲，就在这附近，在那个我度过了无数个夏日、露出尖角的小岛上。回想起自己可笑的举止，我确信，自己一定患过神经错乱。

怎么办？在尚未满城风雨之前，我该让朋友们有个精神准备。然而蒙辱、丢脸，自己将被划为心胸狭窄的小人！这让人无法忍受！

说谎吧，支吾搪塞一下，但终究骗不了谁。我对此反感。在我满腹狐疑、游移在各种筹划之间，想逃出这个摸不着门路的迷宫时，一种永久遁世的快乐攫住我，我想逃避等待着我的、难堪的审问。我将钻墙入洞，像只野兽一样隐匿起来，在末日到来之前，为自己找好归宿。

我抱着这一打算穿过小街，攀上经过一场秋雨变得肮脏而滑腻、覆着青苔的岩石，越过一片休耕地，一直来到我们那间沉睡着的、窗户紧闭的小屋。屋脊至墙根爬满了凋零的野葡萄藤，绿色的支撑架依然如旧。

重游这片促使我们的友情萌发的圣地，我那因忧愁被排挤到心灵底层的爱又被唤醒了，并被赋予了新的生命。我凭靠在阳台支离破碎的木架上，不禁涕泗交流，犹如一个被遗弃的孩子。

记得在《一千零一夜》中读到过，因爱情受挫身染重病的年轻人，只有获得爱时才会康复。我记得，瑞典的民歌中，那些对心上人梦寐以求，但又希望渺茫的人，会长期缠绵病榻，他们乞求母亲为自己筑造棂床。而那个年迈的抗议者海涅，他却讴歌阿斯拉斯家族的男子，他们在爱中死去!

的确，我的爱拥有良好的品性，因为此时我又重返童年，头脑里唯有一种意念，一种好胜的情感。它使我四肢疲软，精力衰竭。我只能痛哭流涕。

为了排遣痛苦的思绪，我极目远眺，饱览展现于脚下的瑰丽风光。那覆盖着枞树与松树的不计其数的岛屿，在辽阔的波罗的海海湾浮游，渐渐缩小，成了小岛、岩石岛和平坦的岩岛群，直到剩下群岛的边缘，被海水衬托。海涛拍打在最后一组岩石群陡峭的防波堤上。

沉郁的天空中，云层压下海面，横直苍穹，划出一道道彩色相间的纹路，从褐色到瓶绿色，从普鲁蓝到浪峰的雪白色。但是，一道陡峭、倾斜、杂草丛生的岩石后，一个视线不可及的地方升起一柱黑烟，而后又飘落在海涛上。那条抛下我不久的轮船，拖着灰暗的身躯，在海面上隐约闪现。我不由得一阵心悸，因为它是我耻辱的物证。我像一匹受惊脱缰的烈马奔跑起来，消失在树林中。

轻柔的海风在针叶树枝中唱着赞美歌，当我来到这些枞树顶梢的底部，一种不断加剧的恐慌侵袭着我。就是这个地方，当阳光沐浴着春色的绿茵时，我们在此漫步。这里，枞树绽开了紫红色的花，野草莓传来阵阵芳馨；杜松播撒着黄色的花粉；榛树下，白头翁花从陈年枯叶中探出头。就在这一片棕红色的毛绒鲜苔上，她曾踏着碎步跑来，一边用清脆的嗓音唱着芬兰民歌。一个突然闪现的回忆让我注意到了两棵树，它们始终紧紧依偎，树梢在风中轻轻摇曳。这里，她曾绕道去村中的池塘采一朵睡莲。我像一条领头的猎犬，热衷寻找那让人崇拜的足迹，不管它们怎样模糊，也不会完全消失。我俯下脖颈，鼻尖贴着地面搜索遍这一带。我嗅着，瞪大眼睛寻觅着，结果什么也没发现。一切足迹早被出没于此地的动物踏平了。试图发现所崇拜者的足印似乎像寻找林中仙子的踪迹一样有价值。除了污秽的小池塘、蒲公英、有毒的和无毒的蘑菇、腐烂或正在腐烂的担子菌以及残花断茎，其他什么也没有。在棕黑色的沼泽池边，想到这泥泞的水塘竟能反照世上最可爱的脸庞时，我感到一丝慰藉。我尽力分辨睡莲的花瓣和桦树落下的枯叶。一切毫无意义。我无奈回首，步入乔木林。古木参天，沙沙的低语声越来越酷似强有力的男低音。

极度的绝望中，我忍受着刀割般的折磨。我高声疾呼，泪流满面，像一头发情的大角鹿践踏那些毒蘑，折断杜松的枯枝，猛烈撞击树干。我想干什么？无法说清。一种炽烈的欲望，一种无边无际的渴求，要与那个因为爱竟不忍占有的她再度重逢。她占据了我全部的心灵魂魄。

而此刻，末日将临，我想默默死去，因为失去她我已失去生存的意义。但是，凭借狂人的机智，我思忖让自己染上肺炎或类似的恶病，死得合乎情理。待我卧病几周后，与她相见，跟她诀别，亲吻她的手。

经过一番周密的策划，我打起精神，拖着沉甸甸的步子来到岩石耸立的海滨。没费什么周折，因为波涛的轰鸣为我指明了穿越茂密丛林的小径。

海岸陡然直落，海水深暗，一切安排得天衣无缝，丝毫不露任何阴郁的痕迹。我脱去外衣，叠放在一棵小赤杨树下安全的位置，把手表藏在石头下面。寒风料峭，十月的海水大概不会高出摄氏零度。我在礁石上跑着，对准两个巨大的浪峰，扎进水中。霎时间，我仿佛落入沸腾的熔炉。我浮出水面，水下海藻排成的树林、气泡搔弄着我的小腿肚。我向外游去，对着开阔的海面袒露胸怀。海鸥狞笑着，乌鸦聒噪着向我问候。我浑身酥软地调过身来游回海岸。是采用暴力疗法的时候了。浴场示意牌告诫，身体离开水面后裸露过久是最为危险的。然而我却有意给自己施酷刑，稳坐石阶上，转过背，任凭海风吹打。我感到皮肤的阵阵收缩，肌肉不住地痉挛，胸腔关闭起来，出于本能要自我保护。我无法平心而坐，便手攀一根粗大的赤杨树枝，在我向这棵被我摇撼而弯曲的枝干发泄完后，终于冷静下来。冰冷刺骨的海风像一块烙红的铁，穿透我的躯体。当我意识到这么做无济于事时，赶忙穿上衣服。此时已是暮色苍茫。我回到林中，天已漆黑了。我满心恐惧，穿过低垂的树枝，跌跌撞撞摸索前行。强烈的恐惧心理使我的感觉变得异常敏锐。只要听到一点窸窣之声，就能分辨出树木的名称。枞树以雄浑的男音低吟着，那浓密、厚实的针叶构成无数根巨大的琴弦；那颀长、弯曲、形如胡须刷的松枝，奏起吹打乐，音调高昂，像在模仿上千条怪蛇的嘶鸣；赤杨干枯枝叶的簌簌声，唤醒我对孩提时代的回忆。这是灼痛和感性复苏的交集；残留在橡树枝头的叶片发出揉皱纸片似的声响；杜松窃窃私语，近乎女子在娓娓而谈；当桤木树枝被野猫攀压，被疾风折断时，发出郁闷的咔咔声。若有必要，我可以分辨出掉落的是松果还是杉果；甚至凭嗅觉我也能找到每一只蘑菇。我又觉得，自己的脚神经能分别出石松与毛绒鲜苔的压力。

我被细微的神经知觉支配着，来到墓地的围墙边，攀上石阶。那边，枝条鞭笞着树荫下的十字墓碑，发出脆亮的声响。最后，我浑身冰透，偶遇一点声响便瑟瑟发抖。我终于见到了烛光，找到了通向饭店的路。

回到房间，我赶忙与男爵联系，电告了我的病情和违背初衷的登陆，然后找来几张纸，对我的精神状况做了详尽的描述。我提到了刚才的经历，并请他代为保密。我把自己起病的主要原因说成是得知了我那位“未婚妻”的订婚，这绝灭了我对未来的所有希望。

临上床时，我已衰竭到了极点。这一回我确信自己高烧发得非同一般。我叫来房间的女服务员，让她帮我找医生。因当地无医可求，我要见镇上的牧师，以立遗嘱。

在这一时刻，我已做出抉择，不是死去，就是发疯。

牧师来了，三十来岁，就像穿着节日礼服的剽悍农民。他一头红发，半眯着眼睛；脸上布满了雀斑，唤不起我的一点好感。我久久地躺在床上，缄默无语，因为我心里没底，对一个缺乏文化教养但有长者阅历的陌生人，一个对人的心灵一无所知的人，该说些什么。他满带乡下人见到城里人时的羞涩，呆若木鸡地伫立在房中央，直到我摆手示意他才坐下。接着便是他的审问：

“先生，是您把我叫来的。您有什么不幸与痛苦？”

“是的！”

“因为幸福唯耶稣独在！”

此刻，我的眼前浮现出另外一种幸福景象。我没有打断他的念叨，没有抗议。这位天主教牧师喋喋不休地说着，语气显得平淡乏味、单调、缺乏热情，如同一个语言制作商。那些被人用滥的天主教古老词汇以一种悦耳动听的方式安抚着我的头脑。面对一个与我心灵相通的活生生的人，我振作起来。然而，年轻的传教士却突然怀疑起我的诚意，停住口，问道：

“您是真心信教，我的先生？”

“不，”我回答，“不过，您继续说吧，这对我有益无害。”

他又开始念念有词，语句绵绵不绝，眼中放出光来，还有从他身上散发出的热气似乎有电磁般的按摩作用，使我约莫半小时后便昏昏入睡了。当我清醒过来时，这位施催眠术的已无影无踪。女服务员送来含鸦片的麻醉剂，她不会滥用此药，注意事项已写得明白。每一小瓶装一定剂量，这足以致人死亡。等到只剩下我一人时，我服下瓶中的毒药，怀着辞别人世的决断，把自己裹进被褥，不多一会儿便跌入了梦乡。

次日清晨，我睁开双眼，但见阳光明媚，屋室生辉，我感到惊异。因为这一夜，我的梦既清晰又富有色彩。我睡眼惺忪地触摸自己的身体，为了解高烧的程度或试图发现高烧后的第一症状。然而，虽然我用心良苦，想使自己病入膏肓，但我的情况却是一如正常。我觉得脑袋发沉，工作起来虽不像往常那么紧张有序，但也没出现明显障碍。经过了十二个小时的充足睡眠，我的体内又恢复了往日的生机，感谢我自青年时代以来就接受各种锻炼，并持之以恒。

我收到电报，得悉朋友们将乘两点钟那班船到达。

愧意袭来，我该做何解释？体内重新萌发的男子汉气质对这种沮丧情绪嗤之以鼻。匆忙中，我考虑再三，决计留下来，等下一次航班，继续我的旅行。我的名誉将得以保全，朋友的来访只作为最后的告别。昨日的经历又一幕幕在脑海中移过，我连自己都感到痛悔。我这么一个自由思想家，怀疑论者，怎么会听凭这些令人无法置信的弱点的纠缠？此外，我还求助了牧师！如何解释这种念头？当然，是我把他请来的，并且根据他合法的职业特点，证明他只是个催眠术法师。这在世人的眼里只是一种皈依。也许甚至有人认为，这是在可耻的交易之下所做的坦白，一个无赖行将死去时在卧榻上的最后“忏悔”。这让那些与城市有些瓜葛的乡下佬、那些渔妇又有了搬弄口舌的绝妙话题。

无论如何，必须出国远行，而且越早越好，这是挽回难堪局面的唯一办法。我一面设想把自己摆入海上遇难者的角色，一面在阳台上来回踱步，打发上午的时光。我叩打着温度计，研究着航班表，把时间打发过去。我尚未做下决定，是下码头去还是留候在此，轮船已浮出下游的海口。我不愿意加入那群“知情”人中，所以守在房间。不一会儿，就传来了男爵夫人激动的说话声，她正向旅馆女老板打听我的身体状况。我向她迎上前去。即使在众目睽睽之下她拥抱了我，也算不上失态。她关切地询问我的病情，我解释说是劳累过度。她劝我回去，把行程推至来年春天。

她日子过得不错。身体裹在那件卷毛羔皮大衣里，模样像个喇嘛。她波浪形的垂发与修长的身段是那么谐调。海面徐来的和风使她的面颊血色充盈。她那对富有同情的眼睛看见我不由放出光芒，流露出无限的柔情。我企图消除她对我病情的忧虑，但是没有用。我向她保证，说我已完全康复，而她却说，我看上去像患了危症，并声称不允许我再有任何劳顿。她把我当作一个弱小的孩子，母亲的角色她扮演起来是那么出色。她的腔调带有一种阿谀奉承的味道，而且打趣着用“你”来称呼我。她给我围上她的围巾，吃饭时替我系好餐巾，让我喝酒，向我发号施令。她多么富有母性。若是她懂得这样照顾自己的幼孩该有多好——一个化了妆的丈夫，在秋天的交尾期中窥伺着猎物！在这个“病童”外衣的掩护下，躲在她的围巾里，我觉得自己像只刚吞噬了祖母的恶狼，现在躺在床上，准备要吃掉那小红帽[①]。

在这个天真、忠诚的丈夫面前，我羞愧不已！他对我满腔热忱，从不要人做出难堪的解释。尽管如此，我还是无辜的。我的心一如既往是锁闭的，我用近乎伤人的冷漠顺从男爵夫人三番五次的盛情。

上甜食时，离我启程的时刻不远了。男爵建议我随他们返回，就住在他们家，他们已为我备好了房间。出于自尊，我不得不告诉

① 格林童话中的人物。

他们，我无法接受这一建议，因为我明白这种蹈火的危险迫在眉睫，我把自己不可更改的决定告诉了他们：我在此逗留一个星期，将养身体，然后回到我原先的阁楼。

我无视朋友的一再抗议，一意孤行。说来奇怪，一旦我不再优柔寡断，而表现出男子的沉毅，男爵夫人立刻对我表示冷淡。我越是举棋不定，越顺从她的脾气，她越发敬慕我，对我的明智和善意赞不绝口。她控制了我的感情，而我失去了自控，只要我对她稍有不从，她马上放开我的手，对我表示一种近乎无情的非难。

当我们随后讨论居住问题时，她兴致勃勃地描述这种安排对双方如何有益，尤其是，这样彼此不必发邀请便可随时相见。

“不过，夫人，”我插话道，“一个年轻的男子寄宿在一对新婚不久的夫妇家里，别人将会做何感想？”

“让他们去说长道短吧。”

“不过您母亲大人，您那位姨妈的小姐……此外，这也损伤了我男子汉尊严，这给人造成一种印象，似乎我尚未成年……”

“让您的男子汉尊严见鬼去吧！您以为一声不吭地硬撑着是男子汉气概吗？”

“是这样，夫人，男子汉是好强的。”

她勃然大怒，因为她不愿承认两性间存在差别，尽管事实是这样。她使出女人的任性，使我难以对付。我不得不把脸转向男爵，以求得他的声援。他嘲讽地微微一笑，回答中不无对这种妇人之见的蔑视。

最后，快六点时，轮船载着朋友们启航了。我只身回到旅馆。

那天傍晚的景致壮观极了：橙黄色的落日、湛蓝色的海水衬托着一道道白色的纹带；冷杉树林构成的地平线上方，一轮铜镜般的明月冉冉升起。

膳厅里，我坐在餐桌边，支撑着双肘。当老板娘向我走来时，我正想入非非，沉湎游弋在生死悲欢的思绪中。

“先生，那位刚离去的夫人是您的姐姐？”

“不，她不是！”

“哦，是吗！真有意思，你俩长得真像。我敢发誓，大家都还以为你们是姐弟俩。”

我对继续闲聊没兴趣，我们交谈到此为止。不过，她的话却让人回味无穷。

这有可能吗？我不禁自问。是近来对男爵夫人的思念在我的容貌上刻下了痕迹，或者说我们的面部表情在以往六个月的精神交往中渐渐变得相似，有这种可能吗？难道是本能想取悦于人而有意识地选择了我们相应的面部表情，改变了我们给人的印象？能有此事吗？很有可能。两个灵魂已相交融，从此我们不再是自身的主宰。命运，或者从更大程度上说，本能正施展着它恶作剧的本领。石磨滚动着，碾碎了挡住它前进的一切：荣誉、理性、幸福、忠诚、美德、贞洁！

而这种难以置信的天真，将一个正值血气方刚、性欲旺盛之年的青年男子收容在自己的保护伞下。她是个经过伪饰的浪妇，或是因爱欲丧失了理智？她，一个淫妇？不，万不可能！我崇敬她，是因为她坦率、文静的性情与她真诚温厚的母性，或许是她怪僻、乖戾，她自己也意识到了这一点，因为她承认过自己的缺点。说她有罪？不行！而且即使在她那些想取悦于我而有意表现的微不足道的艺术感中，与其说是娼妓渴求肉欲的快感，不如说是一个成熟女子在向一个迷乱的青年男子寻开心。

眼下对我来说，是要制约这被唤醒的恶魔，他把我的哨卫引入歧途。我伏案写起信来，信中，我又老调重弹，把自己的绝望说成是因为那个歌手的成功，他夺走了我对未来的全部希望。为了有文字的佐证，我信中还附上了两首诗，写得慷慨激昂，含义却十分模糊，夫人可以任意理解。我发出的信和诗均杳无音信，是认为我黔驴技穷，还是这种话题令人乏味。

日子静悄悄地过去了，这使我加速康复。四周的风光染上了醉人的色调，甚至我像穿经炼狱般疾跑数小时的那片树林此刻也绽开笑颜。清晨去那里散步，与景物紧密相连的那些回忆不再是那样惊心动魄。那里，我曾与吞噬人的心灵的恶魔进行过殊死搏斗。此刻，唯独与她再度重逢，才能使我重获生机和理性！

经验曾告诉我，任何一位不速之客，都不会受到厚待，所以在走进男爵夫人的宅门时我心中忐忑不安。一踏进院子，我就注意到了这里草木凋零，那些长椅不翼而飞，花园的篱笆有个窟窿，张着深邃的大口。枯黄的落叶飞舞着，地窖的窗洞用干草填塞。一切都预示着秋尽冬来。我跨进客厅，有一种沉闷的压抑感，一股混浊的、上釉陶瓷壁炉烤热的气味扑鼻而来；炉子依墙而立，显得又高又白，如同从被褥上滑脱下来的白床单；隔层窗已安好，缝隙被胶纸封严；那些窗洞堵塞着洁白如雪的棉花，使屋里颇有一种停尸房的味道。

我尽量淡化对这种大户人家摆设的印象，极力回忆旧日原貌：那古板的小市民的风格，粗糙的地板上不铺地毯，黑色孤立的餐桌有八条腿，让人联想到了八脚蜘蛛，以及父亲和继母严厉的神情。

男爵夫人热情地出迎，但她神色黯然，一脸失落感。公公与叔叔已经到来，他们和男爵一起在隔壁的房间玩纸牌。问候末了，我便和男爵夫人单独在一起了。她在落地灯边的一把扶手椅上坐下，织起毛衣来。她沉默不语，郁郁寡欢，显得憔悴丑陋，只听我一人畅谈。她很少搭话，对话几乎成了我的独白。我缩在瓷砖炉的一角，看着她怎样躬着身子，头也不抬一下地干着手工活。她那样神秘，沉溺于冥想中，对我的存在是那样麻木，使我不由觉得今日来访是个造次并是多余的。我的归来造成了极坏的印象，这正是我先前所担忧的。突然，在地板上面，台布下方，我百无聊赖的目光捕捉到了她撩起裙子、暴露在外面的小腿，一条教人着迷的腿，被没膝的白色长筒袜裹着，外面扎着一条彩色的刺绣袜带，从而更突显那诱人的肌肉，它让人神魂颠倒，诱人去琢磨她整个身体的结构。还有那只圆拱形的脚，那细长的脚腕，藏在一只灰姑娘①的红菱②中。

开始，我还以为这是一回不经意的疏忽，后来才明白，这是夫人的刻意所在，她深明显露踝骨上方的部位会造成何等印象。勾魂摄魄的场面令人不安，我调过话题，非常巧妙地谈起了我的艳史。

她抬起脸，转向我，盯住我的眼睛说：

---

① 格林童话中的人物，被继母驱使，日夜与煤渣为伴的美丽姑娘。
② 指姑娘们的鞋子。

“您一定非常确信自己良好的感觉！”

我迷惘的双眼如痴如醉地盯住台布下方；那一弯白皙如玉的月牙儿，那泛着光的红色绷带。但是，当我正视着在昏暗的灯光下她那对放大的瞳孔时，我正色道：

“是的，很遗憾！”

隔壁传来摔纸牌的声音和打牌人发出的欢呼声，正应和了我放肆无礼的回答。

接下来是让人尴尬的沉默。她又开始织毛衣了，并将裙子放了下来。魔力消失了，此刻对我来说她只是一个无关紧要的女子了，只是无数的女性中一个不修边幅的女人。约莫过了一刻钟，我谎称身体不适，便告辞了。

一回到自己的寓所，我从抽屉中取出剧本，决定重新改写，并从此潜心写作，将那无望的激情斩草除根，否则只会导致犯罪。出于情趣、天性和胆量不足，并基于我受过的教育，我厌恶这种事。我打定主意，断绝这一已变得岌岌可危的关系。

一件意外之事成全了我，因两天后我接到一个聘请。郊外的农庄有个私人藏书家让我去为他编写书目。

这样，我住进了一座始建于十七世纪的古老庄园，屋内书籍汗牛充栋，这是一次跨越祖国诸多朝代的旅行。在这里，我找到了瑞典全部的文学，从十五世纪的古版书籍一直到时下付梓印行的新作。事情是那样地称心如意，最初的几星期，我竟丝毫没有意识到朋友们的缺失。

星期六的一天，男爵夫人出面举办一次招待会，请柬通过皇家卫队转到我这儿，同时附上了几句对我不辞而别的善意责备。苦涩而又甜美的满足感充溢着我的心，我友好地转告她我无法应邀，并不胜惋惜地做出解释，眼下我无法支配自己的时间。

又一个星期过去了，那个传令兵身穿仪仗队服又出现在我面前。他带来了夫人的一封书简，信中措辞激烈地要求我看望一下男爵，他因感冒正卧病在床，并想得知我的一切。我不能再拒绝了，我当即启程。

夫人显得恹恹瘦损。我被领进卧室，患轻微感冒的男爵躺在自己的床上，他显得很无聊。目睹这片我一直未得朝觐的圣地，我的天性使我顿生一种对残留记忆中的男女同居的厌恶。在同一房间里，夫妇俩在这种任何情况下都务必别无他人的环境中，肆无忌惮地赤裸着身体。那张巨大的床上，男爵伸展着四肢，那种隐秘生活的无耻暴露无遗。堆积在病人一边的枕头，毫不隐讳地点明了妻子的位置。无论是梳妆台、盥洗池，还是洗脸巾，在我看来都已被玷污。为了强压恶心，我不得不视而不见。

我坐在床尾闲聊了一小时后，夫人邀我去客厅喝一杯利口酒。当我们单独在一起时，她像是猜到了我的心事，用断断续续的言语吐露了她心中的积郁：

“难道这不乏味无聊吗？”

“您这是什么意思？”

“咳，您很理解我要说什么！女人过着这样的生活，漫无目标，前景渺茫，整天无所事事！哦，这种生活会把我置于死地的！”

“不过，夫人，您有教养孩子的责任！包括其他的孩子，您所有碰到的孩子。”

“我不想要再多的孩子，加上我这个人也不适合当保姆。”

“不是保姆，而是母亲，身负着崇高责任的母亲……”

“母亲，家务劳动者，这两者其实没有多大的区别。那么按您的意思我该做什么呢？而家里的事两个保姆都干了。不，我要的是生活……”

“当演员吗？”

“是的！”

“但您的社会地位不允许。”

“这我非常明白。这就是我为什么变得愚昧、无聊的原因所在。哦，我对一切是何等厌烦！”

“那么搞文学吧！这一职业比起演员更适合您！”

“语言艺术对我而言至高无上。不管发生什么事，我绝不会原谅自已因为失望而断送了前程。”

男爵呼唤着我们。

“她在嘟囔些什么？”他问我。

“谈戏剧。”我答道。

“她不是疯了吧？”

“她并不像看上去那样疯得厉害。”夫人答道，起身离开屋子，把门摔上。

“听好了，老朋友，”男爵开腔道，“她晚上已不睡觉了。”

“她干什么呢？”

“弹钢琴，夜卧客厅的沙发上，盘算家中的开支。请告诉我，你这位年轻的向导，我该怎么是好？”

“要孩子！要成群的孩子！”

他一副鬼脸，竭力保持不变的身姿，说：

“不行，医生不允许她这样，因为生第一个孩子时她的情况是……此外，还有经济问题，你明白的。”

我理解他的意思。交谈间，我尽量提些让他愉快的话题。此外，我还太年轻，无法懂得那些抱病的妇女，她们可以指定大夫给她们开什么药来着。

夫人怀抱孩子走进屋来，把她放在男爵身边的小铁床上。小女孩哭了起来，她不想睡觉。母亲几次想让孩子安静下来，均没成功，她竟然取来鞭子。每见孩子受体罚，我向来不会袖手旁观，为此事，我也曾责备过父亲。我怒不可遏，气冲冲地上前阻拦。

“对不起，是我干预了您的事，”我说，“不过您以为，孩子哭闹就没有她的道理？”

“除了不听话，还有什么道理？”

“那么她同样有不听话的道理。她也许困了，也许是因为我们的在场，要么是灯光搅扰得她无法安睡。”

或是出于惭愧，或是意识到这么做形同泼妇，她顺从了我的意见。我起身告辞。

突然窥视到了这对夫妇的生活内幕，对于我的爱情起到了几周痊愈的作用。我得承认的是，那种体罚的情形所引起的不快，深深地扎入我的记忆。

秋天，沉重而阴郁地拖宕着，圣诞节即将来临。男爵夫人在芬兰的好友、一对新婚夫妻的来访，使得我们濒临断绝的关系又起死回生。在夫人的张罗下，我几次接到邀请。我又穿上燕尾服出席晚宴、午餐，以至参加夜间舞会。几次身临这种有失大雅的社交场合后，一次郊游中，我发现男爵夫人用男青年的手法，在一副过分爽直的面具下，主动向年轻的先生献媚，一边不时地偷偷向我窥望，以观察我的反应。那简直是一种几乎让人难以置信、不知羞耻的调情，我尽力用沉默来伤害她。一则是因为她手段拙劣，引起我的反感，再则是看到自己崇拜的偶像如此轻佻地卖弄风骚，我确实深感痛苦。更无法容忍的是，她对我的痛苦抱以快乐，并且直到次日凌晨才离去。她是一个欲壑难填的女人，对此我已深信不疑，她在自己的安乐窝里百无聊赖，将她的艺术生命变成了最廉价的虚荣，孤芳自赏。

她拥有这样的技艺，在狂欢与放纵时，能一直保持高涨的情绪，把别人的注意力凝聚到自己身上，成为核心人物。无论如何，这与其说是女性的魅力，不如说是一种本能：强行将别人的反感屈于自己的卵翼之下。她热情奔放、性格爽快，也神经过敏，甚至使那些对她有非议的人也不由得对她产生兴趣。我已看得清楚，她一旦神经崩溃，将她逼进隅角，那魔术便会被识破，没有谁会再向她靠近。简言之，她权欲熏心，野心勃勃，并且冷酷无情。她不断试图与男青年勾勾搭搭，而对同性明显表示冷漠。她自信会见到我堕入情网，被她征服，并痴情地拜倒在她的石榴裙下。在她初告成功后，一天的晚会上，她竟采取一次大胆的越轨行动。虚荣心使她忘乎所以，她向女友透露，说我爱上了她。在一次拜访这位女友时，我要把事实澄清。我希望能在那里面对男爵夫人。

“您来这里仅仅想见她？”女主人打趣地问，“这实在太动人了。”

“不，说实话，是男爵夫人让我来的！”

“这么说，这更是一次幽会了！”

“任您想吧！反正我不是那种自我炫耀的人。”

事实上也确是她约好了时间，我只是应约而已。她是有意让我出丑，所以自己来个金蝉脱壳。为了报复，此后接连的宴会我拒不参加，这使她颇为扫兴。她再也无法幸灾乐祸了。然而，我却暗自伤情。当我徘徊在那些房屋的窗下，有如万箭穿心，因为我知道，她在此受到了邀请。想到她身穿海蓝色的连衣裙，金黄色的秀发飘动着，被男舞伴紧紧拥在怀里，她动人的身条在世上最小的鞋跟上旋转，我不由得妒火中烧，浑身战栗！

新年伊始，春意萌动。我们三人一起度过了无聊的节日，消磨着时光。我们时而反目，继而又握手言和，既唇枪舌剑，连番接火，又每每偃旗息鼓，宣告停战。小吵小闹不断，而友谊的情分不减。我曾愤然离去，不久又悄然归来。

三月天已叩响门扉，可怕的三月天。是时，寒冷的国度中春情勃发；是时，有情人的夙愿无须推波助澜也会实现。心灵将破碎，信誓旦旦将被践踏一光；荣誉、家庭、友谊的纽带将被骤然割断。

三月的头几天男爵已上班，他请我跟他在警卫队过夜，我去了。对小资产阶级家庭出身的市民儿子来说，没有什么比看到最高权力的徽章更让人肃然起敬。我和朋友一起穿过甬道，差不多每迈一步就有官兵向他致意。军刀铿锵作响和岗哨的喝令声此起彼伏。直到我们进了授勋大厅，依然能听到鼓乐声。厅内，充满火光硝烟的装饰让人心惊胆战。大统帅们的肖像让人倾倒。那些在吕岑和莱比锡被人侵夺的王室旗标、平常用的国旗、在位国王的半身雕像，还有钢盔盾牌、战略地图等，在我心中引起了下层市民对统治阶级表征的畏惧。

在那种悲壮的氛围中，上尉的形象在我心目中不断高大起来，我紧紧挨着他，以便一旦发生危险随即求得他的保护。

走进他的办公室，他的少尉前来进见，一边作答，一边恭立在左。而面对少尉的等级观念，身为颇得女士青睐的作家，在这些公开对手和让平民子弟倍感畏惧的敌手面前，我自另有一种优越感。

传令兵送来潘趣酒，我们点上雪茄。男爵向我展示警卫团的纪念册，一本很有艺术价值的素描集，全是些水墨画和粉笔画。这些画把二十年来，所有军中要人都描绘得栩栩如生。这些在我青年时代，作为文科中学生就感受到的让人崇敬和遭人忌妒的男子汉，他们每天都能享受“进行换岗”的快乐。我下意识地由衷希望能讥讽嘲弄一下这些特权贵人。但出于对这位富有民主意识的男爵的信赖，我不允许任何人诋毁这位赤手空拳的对手。然而，男爵民主思想的分水岭与我的不尽相同。我的冷嘲热讽使他觉得不快，这种上流社会的优越感独领风骚。他神经质地翻阅着那本画册，当他翻到一幅场面浩大的构图时，他顿住了，这幅画描述的是 1868 年的叛乱。

“你看看，我们当时是如何击败那些歹徒的！”话语间，他不禁狰狞一笑。

“你当时也参加了？”

“是的，我是警卫，我的任务是保卫纪念碑四周的看台，当时看台受到了那群乌合之众的围攻，还有人向我头上掷石块。这迫使我下决心开枪回击。不幸的是，国王下了军令，不准开枪。于是我成了暴徒们乱石的靶子。你自己可以做出评判，还会有谁去可怜这帮无赖！”

他盯住我，稍微停顿了一下，大声笑着继续说：

“你还记得那次骚乱吗？”

“哦，当然，我至今记忆犹新，”我答道，“我当时参加了学生游行。”

但我对自己也参与了暴动只字不提。暴民的愤怒是因为有人为应邀的贵宾保留了一个看台而把庆祝民族节日的观众拦在了场外。我参加了这次进攻，并清晰地记得，自己也向警卫队扔过石块。

当听到他以贵族的口吻说出“乌合之众”时，我心中顿生一种有如当年攻占高楼城堡时的那种恐惧。在我的眼里，朋友已是一脸杀气，让人望而生畏并感到沮丧。种族之间、阶级之间、传统之间的仇视此时此刻犹如一道不可逾越的城墙，筑立在我们之间。当我看到，他将一柄镌刻着钦赐花押字样的荣誉宝剑，插在双膝中间时，我强烈地感到，我们的友谊是何等牵强。这种友谊只不过是一位女子的化身，她是连接我们两人的唯一纽带。他那变得傲慢的语气，他那与环境相得益彰的面部表情，拉开了我们彼此间的距离。为了把他唤醒回到现实中来，我变换了话题。我的提问使他一怔，这牵涉到他的妻子与女儿。然而他的表情很快明朗起来，脸上的皱纹舒展开去，他又恢复了平日的和颜悦色。由于我感到自己重新稳住了神，并觉得他像一个戏弄侏儒的巨人，在他温和的目光下，我萌生一个念头，要拔下这个巨人的三根胡须。

“告诉我，老兄，”我说，“复活节有人在此等候那个小玛蒂尔达，对吗？”

“对，是这样！”他回答。

“那么届时我要向她求婚。”我怀着侥幸心理说。

他喝干了杯中酒，心情畅快地狞笑道：

“试一试也未尝不可！”

“试一试？难道她已有主了？”

“没有。除非我被蒙在鼓里。不过……我觉得，像刚才所说……试一试无伤大雅。”

接着他口气更为自信地说：“你的努力将是徒劳无功！”

这种毫无顾忌的表白带着蔑视。我像是蒙受了奇耻大辱，心里横下决心，要把她引向另一种爱情，并以此来跟这个孤傲的骑士抗衡，用幸福的联想把自己从罪恶的爱情中拯救出来。此外，我还要给男爵夫人以补偿，她合法的爱情已受到了创伤。

不知不觉夜色已深。我起身回府。上尉陪伴我们走过岗哨。我们来到大门外，临着巨大的铁门握手道别。他挑衅般地将大门砰地关上。

春暖乍寒天气，冰雪开始消融，街道还残留着积雪，面带菜色的孩子们已开始出售獐耳细辛花。商家橱窗里的杜鹃花，还有杜鹃科类的百花，和早发的玫瑰争奇斗艳；橙子把出售殖民地产品的店铺橱窗，装点得熠熠生辉。大龙虾、红萝卜，从埃及进口的绿菜花，把食品商的货架装饰得琳琅满目。

太阳照耀着诺波罗街畔湍急的水流；码头上，刚被漆成碧绿、朱红色的船只，索具已安装完毕；蛰伏过冬日的昏暗而表情变得呆滞的人们在太阳光里又蠢动起来；人类的兽群中，发情期开始了。若是可以自由择爱，并无羁无绊地任其发展的话，那么弱者自认倒霉了！

那娇娆的女妖来了，下榻在男爵家中。我开始发起进攻。她给人的感觉，像是已知根知底，便跟我逢场作戏起来。我们演奏了双人钢琴协奏曲。她将右乳房贴在我的左臂上，男爵夫人觉察到了，她痛苦万状。嫉妒心使男爵心绪恶劣，他怒不可遏地注视着我。他时而想到妻子，变得狂躁不安，时而又念及表妹，对我义愤填膺。在他跟这个年轻姑娘在屋角喁喁私语而把夫人撇在一边时，我便过去与他寂寞的妻子攀谈。他顿时勃然大怒，转过身劈头盖脑地向我们提问，粗暴地打断我们的交谈。对此，我只做揶揄一笑算是回敬，有时索性不屑一顾。

那天晚上举行了小规模的晚宴。男爵夫人的母亲也在场。她对我颇有好感，然而她像其他的老人一样心存多疑。

在那母性萌生的时刻，她预感到了莫名的危险。她抓起我的双手，目光咄咄逼人，大声说道：

“先生，不容置疑您是一位诚实人。我无法预言这间屋里将会发生什么。不过，您务必向我保证，关照好我的女儿，她是我唯一的孩子。一旦不测发生，您得上我那儿去，把实情都告诉我。”

“这一点我敢向您保证，尊贵的夫人。”我说着用俄罗斯方式吻了她的手，因为她曾是俄国军官的妻子。

而且，我信守承诺！

我们在火山口上跳舞。男爵夫人面色苍白、瘦削，显得那么丑陋，让人遂生一种怜惜之情。她丈夫在我面前好不嫉妒，显得粗俗、笨拙。我走了，为的是翌日再被招请回来。次日，他张开双臂迎住了我，解释道，尽管我们彼此心存芥蒂，但一切纯属误会。

至于这家庭中正酝酿着什么，唯有天知。这天晚上，美丽的玛蒂尔达躲进了自己的房间没有露面，为了想试穿一下舞会的新装。男爵悄悄地溜出客厅，让妻子单独和我在一起。泛泛而谈了半个小时之后，我打听起我的朋友来。

“他在玛蒂尔达身边扮演婢女的角色。”男爵夫人启发道。

随即，她为自己的话后悔莫及，补充说：

“她不过是个孩子，亲戚间这并不意味着什么！不该往坏处想。”

接着她语气一变：

“您是嫉妒了！”

“那么您呢，男爵夫人？”

“或许也是一样。”

“希望及早这样！这是朋友的心愿！”

男爵携着年轻的姑娘又出现了。她此时身着一件芦苇绿的舞装，袒露着大半个酥胸。

我一阵目眩，捂住双眼往后退了一步。

“呵！”我喊出声来，“小姐，细细地端详您可是一件危险的事。”

“难道不美吗？”男爵夫人六神无主地问。

男爵搀着这位小个子女人走出了房门，屋里又留下我和他妻子。

“为什么一段时间以来您对我这么粗暴？”她语调凝噎，望着我，神情像条挨了揍的狗。

“我？我没有任何这种感觉。”我答道。

“您对我的态度起了变化，我真想知道，是我做错了什么？”

她将自己的椅子朝我这边靠了靠，两眼的光芒射向我。她战栗着，而我……站起身来。

“不过，夫人，我不能不告诉您，您丈夫不在场我感到有点别扭。我并不欣赏这种会伤害别人感情的信任。”

“您的话是什么意思？”

“我觉得……您明白……人们一般不让自己的妻子和一个青年人单独在一起，尤其当自己与年轻姑娘往来时，更不会这样，更不用说在一间卧……”

“我不得不对您说，我把您的话看作是对我的侮辱！您的作态真是……”

“这与我的作态无关！不过我讨厌这种处境！当您不尊重自己的名誉时，我蔑视您。他俩在里面干什么？”

“玛蒂尔达在试装！”她一脸无辜的表情，同时大声笑了起来，“我凭什么指责他们呢？”

“一个男人帮一位女士试装，除非他们之间有一种暧昧关系。”

“按他的话说，她是他的孩子，他是‘她的爸爸’。”她执意不让。

“我若有孩子也绝不会让他们去玩这种爸爸妈妈的儿戏，更不用说是成人了！”

她站起身来，想去男爵那儿。

我们就这样玩着动物间磁力感应的游戏，消磨着那个夜晚。我用手抚摸着男爵夫人的双颊，她承认，这对她起到了安抚神经的作用。然而在她即将入睡的一瞬间，却突然支起身子，疑惧地看着我。

“别这样！我不愿意！”她喊，“您想让我着魔。”

“好吧，现在轮到您在我身上施展魔力了。”我说。

于是她以其人之道还治其人之身。

我垂下眼皮。钢琴那边持续的宁静叫我生疑。我的目光穿过钢琴的支脚，留在拱曲的踏板上。我如梦初醒，猛的一下子从椅子上跳了起来。就在同一时刻，男爵出现在钢琴后面，他邀请我喝一杯潘趣酒。

我们四人正要举觞碰杯时，男爵带着一种请求的口吻转向妻子：

“为与玛蒂尔达的和解干杯。”

“为你干杯，小妖精。”男爵夫人微笑说。

然后把脸转向我：

“您回想一下，我们之间刚刚发生了龃龉，是因为您的缘故！”

我一时张口结舌，但马上说：

“夫人，您能把话说得更明白些吗？”

“别解释了吧。”他们异口同声地说。

“多遗憾，”我答道，“我的感觉，我们埋下不谈的像是太多了！”

我们的聚会在这种尴尬难堪中不欢而散。我起身告辞。“因为我的缘故。”我重复道，对自己的良心反躬自省。这意味着什么呢？难道是那个迷惘的魂灵爆发了天真吗？这么说，两个女子为了一个男人争风吃醋，为那个男人！可男爵夫人会那样毫无理智地背弃自己吗？当然不会！那就是说事情的背后还有隐情！

这个家庭中正发生着什么？当回想起那种令人震惊的罕见场面时，我不由得自问。我无法说清楚，自己是否看到了什么龌龊的东西。这样的放荡无忌我觉得不可思议。

那种毫不隐讳的嫉妒、那位老妪忧心忡忡的叮嘱、男爵夫人春情勃发的作态，所有这一切在我的脑子里搅成一团，沸滚着，发酵着。面临咄咄逼人、在我看来难以避免的灾难，我经过一夜的深思熟虑，终于下决心走为上计。

我打定主意，翌晨一早起床，写一封充满机锋、诚挚和崇高敬意的信，用词要严谨、贴切，字里行间我提出告诫，切莫过分地践踏了我们间的友谊，并坦白表示，要求给我定罪，谴责自己在亲朋好友间制造了不安。只有上帝知道，我把事情搅成了一锅粥。

结果是，当我十二点钟离开图书馆时，男爵夫人与我狭路相逢。她在诺波罗街站住了脚，拉住我，把我引到查理七世塑像边的一条林荫大道的僻静之地。她几乎是泪眼汪汪地力劝我回去，不必多言，一如既往地和他们和睦相处。

她多么惹人爱怜！我对她爱得太深了，以至不忍心把她推向深渊。

"您走吧，不然您将名声扫地！"我断然回答说，同时用眼睛扫示着那些侧目行人，"您回去吧，马上走，否则我要把您赶走！"

她怔怔地望着我，表情是那样悲切，使我有一种负罪的感觉，几乎要俯下身去亲吻她的双脚，以求得她的宽恕。

我立即转过身，消失在一条侧道里。

用过餐后，我回到顶楼。我对自己的行为感到满意，但觉得心中有愧，有一种破碎的痛楚。她直视男人时总是神情异样，这个女人，咳!

午休片刻后，我顿觉神志清爽。我看了看墙上的挂历：3 月 13 日[①]。“你得留心三月的望日。”像是有人在说。这句莎士比亚的《尤里乌斯·恺撒》中引用的名言在我耳畔鸣响着。这时，女仆手持着男爵的信出现在我面前。

他殷切地请求我，陪他度过一个夜晚，因为他妻子身染微恙，而玛蒂尔达出门在外。

我没有勇气拒绝，只好听从。男爵夫人面如死灰地迎面走来，将我的双手按在胸前，呶呶不休地倾诉肺腑之言，为我念在朋友与兄弟之情谊，没有因某些是非嫌隙和无聊琐事厌弃她而感激涕零。

“她没有中邪吧？”男爵开着玩笑，将我从她的拥抱中拉开。

“是的，看到我们年轻的朋友，我是高兴得要疯了，他一直想永世离开我们！”

而且她流泪了!

“她日子过得很不舒坦。”男爵抱歉地说，这种让人心碎的场面使他羞愧难当。

这个可怜人看上去真要精神失常了。她目光黯然，眼睛大得几乎占去了脸的一半，两颊深陷，泛着绿色。正视她是一种痛苦。她

① 根据古罗马历法，13 日为每月的望日。此处影射恺撒遇难日，寓意为不吉祥日。

咳嗽着，似乎是患了痨疾，虚弱的身体震颤得厉害。

叔叔与公公不约而同地来了，壁炉里燃起了熊熊火焰，为的是不点灯烛在炉前举行“晚间庆典”。

当三位先生陷入一场辩词激烈的政论时，她在我身边坐了下来。

昏暗中，我发现她双眼闪烁着光亮，我还感觉到了她身体放散着的热芒，或许是一阵歇斯底里后产生的余波。她的衣衫触碰到了我的裤腿，她靠在我的肩头上，喃喃耳语，为的是不让旁人听到。一派无稽之谈后，她迟疑嗫嚅地向我提了这个问题：

“您信奉爱情吗？”

“不！”我的回答对她像是当头一棒。我站起身来，想换个座位。

她变得像个暴怒的慕雄狂。我自言自语，我担心，她也许会因一时糊涂做出意外之事。我建议把灯打开。

晚餐间，叔叔和公公的话题扯到了玛蒂尔达倔强的个性、她对家务的看法和她精细的手工活。年轻的男爵大概是多喝了几杯，按捺不住激动，心血来潮地唱起赞美歌来。他双目噙着掺了酒味的泪水，抱怨可怜的小姑娘在父母家中遭到虐待。悲痛的高潮中，他从马甲的口袋里抽出怀表，急匆匆地从椅子上挺起身子，像是天经地义的责任感在召唤着他。

“对不起了，先生们，”他说，“我已答应小玛蒂尔达接她回家。你们请继续谈。可别走，我一小时后就回来。”

身为父亲的老男爵大为不满，但他的儿子这个狡黠的家伙，大声允诺着以名誉担保绝不食言，摆脱了众人。他听到了诺言的召唤。

他再次叮咛我一定要坐待他回来之后，便溜之大吉了。

我们在桌边大约待了一刻钟，然后回到客厅。两位愿意单独在一起的老人，抽身回到叔叔的房间，他在侄子的家中已住上好些日子了。

我诅咒着命运，是它让我跌入陷阱，我曾费了九牛二虎之力想从中摆脱。但我心中早有防备。我怒气冲冲，犹如一条被拴住的狗，以此，足以抵御任何痛哭流涕或多愁善感的场面。

我傍着壁炉，静立在那里，抽着雪茄。我主意已定，表情冷漠，身体僵硬，只等待着事发。

这时，男爵夫人开腔了：

“您凭什么恨我？”

“我不恨您。”

“您好好想想今天早上对我的态度。”

“别再提了！”

这些异乎寻常的粗暴回答本身就是个错误。她看透了我的心。转眼间，一切都明白了。

“您想逃避我，”她继续说，“那好吧！您知道当初是什么导致我去玛利弗雷德旅行的？”

两分钟的沉默。我回答说：

“不知是不是我想象的错误，这与当时把我引诱去巴黎是同一动机？”

“这是显而易见的。”她说。

“那又怎么样呢？”我问。

我期待着一次大吵大闹，但她镇定自若，温柔地望着我。打破这种危险的沉默是我的事。

“既然您现在诱出了我的隐衷，请记住我一句忠告。如果您想使我们能在此时时晤面的话，尽管为数不会太多，那么，请您明智些！您得明白，我的感情具有一种超脱的能力，使得我可以既和您在一起，又别无他求。在您忘却了职责时，在您屈从于隐蔽在我们心里的某种姿态、某种表情时，我将把一切公之于您的丈夫。后果如何，您一定清楚。”

她魂不守舍，情绪激愤，两眼瞪着星空。

“我可以向您证实！您多么坚强！太好了！您多令人崇拜！哦，我多么渺小。真希望能在忠诚方面超越您，我希望……您愿意我把事情原委都告诉古斯塔夫吗？”

“悉听尊便，只是，我们今后永世不再见面。此外，这不干他的事。我的情感中有爱的成分不是罪过。即使他知道了这一切，他能遏制我的感情吗？一旦我产生了爱，不论爱谁，这与他人无关，除非我因冲动践踏了别人的领地。不过，请您照您说的做，我对一切都有准备！”

“不，不，没有必要跟他讲这些，因为他自己干通奸勾当……”

“对不起，不过，在这件事上您的平等观念我不敢恭维。如果他糟践了自己，他将自作自受。这不足以成为理由去……不！”

狂热的激情渐渐冷却，我们又脚踏实地，恢复了理智。

“不，”我继续说，“不过您得承认，爱情这东西很微妙，很有新意，也很神奇！人们彼此相爱，做出表白，仅此而已！”

“表白有各种方式。”她喊出声来，像个孩子一样两手一合。

“可完全不同于拙劣的小说描写！”

“生活得光明磊落是多美好的事！”

“那是一种最轻松愉快的生活。”

“我们将永远相见，一如既往，无须提心吊胆……”

“而且也不互相责怨！”

“一切误解都消除了！不过这倒也是真的，那不是玛蒂尔达，您……”

“别说了！”

屋门被打开了。扯着无聊的话题，两位长者去了个秘密的地方后，手执遮光灯走进屋来。他们穿过客厅，在毗邻的房门口消失了。

“您注意到了吗？”我说，“生活是怎样由无数个小挫折和伟大的时刻混合而成的，真理又是怎样与诗区别。如果我斗胆描述刚才那种场面，我会如同机身着陆一样担风险？您可以想象：一次没有接吻、没有下跪、没有海誓山盟的爱情表白，两个心心相印的人，被两位隐在遮光灯影子中的老人震惊！莎士比亚的伟大正在于此。他所塑造的尤里乌斯·恺撒身着睡服，脚趿拖鞋，在静夜中被无聊的噩梦惊醒。”

有人按门铃。年轻的男爵与美貌的玛蒂尔达出现在眼前。他心怀鬼胎，便一个劲地向我们讨好。我怀有一种愿望，要更加充分地扮演我的角色，来迷惑男爵，于是扯了一个冒失的谎：

“我跟男爵夫人刚才辩论了一个小时！”

他目光狡黠地打量着我，忐忑不安地回到自己的房间，犹如误入了歧途。我起身告辞。

相信一次纯真的爱情是何等天真！正是我们的隐私孕育着危机。这如同一个被偷偷地赋予了生命的胚胎，他在我们的心血交融后，开始迅长，而且即将落生到人间。我们深切地渴望一度有过的情愫能沟通彼此，再次改变这种在令人窒息的伪装中挨日子的窘境。我们想出种种诡计，决定一同去看望与高中教员结了婚的我的姐姐。姐夫世袭了古老的贵族家名，他多少属于上流社会。我们开始幽会，起初还保持着纯洁无瑕，但不久便陷入炽烈的感情，欲望开始复苏。在表露心怀的几天后，她递给我一沓信，其中的一部分是在三月十三日前写的，其他写在爆发争吵之后。它们是她痛苦与爱情的佐证。

从来就没有打算把这几封信公之于世。

星期一

亲爱的朋友：

我渴望来到您身边，我可以说是天天如此。谢谢您昨天允许我跟您对话，您没有摆出常挂在脸上的那副讥讽的神情。但您为何非要那样呢？您若是知道我对此是何等伤心该多好啊！在我向您坦露心迹的那一刻，也就是我最需要您的友谊的时候，您却又戴上了这副面具。为什么呢？您必须在我面前隐匿真相吗？您曾在一封信中向我承认，这无非是一副面具罢了。我很愿意相信您的话，然而这又使我痛苦异常。随之我脑子里经常出现这样的想法：此时此刻我又铸成大错了。他将对我作何感想呢？……

我是多么地珍视您的友谊。我所顾忌的是，您将因此而蔑视我。哦，但愿不会这样！您应该对我以诚相见。您必须忘记我是一个女人——而我却是过多地忘记了这一点。

对您昨天所说的一切，我根本没有生气，只是感到惶惑和忧伤。您难道觉得我有能力撩起丈夫的妒火，会用如此卑劣的方式向他报复？您不难想象，我若想达到这一目的将冒多大的风险，后果会如何呢？他兴许会恼羞成怒，冲着您来，然而我们彼此则将永远不能再见面了。若见不到您我又会怎样呢？这对我来说是性命攸关的大事。

我用姐弟之情爱着您，毫无轻佻的意思。诚然，有过这样的时刻，当我双手捧住您秀美的头颅时，我的确尝到一种快意、一种欢乐。每当我注视着您真诚、聪慧的双眸，我会情不自禁地要亲吻您宽亮的前额，我喜欢它。但是，即使我吻了您，那也是您一生中所得到的最纯洁的情感。我秉性如此，倘若您是一位女性我也会同样地爱您，前提是，我会像敬仰一位女子一样地敬仰您。

……

您对玛蒂尔达的评价听来很入耳，只有作为女人才能对此感到由衷的高兴。但是，别人对我有何求呢？我看到所有的人都向她奔去促但这毕竟是我的过失。在我把一切视同儿戏时，无意中促成了这种好感。我对自己的男人不加干涉，因为我胸有成竹，我永远占有他的心。但事实又将表明，是我错了。

……

星期三

他已坠入情网，也向我供认了。这一风流韵事已超越了底线，而我却开怀大笑。您可以想象：当他把您送走后，便上楼来。他握着我的手，注视着我的眼睛，我不寒而栗，因为我问心有愧。他向我哀求："玛丽亚，宽恕我吧！今晚就允许我进玛蒂尔达的卧室，我爱她至深。"我是该笑还是该哭呢？我强忍着内疚的折磨，因为我虽爱您，却保持着遥遥的距离，不希冀得到什么。于是您产生那些有关贞洁的蠢念头！他可以心安理得地放纵肉欲以玷污自己，而我只一直在心中爱慕您。作为女人，我还不至于那么冲动，以致忘却了我为妻为母的天职。但是您可能注意到我的矛盾心理，我的感情不能专一。我同时爱你们两人，失去了他，这个正直、忠实的心腹之交，我无法生活，然而，我也无法失去您！……

星期五

您现在终于揭开了帷幕，它一直掩盖着我心中的隐秘。您并不鄙视我，仁慈的上帝！您甚至爱着我！这是您难以启齿的字眼。您爱我！——我有罪，是个罪人，因为我爱您。愿上帝宽恕！而我同时又爱着他，我将永远无法跟他分手。

事情是这样离奇！亲爱的！最亲爱的！这是您，这是他！我是如此安宁，如此幸福——我的爱不会是一种罪过，否则我将不得安生。或许是我变得冷酷无情？啊，多难为情！是我先开的口。正好在这一时刻，古斯塔夫向我伸出双臂，我迎上去吻了他！我真诚吗？我没错！为什么他事先不保护我呢？

这是一部长篇小说。但结尾又将怎样呢？女主人公，她将死去；而男主人公将另有新欢？抑或他们将分道扬镳，各奔前程？难道一切都将循规蹈矩？

……

要是现在我在您身边，我将用一个女教徒亲吻耶稣的那种虔诚来吻您的额角，鄙弃那病态的性欲……

是虚伪，还是真情？或者仅仅是淫荡，一种以某样宗教的梦魇为前导，并藏匿其后的情欲？不仅如此！那种想使自己的生存永久化的本能变得越来越复杂，甚至在动物界，灵魂的特性也通过性爱得到繁衍。就是说，肉体与魂灵两者同时爱，彼此缺一不可。如果仅是肉体的需要，她为什么因为我这个眼下体弱多病、神经质的青年而离弃形如巨人的他？若是仅仅为了灵魂，为什么会产生要亲吻我的欲望？并随即为我双脚小而优雅、双手线条优美、指甲充满血色、前额拱曲适度而啧啧称羡；对我厚密的头发更是大为倾倒。或者是因为她的感观受到其丈夫越轨行为的刺激，给她输入了某种错觉？或者是她本能地预感到，相比丈夫松弛的肌肉，我的青春欲火更能使她受用？就她丈夫的身体而言，她并不嫉妒，这就是说她不再像一个爱人那样钟情。但一涉及我，她便妒火中烧。这么说，她爱的是我！

一次在我姐姐家做客，她突然歇斯底里起来。她倒在沙发上，无休止地哭泣。她抱怨丈夫不体面的亮相。当天晚上，他将与表妹在一个军人舞会上度过。

在激情爆发时，她把我紧紧地贴在自己的胸脯上，亲吻我的前额，我也吻遍了她的脸！接着她便用“你”来称呼我！我们之间的纽带连接上了，从此时起，我对她产生了欲念。

晚间，我读着朗费罗[①]的《瑰丽之夜》，深受其富有魅力的诗句的影响。我拿目光探询着她。她的表情如同被施了催眠术，随着我的面部表情的变化而变化。她看上去像是神志不清，进入了幻觉。

晚饭后，女仆随马车来把她接回家。来到街上，她命令我先上车，并无视我的抗拒，指令那女仆坐到赶车人的座位上去。我们单独留在了车篷里，默默无语地相互拥抱。我感觉到，她柔软的身体如何克制着自己，在我的亲吻下颤抖。慢慢地，她将自己的身体滑到了我的下方。那种更改家族姓氏的危险把我震慑住了。到了她的家门口，我把未受侵犯的她放下车去，她羞愧难当，或许还很气愤。

一切疑惑已烟消云散。她本来就想引诱我，是她给了我第一个

① 朗费罗（1807.2.27—1882.3.24），19 世纪最著名的英国诗人。

吻，是她迈出了亲近的第一步。然而从这一刻起，我一本正经地承担起诱惑者的角色。尽管我在婚姻问题上执着刻板，但我不是个约瑟[①]。

翌日，我们约好在国立博物馆门口见面。

我看见她在镀金的天花板下，踏着大理石台阶走下来，那纤巧的双脚在镶着花纹的地板上踩着碎步，公主一般的身段被一件黑色的天鹅绒背心紧束住腰。我把她奉为偶像。我迎上去，像侍从一样向她行屈膝礼。她那被我的亲吻撩拨起的美貌让人折服：两颊的皮肤是透明的，以至能看到动脉中的血液在流动；这尊形如处子的塑像在我的怀抱中春心荡漾。皮格马利翁[②]曾向大理石雕像嘘了一口气，便有了一位女神。我们在一个三十年战争时期被占领的墓碣前坐了下来。我吻了她的双颊、嘴唇、眼睛，而她带着幸福陶醉的微笑听凭摆布。我即兴充分表现诱奸的韬略，使出演说家的雄辩和诗人的种种艺术手法。

“请您忘掉这座私通的住宅，”我说，“请您离开这间被玷污的卧室，抛弃这种妻妾同室的生活，否则我会鄙视您的。(我不想用‘你’对她称呼，这使她沮丧。)回到您母亲那儿去吧，献身于您神圣的艺术，一年之后您便能登台演出。在那里您会成为自由人，过上属于您自己的生活。”她挑逗着欲火，拥抱我。我激动了，灵感受到启示，顿时口若悬河，为的是让她发愿起誓，向她的丈夫坦白一切，

① 基督教《圣经》中的故事人物。《圣经》福音书记载他是耶稣母亲玛利亚的丈夫。耶稣由玛利亚“圣灵感孕”而生，象征超凡脱俗。
② 据希腊神话，他是钟情于阿佛洛狄忒女神的一座雕像的塞浦路斯国王。

我们甚至可以冒着承担一切后果的危险。

“不过，万一事不如愿呢？”她插话问。

“那就让一切见鬼去吧！但失去了对您和对我自己的尊重我就无法再爱。您是胆怯的，您想得到报酬，但又不愿为此做出牺牲。但愿您慷慨大度，如施给您的美貌一样，铤而走险，甚至承受冒死跃壑的危险。除了自尊自爱，一切都虚无缥缈。您可以毋庸置疑，长此以往，不久，我一定会把您引诱上钩，因为我的爱会像雷电一样将您击中。我爱您，像太阳依恋晨雾，将把您吞没！好吧，快上绞架吧！抬起头，别弄脏了双手。您以为，我会为此低声下气地与您分享！永远不！不成功便成仁！”

她做出抵抗的样子，同时又向欲火中投掷了一颗炸药丸！她抱怨自己丈夫的刁难，说着话掀起了床上的被褥，一想到这，我顿时觉得毛骨悚然，躁动不安！

他，那个傻瓜，跟我一样地穷困，前途渺茫，还养着情人；而我，这么个才子，未来的显贵，我呻吟着，辗转于用我的鲜血燃起的烈焰中！

蓦地，她改变了语调，试图让我平静下来，提醒我，我们曾誓约在先，我俩将永远情如兄妹。

“让这种兄妹之谊、这种母子之爱见鬼去吧！这是丈夫与妻子！情人加恋人！我爱您的肉体和灵魂，爱您金黄色的头发和您坦诚的秉性，爱您这双瑞典最精巧的小靴子，爱您的正直，还有您那在马车里的黑色中珠泪盈眶的双眸，爱您那迷人的微笑以及那白色的长筒袜和红色的袜带……”

“您在说什么……”

“是的，我的公主，我什么都看见了！我将一头扎进您两座乳峰间的深壑。我敢发誓，我的亲吻会让您窒息，您会在我的拥抱中透不过气来！哦！我一旦把您吞下将会变得像上帝一般强大！您也许以为我怯弱，是一个无病呻吟的懦夫，甚至是一个伪君子！在一只病重的雄狮面前您得留神，切莫走进它的洞穴，不然，它会把您爱抚至死！放下您那羞答答的面具吧！我需要您，如同初次见到您那样地需要您。关于赛尔玛的故事，那个芬兰女人，那只不过是童话而已！至于坦率的男爵，对我这小市民、乡巴佬、来自社会底层的小人物，其所谓的友谊全是扯淡，他痛恨我，如同我痛恨他一样！”

对我这种口若悬河的表白，她神色不惊：它们没有任何新的内容，因为我们业已知晓一切，尽管实际上我们什么也不明白。

分手时我们约定，等到她向他坦白了一切，我们将再一次幽会。

整个下午，我神志恍惚，待在房间里，期待着首战告捷。为了解闷，我把一口袋的文件和旧书全倒在地板上，然后蹲在小山包上进行整理。然而，我的思绪无法自律。我仰面躺在书堆上，梦魂萦绕，两眼瞪着烛台出神。我渴望得到她的亲吻，心里揣摸着即将发生的勾引。她那样敏感且变幻无常，我得谨慎行事，三思而行。万一有个差池，退却将会导致冷漠。

我点上雪茄，想象着自己躺在一块草坪上，如同一只井底之蛙好奇地注视着破旧的屋顶，一切都变得那么有新意。沙发作为多次热烈相爱的证物，诱发了充满肉欲的想象，但这种遐想旋即消逝了。一切都有可能因为我在荣誉问题上憨直的举动而化为乌有。

种种的思绪抑制着我的狂热，在我试图摆脱这些思绪时，我感到了对此类不良后果的胆怯和恐惧，遂生一种对那个历经风险，抚养他人后裔的男人的同情；对品种的不纯，对杂交的憎恶，对那个我不愿见其沮丧的女子产生的微微敬重，对她孩子的一丝怜惜和那位忧心家族丑闻曝光的尊贵母亲的叹惋。痛苦中，我隐约感到要抛弃这个坠入情网时光不久的人儿是何等艰难。我不能将她抛弃，我自言自语：不成功，便成仁！她是我唯一的选择，我毕生的抉择！

我百感交集！突然听到有人敲门，听上去敲得很谨慎。一阵令人振奋的叩门声，一个迷人的小脑袋使得阁楼顿然生辉；一丝调皮的妍笑把我从书堆中解脱，将我送入受人膜拜的女子那天鹅绒般温柔的怀抱。在她被凉风吹得生机勃勃的嘴唇上一阵狂吻后，我问：

“怎么样，他说什么？”

“什么也没说，因为我什么也没告诉他！”

“那您完了！从这屋子出去！”

我已预感到接下来即将发生的事，宽衣解带。我替她脱去轻骑夹克，摘下镶着珍珠的礼帽。当我把她带到沙发边时，她喊道：

“我实在不敢！我只想在大崩溃之前再见您一面。离婚能否成功，只有上帝才知道……”

我的亲吻使她冷静了下来。我把餐桌拖到她跟前，从柜子里取出酒和饮杯。酒杯边放着一瓶绽放的玫瑰，烛台上插着两根蜡烛。我把汉斯·萨克斯的一卷书当作她的搁脚凳子，这是一本用皮革做成封面的古书，书面的装帧是一幅路德的肖像，闭合处是镀金的，这是皇家图书馆的收藏。

我斟上酒，摘下一朵玫瑰，插在她丰泽的金黄色鬈发上。在举杯为她的健康和我们的爱情祝福后，我向她下跪，对她表示爱慕。

“您多美啊！”

第一次看到我的热恋，她喜出望外，我终于向她求爱。她捧住我的脸，吻了我，手指从我蓬松的发中滑过。她的美貌唤起我对她的崇拜，她的形象对我而言如同教堂的圣像。我爱得如此深挚。

看到我释去伪装，她非常高兴。听了我的肺腑之言，她更欣喜若狂，她也爱得要发疯了。她已不能自制，因为她感受到，我既有着炽烈、疯狂的爱，也不乏尊重和礼节。

我吻了她那双小巧玲珑的靴子，直到嘴唇被玷污为止。我抱住她的双膝，但不碰一下她的裙边。我爱她，像现在这样，衣饰整齐，像个贞洁天使，楚楚动人地降临人间，除了裸露出双翼。

终于，我的两眼充满了泪水，伴着无以名状的感情升腾潸然而下。

“您流泪了，”她说，“怎么啦？”

“我不知道！我是那样幸福！”

“那您就哭吧。您！一个铁石心肠的汉子！”

“哭泣对我来说像是很陌生！对我！”

作为完美的女性，她自觉理解我的痛苦。一会儿她站起身来，像是对地上的那堆书刊发生了兴趣，面带戏谑的神色对我说：

“我进屋时，您躺着的样子就像舒展身躯在草地上。多有意思！隆冬季节玩起收获干草的游戏。”

她坐在干草堆上，我傍着她坐了下来，又是不计其数的狂吻。

偶像的幻影逐渐淡漠，濒临颓坍。

渐渐地，我把她仰面按倒在地，用亲吻攫住她不放，使她没空隙逃脱我的眼睛和嘴唇喷吐的火焰。我拥抱住她，如两个恋人一同倒卧在草坪上，礼节般地彼此占有，但衣冠周正，没有最后残酷的一幕。我们重新站起，胃口已填满，所愿已足，毫无良心的自咎，犹如未曾堕落的天使。

啊，富有创造力的爱情！既是犯罪而又无罪责。既奉献了身心，而又不自暴自弃！啊，老练而慷慨的女人！她对少年学生多么宽宏大度，把给予看得比索取更为神圣。

突然，她又恢复了自制，被现实召唤，告辞而去。

“明天见了！”

“明天见！”

她把一切向他和盘托出，并承担起一切罪责，因为他哭了。

他哭得声泪俱下！是天真还是狡黠？两者皆有。爱情令人迷惘，而幻觉又是自欺欺人。

他并没有对我们忌恨，同意我们可以保持亲密的往来，当然先决条件是，我们得恪守清白。

他比我们更高尚，她来信说，他心胸更为开阔，而且同爱我们俩！

真是个痴呆儿！他居然能容忍一个吻过他妻子的男人走进家门，把我们看成毫无性别差异，或以为我们会保持兄妹关系。

这是对我男子尊严的侮慢，我横下心告别而去！永别了！

上午，我待在家中，心灰意冷。我尝到了禁果，但又被人从口边夺走了。她，高傲的女人，现在反悔了。她良心发现。劈头盖脑的责备向我扑来。她，勾引男人的浪妇！

我的脑际闪过一个卑劣的念头！或许是这个女人认为我太纯真了。我羞涩的傲视使她变得理智？我所惧怕的罪孽并没使她不安。这么说，她的爱含义更广。

那么再来一次吧，我的美人，到时有你瞧的！

上午十点，一封便笺唤我去男爵夫人那里，称她病得厉害。

我的答复是，不去！不要搅扰我，我不想再做你们夫妻生活的插足者！忘掉我，就像我忘掉你一样。

到了中午，男爵来了第二封信。

“让我们重修旧好。我尊敬你，因为我深信你的品行，我深信不疑，你是个正派的男子。业已发生的事不必再提。作为朋友你再回到我这里，但愿一切完好如初！”

这种感人的质朴和绝对的信赖深深地打动了我，我写了一封引咎自责的信，请求他不要引火烧身，让我退场吧。下午三点来了最后一封便笺：夫人已是奄奄一息，医生刚去过。她要见我一面。男爵苦苦地哀求我。我去了！我就是这么一种蠢货！

一进屋，三氯甲烷气味扑鼻而来，客厅的灯被降了下来。男爵一把抱住我，唏嘘抽泣。

“她怎么样？”我像医生一样口气冷静地问。

“我不知道，不过好像是脱离了危险。”

“那么，大夫说什么呢？”

“什么也没说，离去时直摇头，只解释道：‘治这种病不是我的事。’”

“他开药方了吗？”

“什么也没有！”

他引我走进餐室，这儿已成了病房。她躺在沙发上，僵硬无力地伸展着四肢，头发松散着，两眼像灼燃的煤球。她把手伸给我，她丈夫将它搁在我的手中，然后回到客厅里去了。我们单独留了下来。我依然是冷冰冰的，心中半信半疑。对这出千载难逢的好戏，我要看个究竟。

“您知道我人之将死了吗？”她开口道。

“是的！”

“难道您不痛苦？”

“当然痛苦。”

“但您毫无表情，不露一丝同情，没有一句痛惜的话。”

“您丈夫在隔壁！”

“一不做，二不休，他不是已默许了我们……”

“您想干什么，夫人？”

“我病得厉害，不得已去看了妇科专家！”

“哦！”

“我害怕极了！真讨厌！真让人痛苦不堪。您把手按在我的前额上！啊，多舒心舒意！您就微笑一下吧！您的微笑能赋予我第二次生命！”

“男爵……”

“您本想远远地离开我……”

“夫人！我能为您做些什么？”

她克制不住地啜泣起来！

“但是，”我喊道，“您这是何意？让我作为奸夫在此粉墨登场，在您家里，与您的丈夫和孩子门挨着门？”

“您真可恶！一只失却心肝的禽兽，一只……”

“祝您安康，夫人！”

我离开了她。男爵领着我穿过客厅。我缓缓而行，目光捕捉住一件女子的裙衫，它一闪消失在毗邻的房门里。我产生了疑虑，在此排演的或许是一出悲剧。

在我身后，男爵重重地把门别上，撞击声在楼道里回响。我有一种被人扔出门外的感觉。

我所经历的无疑是一场 comedie larmoyante①，我扮演着两副嘴脸。

多么神秘的病！歇斯底里！德语中称作母瘟！自由的翻译为因怀孕的喜悦而狂躁，雌性动物的性冲动。千百年来被压抑的东西，一直隐在一块遮羞布后，但它却在私通的道路上找到了突破口。

这个过着半修女生活的女性，时时留心，以防怀孕，生怕再有孩子，在频频受到不尽如人意的刺激后，她被驱逐进情人的怀抱，为满足情欲，不得不与人私通野合。在情人属于她的那一刻，他退缩了，没有满足他的情妇！

哦，悲剧般的婚姻，该诅咒的爱情！在结束分析时，我脑子里

① 法语，意为悲喜剧。

出现如下定论：这种尔虞我诈的夫妻生活，把他俩都推进第三者的怀抱，推进一个会赋予更多享乐的怀抱。这个女人为我洗手不干而失望，这又把她推回到丈夫的身边，使她想起了自己的职责；而对他来说，对付一个受情人刺激的女子更为容易。

他们彼此妥协了，一切算完了！退场吧，魔鬼落下帷幕。

但是，大谬不然，她又踏进我的门槛。我就逼她做出彻底的供认，在婚后的第一年中，她从未体尝过性爱的快乐与夫妻间令人陶醉的和谐。孩子生下后，丈夫变得冷漠。因害怕再次怀孕，他们就采取佯攻的办法。

“这个男子拥有魁伟的体魄却从未能让您幸福过？”

“几乎没有过！这么说……偶尔。”

“那么现在呢？”

她脸上泛起红晕。

“现在，大夫劝他多加节制……”

她仰倒在沙发上，双手捂住脸。

我被这种神秘的坦白撩拨得欲火难挨，我发起温情的进攻。她让步了，喘息着，颤抖着，但在千钧一发之际，良心的谴责攫住了她，她将我从身上推开。

难解的谜。慢慢地，我受够了。

她想从我这里索取什么？一切都行，她要的是最高的赏赐，但要身体力行地去犯罪时，她想到私生子，她害怕了。

我拥抱她，吻她，直到她如痴如癫。事毕，她木然地站起身来，但不像上一回那样大失所望。

而现在？怎么办？向他坦白一切！但一切已然发生。把详情全告诉他！但又有什么意义？况且也无详情可言。

她照常来看我，在沙发上舒展着腰肢，装出一副病恹恹的慵懒。我满面羞惭，战战兢兢，惶恐不已，进而低声下气，甚至还怀疑自己是否阳痿了。就在沙发上，我把她强奸了，如果这算作强奸的话。我扬眉吐气、怡然自得地站起来，仿佛还清了欠这个女人的债。而她却面有愠色、愧怍万分地起身悲叹道：

“高傲的男爵夫人这下成何体统！”

对恶果的恐惧牢牢抓住她，但她忧心惙惙中，带着痛楚和失望，这在风流韵事仓促开局时，是司空见惯的。是精神准备不足，操之过急的缘故。

“就这些了？”

她走了！步履蹒跚。我从顶楼的窗口用目光追逐着她，自己也不由感慨：

“那就是全部的内容？”

平民子弟占有了雪白的肌肤，一个市民赢得了豪门闺秀的爱，猪倌与公主的血混杂在一起。但代价是什么？

一场暴风雨骤然而降，流言蜚语此起彼伏，男爵夫人的声誉惨遭荼毒。

她母亲给我来信，请我去看她。我应约前往。

“先生，您爱我的小女可是真心诚意？”

“完全是真的，夫人。”

“您不为此感到惭愧？”

“我把它视为荣幸。”

“她已向我承认，她爱您如痴如狂。”

“这我明白，夫人。我为她惋惜，对发生的一切我深感不安。您看我该怎么办？我们彼此相爱，这也许令人叹惜，但这不是犯罪。在我们觉悟到危险时，我们把一切告诉了男爵。这么做难道错了，还是不够得体？”

“您的行为无可指摘，但我的女儿、她的孩子，还有家庭的名誉一定要保住！您不会把我们推向毁灭的深渊，对吗？”

她开始饮泣，可怜的老人，这是她手中仅有的一张牌，她的女儿。她一向所受的训育是光耀门庭，事情令人嗟叹。我的心为她痛苦的泪水软化。

“夫人，请多指教，我会听从您的。”

“离开这里吧，远走高飞。”

“尊贵的夫人，您不必多言，我向您保证。不过有个条件。”

“什么条件，先生？”

“您把玛蒂尔达小姐送回娘家！”

“啊，这么说，这是指控！”

“一种告发！而且我的灵感已预见到，她在男爵家里不会有助于他们夫妇幸福和合。”

“可以相信！哦，这个小妖精，她要自食恶果了。您远远离开此地吧，明天就走！”

“今晚就走！”

此刻，男爵夫人露面了，没有任何礼节客套。

“您留下，”她命令道，“该走的是玛蒂尔达。”

“为什么？”母亲诧异地问。

“因为离婚已成了定局。古斯塔夫在玛蒂尔达的姐夫那儿对我说长道短，好像我已不可救药，他们是在欺人耳目。”

一个令人痛心疾首的场面！哪种外科手术能与家庭关系的破裂同日而语？所有的激情将放任自流，灵魂深处的一切秽物将大见天光！

男爵夫人把我领到一边，将男爵写给玛蒂尔达的一封信的内容诉说给我，信中他把所有的污秽都扣在我们头上，并表示了对她永恒和神圣的爱。这表明从初始他就欺瞒我们。

巨大的岩石松动了，不懈地向前滚动，扼杀着罪人和无辜者。

这是一场遥遥无期的拉锯战。祸不单行，这一年，银行没有发放股息，破产危在旦夕，大难已临头，这件事反使离婚未费周折，因为男爵已失去了抚养家人的能力。为了保全名声，男爵去向他的最高上司咨询，如果妻子重操演员旧业，他能否继续服役。上司给了否定的回答。为贵族的偏见开脱，得有个体面的借口。

男爵夫人一直住在丈夫家里。其间，她越来越频繁地去看医生，为了治疗子宫瘤。分居另过还不能够。她总是神色忧悒，怏怏不乐，惶惶不可终日。我凭借自己年轻人的自信，对她施加影响。我向她描绘艺术家的未来，像我一样在小蜗居里自由生活，成为灵与肉的主宰。她聆听着，不做任何插话。我慷慨陈词，言语滔滔，对她来说与其说是通过智慧的渠道给予启迪，毋宁说是通过磁的电流施行电疗。

离婚的设想如下：在履行完规定的法律程序后，她将去哥本哈根找叔叔。那里，她将通过瑞典领事得到所谓有关她愤然出走的消息，然后向领事阐明解除婚约的意图。末了她再回到斯德哥尔摩，这时，她才将对自己的未来重新酌定。

除了几件自己的私房物，她将把嫁妆和家具留给丈夫。再婚之前，父亲对孩子承担抚养义务，而男爵夫人享有随时探望孩子的权利。

交涉经济问题时，出现了大闹公堂。为挽救一份被挥霍了的家产的残剩部分，作古的父亲曾将留给女儿的遗产过户给母亲，而母亲可以通过支付女婿一笔款项而获得这笔遗产的继承权，但结果，事情没按规定办。现在，男爵要求遗嘱生效。年迈的岳母见到自己将靠可怜的养老金过日子不由得勃然变色。一次在她的兄弟——即美丽的玛蒂尔达的父亲那里，她大动肝火时告发了女婿。一场风暴终于来临，上校出面胁迫男爵辞职。进行诉讼的手续几乎完备。

现在，男爵夫人又全力以赴地要拯救孩子的父亲。为了洗刷他的耻辱，替罪羊的角色落到了我头上。这逼迫我给她叔叔写信。信中，我把这次不幸全部归咎于己，在公正的上帝面前我起誓，男爵和那表妹是清白无辜的，请求那个蒙受耻辱的父亲宽恕我的一切罪过，这些都是我这个悔恨的诱奸者一人造下的孽。

多么宏大的气度！男爵夫人尽一个女子所能来爱我，我已将自己的荣誉感、自尊心和好名声都献给了情人那双受人顶礼膜拜的小皮靴了。

尽管我决计不参与所有这些会毁坏声誉的经济纠纷，但我还是被卷进了恶战。

岳母不时地来看我，告诫我对她女儿的爱，鼓动我起来反对男爵，但毕竟徒劳，因为我只对男爵夫人唯命是从。此外，我站在那位父亲的一边，因为他承担了抚养孩子的义务。不论他多傲慢自负，继承权只属他一人！

什么样的四月天！这样爱恋的春天！一个多愁多病的情人，不堪忍受的聚首。两家同洗不忍目睹的脏衣服；加上泪水、暴怒，这是一次骚乱，其间，所有隐藏在华丽儒雅的教养外表下的卑鄙，都在光天化日之下暴露无遗，犹如捅了一个马蜂窝。

爱情为此大为减色。我常见到的只是一位心爱的人儿、因勃豁落得神色憔悴的情人，一场激烈的辩论之后，她两颊通红发烫，满口尽是法官的术语，这一切与人们公认的催欲剂功效正好相反。

我不断地给她送去抚慰人心的想法和那些常常是假设的希望，因为慢慢地，我的精力开始衰竭，她不住地摄取、吮吸着我的理智，焚烧我的心。而我变成了她的垃圾桶，她把全部的脏物都扔在里面：她的忧愁、她的失望、她的痛苦。

我在这样的地狱中熬度时光，和她一道背负十字架，为求得可怜的生存而不辞劳苦。每当晚上她来看我，碰上我正忙着，她便牢骚满腹。于是，我不得不用两个小时的流泪和亲吻来证实我对她的爱。

她把爱情看作是永恒的仰慕、卑屈的赔情和倾其所有的奉献。

我肩负沉重的责任感，恭候着那一时刻的到来：灾难或者孩子的诞生将一名妻子逼进我的生活。在仅有的一年时间里我要为她的戏剧生涯做准备。她留下的钱不过三千克朗，我为她的前途担忧。她说话一直带着很强的芬兰口音，她的容貌失去了协调的比例，这都不适合舞台艺术。为了让她宽心，我让她吟诵诗句，自命为她的导师。但她实在太痛苦了。当发现进展是那样微乎其微时，她彻底绝望了。

哦，可怕的爱情！她一直担心会有孩子而忧心如焚，加之我对这种神秘技巧的无知，本来可以避免那些担惊受怕的，结果我从爱情中唯一得到的是绵绵无期的痛苦。爱情原可以成为汲取青春和精力的源泉，在如此压抑的境遇中尤其必要。快意刚刚萌发，旋即便又消失，因为恐惧心理又出来作祟。我们未能尽兴地分手，灰心丧气，她再一次徒劳无益地等待了最神圣的时刻。

为这种爱的陶醉，要付出何等代价！

我也曾想到过妓女，但对一夫一妻制的崇奉使我厌恶这种取代方式。归根结底，即使拥抱不够味儿，但我们的灵魂已得到满足，这种满足也许更能持续。正是怀着这种对满足的企望，且又终不如愿的饥渴，使得我们的爱变得永恒。

5 月 1 日，各种离婚手续履行完毕，启程定在两天以后。她来找我，扑倒在我的怀里。

“现在我属于你了，收下我吧！”

我们从未提及结婚，所以她的话我不甚理解。尽管如此，我觉得现在时机更为合适，她离开了曾经有过的家。我们一起坐在小阁楼里沉思。此刻，大功告成了，然而诱惑力却在消退。她责怪我冷漠，我尽力向她证明事实相反。于是她又叹惜我的肉欲。崇拜、奉承、乞求，这是她所需要的。

激烈的争吵终于爆发了。一次，她歇斯底里地发作，说我并不爱她，而且已经如此！为了让她恢复理智，我整整花了一个小时来装腔作势、阿谀奉承，直到我泣泪如雨她才善罢甘休，因为她爱我。她越洞见我的心，见我下跪，显得渺小、孱弱，就越崇拜我，而且不愿看到我阳刚富有男子气。这样，她有了优越感，好扮演慈母的角色，抚慰我。

她在我这儿进了晚餐，她铺上台布，摆好餐具。之后，我行使情人的权利，沙发变成了床铺，我为她宽去衣裳。

这是爱的更新。我占有一个处女，一个红颜女子！与一个自己炽恋的女子做爱，其野性是何等微小，几乎难以觉察。动物则缺乏这种灵魂的交媾，然而又是往往难以断言出兽性与理性的确切分界线。

近来的情况让她心神欢愉，她身心倾注，达到了快感的顶峰，她幸福而感戴。她妖艳的容颜光彩照人，眸子流露着极大的喜悦。我的陋室变成了庙宇，变成了富丽堂皇的宫殿。我点上拱形的烛坛、工作台灯和所有的蜡烛，以映照美满的床笫之欢。这就是贫匮生活唯一的价值所在。

然而，在这种卿卿我我的陶醉时刻，伴随着对遭受嫉妒者诽谤的快乐回忆，我们一步步走向痛苦的深渊。让我们幸存下去吧，并征服一切困难，这是爱的真谛！

“不要玷污了我们的爱，”我对她说，“尊重活泼的天性，敬仰上帝，他将违背我们的意愿，把幸福强加于我们。”

她无言以对，因为她很幸福！她的欲望得到了满足。她的面庞显露生机，血色充盈，这是在狂风般的拥抱时血液注入血管。那双被性欲撩拨得泪眼汪汪的双眸，在烛光下，色调变得活跃，宛如交配期禽鸟翕动的羽毛。她的模样变成了年方二八的少女，肢体是那样冰清玉洁，曲线优美；娇小、悦目的头颅，埋入衾枕，披散的秀发散落开来，金灿灿的像刚收割下的小麦，让人联想起娇嫩的稚童。玲珑小巧的身材与其说瘦削，毋宁说纤弱，歇息床上，上身由细亚麻布衬衫遮掩。

这是一件时髦的希顿古装①，下摆有无数个小褶，正好盖落到大腿边，遮住那块该遮挡的地方；她的双膝裸露在外，那里交错着多少条健美的肌肉、韧带、腱子，构成一幅错综复杂的图像，让人想到了珍珠母发髻；上边的花边缘饰形如栏杆，箍住双乳；两只雏鹿拱出两点玫瑰红色的嘴尖；用洁白的象牙雕成的双肩，如同门把，我用来正好得心应手；还有……

她端坐在那里，如一座神像，静候着我的膜拜；她伸展臂膊，拂拭双眼，羞羞怯怯地向我暗送秋波。

这个受崇拜的女人，在把自己奉献给无私的情侣时，赤身裸体显得多么贞洁！而智力上超越女性的男子，只有跟一个可以等量齐观的女子身心一体时才能获取快意。往日的艳情、与下层姑娘求欢的情形，此时在我看来成了兽性的发泄、人类的反祖、种族的蜕变。

① 古希腊到希腊化时期，男女所穿的服装，妇女所穿多长及踝骨。

难道这些就是退化的表象：润泽的肌肤、细嫩无茧的手掌、完美无瑕的脚踝、像琴键般排列着的无可挑剔的脚趾。人们曾观察桀骜不驯的动物，它们生有发亮的羽毛、精巧的脚爪，紧凑的肌肉，但神经密集如织。女性的花容玉貌是其外表特征，这种特征只有与悦己者相和谐时才能得到升华，也最能体现价值，成为永恒。而这一男性是娶她为妻的丈夫。从此后，她不再属于他，因为她就此不再取悦于他，她的美不再为他而存在。此刻只有我才能让这朵蓓蕾绽放。这种美，唯独那位选择了她的男性才能领略。

占有自己的偶像是一种何等肆无忌惮的享受！这仿佛是在尽天职。等到事发之后，这便成了罪过！甜蜜的罪过，可钦可佩的不法行为，圣女式的罪犯！

子夜的时钟敲响，兵营换哨，远处号角声声，可爱的人儿该回巢了。

在回家的漫漫途中，我向她描绘充满光明希望和草率设想的远景，它们伴着热烈的拥抱从我的脑际掠过。她依偎着我，仿佛要从这种接触中汲取力量，而我把她恩赐的一切奉还于她。当我们来到大门口，她才发现竟忘了带钥匙。多倒霉！我心头一热，要向她炫耀自己的胆量，我要来个虎穴探险。我越过高墙，快步穿过院子，叩响住宅的大门。我做好了与男爵狭路相逢的准备！我胆怯的天性期待当着情人的面跟情敌做一次较量，而被等待的情敌成了英雄！有幸的是，下楼开门的是女仆。我们镇定自若，有礼貌地互相告别。女仆向我们投来藐视的目光，我们向她道晚安，她充耳不闻。

现在，她已确信我爱她，便开始肆意糟蹋这种感情。今天她来到我住处，开口就用美好的字眼赞扬她离异的丈夫。这位男爵因表妹被逐而变得精神颓丧。他屈从了男爵夫人的请求，为了保全她的声誉，答应在告别的那一天，和我一起去火车站为她送行，这样，她的出门不会招来私奔之嫌。加之，对我怒气已消的男爵也觉得责无旁贷，他请我今晚去做客。为了防止别人说三道四，他表示几天后与我一道在公开场合露面。我钦佩他性格刚正、天真无邪的大孩子的雅量。但是此刻，我又要为他提出抗议。

“让他蒙受这种耻辱！不行！”我对男爵夫人说。

“但这主要是为了我的孩子！”她回答。

“不过，亲爱的，其中还要有对他的尊敬。”

她心里根本没有尊敬过别人！她说我是个空想主义者！

“这样也太过分了！您把我推入陷阱，您让我们大家身败名裂！这真是荒谬绝伦，令人作呕！”

她呜呜地痛哭起来！泪水使她变得所向披靡，结果在一小时的眼泪战后我被降伏。我诅咒这个独裁者，痛恨这种结晶体，这使她那迷人的双眼又平添了几多魅力。

我们两人中，她无疑是强者，她将牵着我的鼻子把我引上耻辱的歧途！这就是她妥协的目的所在！她担心情敌之间会发生殊死的搏斗，结果会将一切丑事暴露无遗。

她这么决定逼迫我重新踏进那个惨遭灭顶之灾的家庭，对我施加了何等酷刑！残忍的自私鬼，她毫不同情别人的恐惧心理！她曾信誓旦旦，中断与她表妹和男爵之间任何未经许可的往来，以确保不再出现失足。

我闷闷不乐，脚步沉重地去赴最后的晚餐。小花园里，樱桃花吐艳，水仙花争奇，那灌木丛又郁郁葱葱，那里，她仙女般的身影曾使我神魂颠倒。草坪之间，新修筑的花坛像裹尸布一样铺展开去。我可以想象，那个被母亲遗弃的孩子，在帮助操持家务、漫不经心的女佣的搀扶下，怎样孤寂地徘徊其间。小女孩长高了，能听懂大人的话了。早晚有一天她会明白，她的母亲已把她抛弃！唉！

我登上这个厄运频仍的家庭的楼梯，屋子的一侧有个深深的鹅卵石小沟。我童年时代的残酷记忆又被唤醒，友谊、至爱亲朋，一切均遭屠戮。即使这种私通按部就班地进行，但它已毁坏了这个家门。谁之过？

出来开门的是男爵夫人，她在通往客厅的两道门之间偷偷地吻了我。此刻，有那么一瞬息，我憎恨她，愤愤地把她推开，因为这一切让人联想到家奴在过道里的卑劣行径，我痛恶这种门后的勾当！肮脏的雌兽，毫无自爱，没有一点尊严。

她以为我胆怯。正当我心绪低沉、准备离去时她把我让进了客厅。她目光炯炯把我稳住，向我施威。在她坚决的态度面前我麻木、却步了。

客厅里，一切迹象都表明着这个家庭的分崩离析。所有的家具上，衣裙布料比比皆是。钢琴后面挂着那件我再熟悉不过的紧身小胸衣，这边的写字台上是一大堆内裤，曾一度让人着迷的长袜此刻却使我恶心。她来回踱着，一边整理着衣物，把它们叠放在一起，数了数，没有丝毫的矜持与羞惭。

是我在俄顷之间把她毁灭了？觑见一位有身份女子的内心披露

时，我扪心自问。

她查看着衣物，把需要修补的放在一边。她现在正整理着内裤，把一条断了带子的挑了出来。她不露一点声色，把它搁置一边。但我却认了出来，这条内裤是在我第一次冲动地发起进攻时，因不能自制而撕破的。

我感到自己像在参加一次判决，忍受着可怕的煎熬，而她却坦然自若，一只耳朵听着我呶呶不休的絮叨。我等着男爵，他把自己锁在客厅里写信。

那扇门终于打开了。我颤抖着，但发现进屋的是那孩子时，我如释重负。她来到我身边，顺从地让人亲她，身后跟着母亲的巴儿狗。

我涨红了脸，发起脾气，激动地责备做母亲的：

“您就没必要对我进行这种折磨吧！”

她什么也不理解。

“妈妈要出远门，小宝贝。她马上就会回来的，还会给你带回玩具来。”

小狗跑了过来，也想让人抚摸它！终于，男爵露面了。他神色颓唐，弓曲着身体，友好地对我表示欢迎，跟我握手，但却说不出一句话来。看到他那副无以慰藉的痛苦状，我保持着尊敬的缄默。接着，他又退回到了屋里。

夜幕低垂，女仆点上灯，也不跟我打招呼。晚饭被端上桌来，我想告辞了，但是，男爵和男爵夫人双双都这般情真意切地挽留我，我只好留了下来。

就座吧，与过去一样三人一同进餐。这是庄严而永志难忘的时刻。我们一道倾吐衷肠，泪眼相望地问：谁的错？谁也不是，这是命运，一连串的机缘起了推波助澜的作用。我们彼此握手，把酒起誓，今生永结盟好，友谊长存。男爵夫人情绪很好，她正做着明天的筹划：火车站的约会，城里的散步，我们将一切按她的心意办。

我终于站起身来。男爵陪我们来到客厅，那里，他把夫人的手放在我手上，喉咙哽塞地对我说：

“做她的朋友，尤其是现在，我的角色扮演完了！多照顾她，别让世上的无赖欺侮了她，要培养她的才华，你比我更有天赋，我只不过是一个臣仆。在人生道路上，上帝与你们同在！”

说完他退了出去，随手把门带上，让我们单独在一起。

这是他的诚意，我当时这么想，现在也这么认为。世上只要还剩一颗同情的灵魂，那就是他，他同爱我们两人，而且不愿意看到他孩子的母亲落到坏人手里！

有可能在将来我们遇上什么不幸时，他会吹嘘说是他设了圈套故意让我们钻的，不过，这将跟他的前后性格不符，而且谁也不会怀疑，受骗的正是他。

晚上六点，我来到火车总站的大厅。去哥本哈根的火车六点一刻发车，但男爵夫人一直没有出现，男爵也没来。我感到正在共同经历一出悲剧的最后一幕，并怀着某种狂妄的快乐期待着尾声。再过一刻钟，一切又会恢复平静。我那经受了危机、遭到伤害的神经急需安定，而从今晚起将补偿我为了一个狡黠的女人所耗费的全部精力。

终于，她坐着一辆简陋的马车来了，马儿被驱赶得气喘吁吁，一向是这样的拖沓和迟误！她怒不可遏地向我奔跑而来，举止像个癫子。

“他食言了，这个叛徒！他不会来了！”她尽量大声地叫嚷，为引起路边行人的注意。

虽然这让人感到遗憾，但从心里我尊敬这个人。我因为一种矛盾心理而感到困惑，我说：

“这样更好，他自然有他的权利。”

“您快给自己买一张去哥本哈根的票，”她命令道，“否则我不走了。”

“不行！”我说，“一旦我们同行，这意味着私奔，到不了明天便是满城风雨。”

“我不管这些！快抓紧时间！”

“不！我不愿意！”

这一时刻，她让我难受极了。形势已无法再僵持下去，争吵，两个爱人之间的争吵已迫在眉睫。

于是，她抓住我的手，她的目光让我失去理智，冰雪消融了。女巫战胜了我，冲破了我的防线，我倒下了。

“但只到卡特琳娜霍尔姆[①]！我请求您！”

“好吧！”

她匆忙将行李托运掉。

---

① 瑞典城市名，位于斯德哥尔摩西南。

一切都失去了，甚至连荣誉，还有一个充满磨难的夜晚等待着我！

火车启动了，我们俩单独坐在头等包厢里。男爵的无故失约压抑着我们，这是一个未能预见到的险情，一个不祥之兆。车厢里闷得让人窒息，我们都等待着对方先打破这种沉闷。终于，还是她先开了口：

“你已不爱我了。”

“可能是这样。”我答道，脑子被一个月来的烦恼搅得一团糟。

“为了你，我牺牲了一切。”

“不是为我，而是为你的爱情！此外，我将为你牺牲我的性命！你对古斯塔夫生气了，把你的怨气发泄到我身上吧，放理智点！”

她哭了，伤心地哭了！多么有趣的蜜月旅行！我的精神已经得到锤炼，我给自己披上了铁制的铠甲，我让自己变得麻木、冷酷、难以捉摸。

“当心你的感情！因为从今天起你需要自己的理智！哭吧，哭吧，把眼泪哭干，然后振作起来！你真幼稚，我曾把你当作女皇来崇拜，听信你的话，因为我以为，你会比我更加坚强。不过，放心好了，我不会瞧不起你的！千万不要先责备我！我一直钦佩古斯塔夫超人的才智，尤其是昨天晚上，当他憬悟到，生活中的重大契机不仅是一次冲动的结果！该由谁来承担这次责任呢？你、我、他、她，那迫临的毁灭，你对戏剧的热衷，你子宫里的瘤子，你离过三次婚的父亲的继承权，你母亲对生孩子的仇视，这造就了你优柔寡断的天性，或是你丈夫的无所事事，他的职业使他有过多的闲暇，我下层阶级的品格，正好遇上一位芬兰女性，她把我送进你的怀抱。一连串潜在的契机，我们所明白的还是寥寥无几。不要在那些庶民面前垂头丧气，明天他们会用三言两语把你判决。不要想得那么天真，以为一旦人们将你这个女通奸犯、我这个诱奸犯唾弃，一个复杂的问题就解决了！难道真是我勾引了你？现在请对我、对你自己说句实话，此刻没有旁人做证，没有第三者在场。”

不，她不肯说真话。她也无法这样做，因为这不符合女人的秉性。她感到自己也有罪，受到良心的折磨，为了自慰，她将全部的罪责都归咎于我！

我听其自然，保持愤慨的沉默。黑夜降临，我拉下窗帘，倚靠在车厢门边，注视着车外黝黯成行的枞树，上方悬挂着明晃晃的月亮。我时而瞥见桦树林中的湖泊，时而看到桤树垂岸的河流、旷野和草地，既而又是枞树林。我不时地有一阵狂喜，想破门而出，从这小笼里逃脱出去。这里有个女看守监视着我，我被女巫钳制住了。对她的未来所负的重荷犹如噩梦缠扰着我，我得为这个别人的妻子和她未出世的孩子们的生计做出担保，还有她母亲、姨妈、所有亲戚的养生送死，这将持续几个世纪。我还对她的戏剧生涯负有责任，分担她的全部痛苦、失望和失败。有朝一日，她会把我像一只挤干汁水的柠檬一样丢弃到垃圾堆上，我全部的生命、我的大脑、我的脊髓、我的热血，为换取我奉送她的、被她接受的爱，这就是她所说的为我做出的牺牲！爱情的幻觉，繁衍的昏眠！一直到十点，她依然悒悒不欢，再过一个小时，我们即将分别。

接着，她忽然抱歉了一声将脚搁在我的枕垫上，推托疲乏得厉害。面对她那沮丧和泪水，我不管她蛛网般的逻辑怎样得理，仍然保持自己的冷血气质和男性刚毅。但是，一旦目光触到她那双迷人的小皮靴和她的长筒袜子上方众所周知的小尖角，我便屈服了。

跪下吧，西蒙松，把你的头发放在她的大腿上，将双颊抵住她的臀部，乞求她宽恕你冷峭的话语，这是她所根本不理解的——杜绝你的理智，发誓放弃你的信仰，爱她！奴才，这就是你！看到一只白色的长筒袜就怯阵了，你以为自有能力将世界拔锚举起？她爱你，只因为你是个意志消沉者，她用一分钟的痉挛把你收买，这是她向你抛出的低廉价码，因为她只排空了你数滴最宝贵的精血，她自身什么也没有失去！

汽笛长鸣，我们已来到分别的车站。她如同一位可亲的慈母吻着我，为我画了十字架，虽然她不信基督教，却把我托付给了上帝，恳求我多加保重，切莫绝望！

列车消失在夜色中，一团呛人的煤烟把我裹住。

我终于吸了口夜间的新鲜空气，自由的空气。然而这只是一瞬间！一走进小城的饭馆，我便瘫软一团，对她的渴望使我难以自已。我爱她，爱得那么笃挚，就像分别时她追忆起的我们初次相识时那样地爱她。妻子和母亲，贤惠而温柔，像待孩子一样地关怀着我，爱抚着我。

尽管如此，我仍爱她，祈望她成为我的妻子。

这莫非是移了本性？或是生性就是喜怒无常？难道我违背了传统道德，因为我占有了我的母亲？这是一种下意识的情感上的乱伦？

我让她来信，在给她信的结尾处，我祈求上帝保佑她。

她最后的拥抱甚至把我还给了可爱的上帝，她最后的亲吻把唾液留进了我的小胡须，单凭这唾液的印记，我发誓放弃那个新的信仰，对进步的信仰。

一个男子堕落的第一里程已经走完，接踵而至的将是承受恶报，直到完全失去支撑，直至滑到疯狂的边缘。

二

她走的第二天，皇家图书馆的职员诱拐某男爵夫人一事，成了整个首都家喻户晓的新闻。我们所预见、所忧惧，并试图避免的一切都发生了，我们曾竭力防止她的声名受损，因为怯弱也全部落空。她把事情弄糟了，而现在又要我来收场。为了不给她的戏剧生涯造成任何恶果，我又不得不强撑着局面。由于她有希望登台演出的戏院只有一家，所以这种桃色事件对她更为不利，私生活的不检点直接影响她在皇家戏剧院受聘。

为了表明我的清白，我返回的当天早上就去探视了生病在家的图书馆馆长。接着，我在那些主要街道上随意闲逛，照常准时上班。晚上，我去记者俱乐部，传布男爵夫妇离婚的新闻，男爵夫人是因为艺术上的追求才这么做的。我宣称，这件事无可指摘，并愿意出面对他们夫妇的感情和睦做证。他们离异的根本原因是社会的偏见。

即使我事先就料到，由我来澄清男爵夫人的无辜会带来什么样的伤害，我也一定会……这么办的！

报界抓住这一奇闻大做文章，而公众不相信这种对艺术的笃爱，因为起码的一点，她在女演员中并不出类拔萃，被抛下的孩子是伤痕的见证。女人是不会轻易上钩的。

其间，我收到一封来自哥本哈根的信！这是绝望中的一线光明！她满心愧疚，思念孩子，命令我立即去她那里，因为她无法忍受亲戚的折磨。她说，男爵买通了那些人，私下截走了离婚所需的文件。

我直率地拒绝前往，气愤中我给男爵写了一封恐吓信。他的回信骄横无理，我们间的最终决裂终于开始了。

一个电报、两个电报，日子又平静了下来。一时短缺的文件也到了，诉讼按部就班地进行。

我给她以详尽的指点，打发着晚上的时间，为的是驱散她的忧虑。我建议她去工作，学习自己的艺术，或时常写些通讯，这样可以得到一些额外的收入，我也可以帮助她发表在一家颇有名望的报纸上。

音信全无。我完全有理由认为，我绞尽脑汁的建议成了这独立“智慧人”的耳边风。

一个星期过去了，充满不安、忧虑、忙乱的七天。一天早晨，我在床上惊喜地发现一封盖有哥本哈根邮戳的来信。

她过得挺安宁，事态进展得也不错，她无法掩饰某种自得，因为我和男爵发生了一场男人间的争斗。由于我们俩都给她写了信，她可以做出评判。她觉得一切都干得富有艺术性，很赏识我的勇气。“可惜的是，”她补充说，“两位如此强硬的汉子成不了朋友！”接下去她向我描绘她的消遣，日子过得挺有意思，她跟一群颇有名气的艺术家保持接触，对此，我并不感到特别高兴。她自称进入了拥有各色青年男子的社交圈，他们向她献媚求爱，她已有所收获——一位为了艺术离家出走的青年音乐家。这跟她真可谓同病相怜！接着便是这位青年殉难者的详细履历，还请求我，不要因此感到嫉妒！

这意味着什么？我自问。这封既嘲讽又热情的来信使我茫然。它像是就着两杯葡萄酒写成的。

难道这个冷漠又淫荡的圣母玛利亚属于那种天性轻佻的女人？一个骚妇，简直是个骚妇！

我拐弯抹角地向她进诤言，蘸着浓烈的颜料画了一幅肖像，称她为包法利夫人，哀求她赶快从堕落到危险边缘的梦中猛醒！

作为回复和对我的最高信赖，她给我寄来那个青年的求爱信。情书！又是玩弄那些陈腐的辞藻，诉说友谊和灵魂中道不清的同情。那套词汇我们都早已用滥，兄弟姐妹、小妈妈、志同道合等等。温暖的被褥，钻在下面的是相爱的情人，为的是末了合演那种双背脊的动物。

这简直让人难以置信！一个疯子，一个失去理智的罪犯。以往两个月的动荡困扰，她还没有领教够，而当时三颗人心在通红的火炭上焚烧！我被当作替罪羊，一只媒鸟，一个替身，为了成全她与那个伪君子的放荡生活，我竭诚效劳。

这是一种从未体尝过的痛苦！我曾崇拜过的现在被秽物玷污！

难言的同情攫住我。我推度着，这个充满病态情欲的女人将面临何种前景。我向她发誓，重新把她扶持起来，并竭尽全力不让她遭受致命的打击。

嫉妒心啊！这下流女人的语言，要把一个受骗的男子，或者一个即将受骗的男子引向狂癫！她欺哄着他，当他微露懊丧神情时，她便用这样的字眼来淆惑他的视听：嫉妒。嫉妒的男人，受骗的男人。可以设想，世上有这样的女人，她们将嫉妒与阳痿相提并论，以此来引诱男人入圈套，使他们变得盲从，变得对诸如此类的控告无能为力。

十四天后她回来了！俏丽，活泼，焕发了青春，脑子里满是愉快的回忆，因为日子过得称心如意！她那招惹人的新服饰，款式标新立异，却显露出低庸的奢侈。她过去的穿着曾是那样朴实，而现在却像个占卜人。

我们的重逢比起想象中更为冷漠。在一阵让人不安的沉郁后终于爆发。

有新朋友的崇拜撑腰打气，她端起了架子，取笑我，挖苦我，惹我动气。她把那件不同凡响的外套往我破烂的沙发上一摊，试探性地向我主动出击。我全部的恼恨在剧烈的拥抱中已发泄殆尽，剩下的余怒此时又变成了一种卑鄙的责备。我为自己无节制的情欲伤神耗气，这与她疏懒的天性不相吻合，她不禁潸然泪下。

"你怎么能认为，"她抽泣说，"我跟那个青年不干不净呢？尽管如此，我仍向你保证，再不给他写信了，虽然我这么做会被看成失礼！这个下流坯！"

真可怕！她又给自己新添了一双小靴子，我只好向她无条件投降了！诅咒我吧！她又穿上了黑色的长筒袜，小腿肚变得更加丰腴了。她膝盖的肉色，在裹尸布底下活跃地闪露着。这双从宽松的衣裙中偷偷地伸出的黑色腿脚，对我产生了恶魔般的作用！它们是两根黑沙缠满的发丧栅条，守护着坟墓，而我将不顾死活地把我千百万个生命的细胞，我热血的精华，葬进这座坟墓。

为无拘无束地进入这天堂与地狱的混合体，我用谎言签订了一项契约，我厌倦了那种无休止的担惊受怕，我编了谎。经过在图书馆里悉心探究，我发现了克服自然规律的秘方。我建议她采取补救措施，同时我又提到自己的一个生理缺陷。这一缺陷虽没有导致不育，但起码怀孕的危险要小得多。到后来连我自己也信了这个谎话。她对我听之任之，所以承担起命运的报应只是我自己的事了。

其间，她在母亲与姨娘家的二楼住了下来，那是城里的一个闹市。她要我去那儿见她，还威慑我，不然她就上我这儿来。在老太太们的眼皮底下不会有快活的事，尤其当我在那里时，她们总守在隔壁的房间里。

我慢慢悟到了，自己失去了什么。她，这个男爵夫人、妻子、家庭主妇，让她自己又回到了童蒙时代，由母亲看管，被关进一间小屋，靠别人施舍的面包生活。当年，母亲曾天天训诫她，自己把孩子教养成人为的是让尊贵的地位后继有人。然而，女儿企盼的是佳婿来到家中把自己从母亲的监狱中解放出去的美好时刻。接着是痛苦的争吵、眼泪、恶言恶语。近来，每到晚上我去看她，怨恨向我袭来。我探望的是个在押犯，得时刻留心门后的监视。

当我们对这种难堪的单独对话感到厌倦时，我们冒着风险在公园里幽会，我们忍受着众人向我们投来的轻蔑目光，结果，反而更觉狼狈。春天的阳光照着我们这对罹难人，让人觉得生厌。我们渴望黑暗，渴望早早春去冬来，以遮盖、洗雪我们的耻辱。长夜漫漫，没有黎明的夏日已在眼前！

谁都远避我们。姐姐受到流言蜚语的恫吓，她开始嫌弃我们。在最后一次小范围的晚间聚餐时，昔日的男爵夫人豪饮起来，想以此消去心中的郁闷。她醉了，抽着烟，最后把主妇们的反感和男人们的鄙视全部招惹到自己的身上。

“那女人是块娼妓的料！”有个身为父亲的出于信赖对我姐夫说，而姐夫飞快地把这句话传给了我。

一个星期天晚上，姐姐再次邀集我们，我们如约而去！女仆打开门，说主人不在家。我们的屈辱达到了顶点，谁都不难想象我们当时的愤怒。在我的小阁楼里，我们度过了周末的黄昏。我们绝望地流泪，酝酿着自杀计划。我放下帷幔，挡住日光的照射。我们要等到夜色深沉才能回去。但是太阳迟迟下不了山，到了八点，我们饥饿难挨。我身边一文不名，她亦如此，而家中又缺米少盐，我们尝到了遭难的滋味。我经历着有生以来最艰难的时光：攻讦非难、泪水涟涟、冷冰冰的接吻、良心的自咎，还有愤世嫉俗。

我催她起身回家，去母亲那儿吃晚饭，但大天白日之下她便畏葸不前。此外，她亦另有顾虑，过早回家无法做出解释，因事先说好被人请去吃饭的。从两点钟吃完午饭到现在，她还是滴水未进，饥肠辘辘地上床睡觉，这种悲凉景象撩起了饥兽的野性。她在优裕的家境中长大，习惯了奢侈，不知道什么叫清苦，现在她大光其火。我从孩提时就忍受过饥饿的煎熬，但看到我所倾慕的偶像曾跟我一样落难，我不胜伤感。我翻遍了整个柜子，什么也没找到。搜遍了写字台的抽屉，那里有许多搁了很久的小玩意儿，枯萎的玫瑰花、粉色的信封、褪了色的丝绸带子等。从中我发现了两块糖，是参加一次葬礼后留下来的，死者的名字早被遗忘。我把糖给她，它们内外由黑色的锡纸裹着。这是一顿多么阴郁、披着丧服的爱情晚餐。

我意志消沉，万念俱灰，濒于绝望。我满腔怒火地站起身来，咒骂刚才把我们拒之门外的高贵女士。

“为什么对我们如此地痛恨与仇视？难道我们犯了什么天条，姘居了吗？没有，那是遵循法律手续、正当合法的离婚。”

“我们太老实了，”她安慰道，“这温文尔雅的上流社会不过是一帮无赖。公开和隐蔽的私通都可以容忍，但是合法的离婚却不行！好一种社会道德！”

我们达成了一致，然而，那个罪名依然存在。它从我们的肉体上飘过，在威慑的棍棒下屈服。

我感到自己像个街头的浪荡子，他洗劫了一个鸟巢！母鸟飞走了，小鸟一动不动地躺在地上叽叽鸣叫，母亲温暖的怀抱被剥夺了！还有那父亲！父亲独自静静地坐在被捣毁的巢穴中。就像这么一个星期天的傍晚，这家人本来会照常围坐在炉灶旁。而现在，沉寂的客厅里只留下静默无声的钢琴；餐室里，他形影相吊地独自进餐；还有卧室里……

“不！”她打断我的话，“完全可以相信，他在庄园主表妹的姐夫家里，躺卧在沙发上，酒足饭饱，握着玛蒂尔达的手。这可怜的浪荡子，沉醉于叙述有关他妻子的不轨行为和难以相信的故事。而这位妻子不愿过那种妻妾一堂的生活。博得了这种伪善社会的同情与可怜，他们俩向我们掷出第一块石头！”

经过初步的推断剖析后，我得出结论，我们上了男爵的当，他唯一的目的就是要抛弃妻子，以便另求新欢。这样他可以合法地侵吞妻子的嫁妆。

于是，她反驳道：

“别说他的坏话！那是我的过错！”

“为什么不能说他呢？他又不是神圣不可侵犯！”

这一点她给人一种印象，众人有目共睹，每次我对他进行抨击，她就出来干涉。

这就是她奉还给男爵的阶级共济合同吗？或者在他们隐秘的共同生活中曾经有过难以启齿的事使她害怕与他为敌？这对我始终是个谜。还有，一想到男爵时她表现出那种矢志不移的忠诚，无视他后来的表演是多么地虚伪。

太阳终于落下山去，我们分手道别。我睡了一场饥饿的觉，梦见我脖子上吊着磨盘，想腾飞上天的情景。

雪上加霜，命乖运蹇！我们去戏院老板那里探问，某某女士能否登台演出。回答是，敝院不想与一个离家出走的妻子有任何交往！

一切都失败了！一年之后，这个女子将一无所有地流落街头，而我这个可怜的波希米亚人对她不能见死不救！

为了去证实这置人于死地的传闻，她准备去看望一位女友，一位悲剧大演员。在过去的社交场合中，她曾碰到过她。她曾在男爵夫人这个金发碧眼的“小妖精”面前像只母狗一样地爬行。

这个大悲剧家，作孽中已两鬓斑白的通奸犯，在她丈夫的有生之年，她就谋划过卑劣的勾当，她鄙弃接见了这个罪人，向她下了逐客令。

真是忍无可忍!

剩下的只有一件事：不惜任何代价进行报复!

“那好吧，”我对她说，“当作家吧！写剧本，把它们搬演上舞台！在可以推重自己时为什么要自轻自贱呢？通过你的勤勉发愤远远地超过她。践踏这个女演员，披露这个骗人的、虚伪的、缺德的上流社会。它的客厅为娼妓开设，而摒弃一个合法离异的女子！这是剧本的主题！”

然而，她是那么荏弱，生性易受人影响，缺乏反击的力量。

“不要报复了！”

她既复仇心切又畏首畏尾，想把报复留给上帝。除了把责任推卸给我这只替罪羊，她什么都无所谓。

我不敢懈怠。有幸偶逢一次机会，有位出版家让我编辑一本儿童画册。

“您得注意，”我向冯·女士建议，“请您把我的这些文章收集起来，您能足足挣一百个克朗。”

我替她写辅导课文，让她想象是她自己完成了这一工作，她理所应当能得到这一百克朗。但又何苦呢？出版者要求在画册的封面印上我的名字，因为我曾作为戏剧演员登台演出过。这就是所谓文学上的卖淫！那些曾发誓说我不具备作家才能的敌人，将快乐得手舞足蹈。随后，我又敦促她为一家晨报写新闻。她文章平平，尽管见报了，但稿酬未付。

为了十个克朗，我得在城里四处奔波，然后把钱“连同编辑的问候与感激”交付给这位女作者——一种虔诚的蒙骗。

可怜的玛丽亚，将这一微薄的收入交给她绝望的母亲是多大的快乐。母亲因遭到财源的破坏不能不节衣缩食，这种无情的磨难逼迫她靠出租带家具的房间度日。

那两位年迈的女士开始把我看作挽救灭顶之灾的救世主，从抽屉里找出所有被剧院打回的翻译拷贝。她们确信我有超凡的能力，去改变被老板拒之门外的命运。现在，我被行不通的条约所迫，为之花费了那么多的时间，我几乎落进了苦难的深渊。

时间的损失把我的经济状况弄得一团糟，再加上每天精力消耗很大，我竟落得吃不上晚饭，又恢复了原来空腹上床的旧习惯。

被金钱上的获利所激励，玛丽亚准备写一个五幕剧本。我感到，在她身上我浪费了自己所有诗歌灵感瘦瘠的种子，它们被播入她的身体，在这块处女地中扎根，生长，而我变得像苗种一样，只提供着生衍的机会，自身却逐渐枯萎。我做好了死的准备，直到骨髓迸出。我的思绪乱作一团，因为它不得不与一个女人狭隘头脑的轮系相适应，其思维方式与男性大相径庭。我至今仍百思不解，当时为何如此地高估了这个女人的文学素养，因为除了几封虽然写得真实，但很平常的信，我从未领教过她的文字。她正在变成我的一部存活着的作品，我用她取代了我受到压抑的才华。她的躯体已被嫁接在我的身上，甚至可以说，她已不再是她自己，而是我身上的一个新器官。我只有借助她得以生存。而我作为母体根基依仗植入地下的那部分生长着，滋养着靠近太阳并绽放出绚丽奇葩的枝茎，我为这样的娇艳而欣悦，因为她就是奇葩。然而我却没想到，嫁接的枝条离开被吮尽的树干的那一天终将来临。那时，枝条会拿自己移花接木得到的、可以引为自豪的繁茂炫耀于世。

剧本的第一幕已脱稿，我读了。经过我的润色我自感尽善尽美了。我对作者大加赞赏，衷心祝贺她。她为自己的才华感到惊讶。当我向她描绘身为作家后的光辉前程时，我们的计划又横生枝节了。玛丽亚的母亲想到了一位女友，一位非常富有的女画家，她有一座宽敞的贵族宅第和一个庄园。尤为重要的是，她与皇家剧院的首席演员及其妻子过从甚密。她们俩都是那个大悲剧演员的激烈竞争对手。

得到那个未婚女庄园主道义上的支持，这对艺术家夫妇承担起培养玛丽亚的义务，直至她登上舞台。为了磋商这件事，女友邀请玛丽亚去做两周的客，同时也可以结识一下那位艺术大师和他的妻子。为了让事情圆满成功，他们已在剧团老板那里详尽了解了内情虚实。这样，一度风靡的谣传也平息了下来。这纯粹是玛丽亚母亲的苦心安排，旨在阻挠她女儿的戏剧狂热病的发展。

她终于得救了。我可以松口气了，可以工作、休眠了。

她出门了两个星期。根据她寥寥数封家信来判断，她很遂意。在艺术家朋友面前她进行了试演，被认为并非缺乏舞台天资。

回来之后，她在乡下找了一间屋子，住在农民家里，饮食由人家提供。这样她可以摆脱那看门的老狗，不再有人阻拦她星期六和星期天对我的走访。我们可以自由自在、不受绳束地交往。虽然不久前的手术留下了明显的伤口，情绪还多少有些抑郁，但生活向我们露出了笑颜。在我们看来，社会的世俗偏见对我们造成的内心压力不像过去那么势不可挡，盛夏的骄阳让心中的荫翳更快地消散！

初秋的日子里，她的登台演出在两位名家的提携下终于成为现实。旧日的流言已销声匿迹。但我并不喜欢那个角色，因为它既不起眼，又是一个背时的旧剧本中的化妆角色。她的导师估计到了观众的同情心，因为这位女士让一名想娶她为妻，并用她来装饰自己客厅的侯爵碰了一鼻子灰。这名女主角在衰老的侯爵的金钱与财富面前，选择了清贫的青年男子那颗高尚的心。

现在，我因为已卸掉了导师的义务，可以将全部的时间投入我的科学研究，为科学院撰写论文，以成功地获取图书馆员和学者的称号。我将全部热情倾入了对远东人种史的研究。这项工作对我因争论辩白、坎坷不幸而摩擦得过于发热的头脑来说，有如一剂鸦片。我被好胜心驱使着，要在意中人面前有所作为，因为她的前途开始放射出缤纷耀眼的光彩，为此，我真正感到了肉体上的痛苦。我从早到晚把自己锁在皇家宫殿的地窖里，忍受着因潮湿的寒风带来的烦恼，并置饥饿与经济拮据于度外。

玛丽亚的首演预告登出不久，她的女儿突然因患大脑炎夭折了。又是一个月的泪水、责备和痛悔。

“这是报应！”外祖母这么说，她为将锋利的匕首刺进女儿的心脏而高兴。她坚决反对女儿投身艺术，把这视作辱没门楣之举。

玛丽亚悲痛欲绝，她昼夜不分地守在死去的孩子的床边，在她离了婚的丈夫家里，有一个老婆婆照护着。可怜的父亲失去了他唯一的欢乐，精神已濒于崩溃。虽然他悲恸异常，几乎昏厥过去，但他还是很想见到旧日的朋友，与我这当时的见证人重温往事。一天傍晚，安葬了小姑娘之后，打杂女工告诉我，男爵已来看过我，他敦请我去。

我因为不想在如此恶劣的境况下重新恢复已断绝的交往，所以我措辞谨慎地婉言谢绝了。

一刻钟后，身穿丧服、泪水纵横的玛丽亚来到我这里，劝我答应绝望的男爵。

我觉得，这一去凶多吉少。我诅咒令人生畏的风言风语，痛斥事态的反复无常。她责备我，说我对他有成见，不停地求我，开阔我狭隘的心胸……使我最终参与了这项不合适的约会。

我曾发誓再也不踏进的那座古朽的住宅里，一出好戏上演着。离了婚的丈夫现在搬到离我不远、离玛丽亚更近的房间。这样，即使这曾是他们夫妇的住处，我也不必感到尴尬了。于是，我陪同着这个离异的女子去她前夫那里。

悲哀、痛楚以及灵堂的阴郁、肃穆一起产生了效力，使人忘掉了重逢的不快与关系的暧昧。看到他俩习惯地在一起，我并没有任何醋意，男爵得体和真诚的举止让我完全放心。我们一起吃晚饭，喝酒，还玩牌。一切像是又回到了旧日的好时光。

翌日，我们约定在我那里见面，下一个晚上在玛丽亚那里。她在一个老处女那里租了一个房间。我们又恢复了老习惯。看到我们握手言和，玛丽亚很高兴，这使她感到宽慰，因为大家都有礼有节，谁也没有伤害他人的感情。男爵把我们看作私下订了婚，他对玛丽亚的爱像是已经死亡。时而，他还为我们能分担他因美丽的玛蒂尔达所生的痛苦而欣慰。眼下，她被关在父母家里，使得这位可怜人欲求不得，每日里情思昏昏。玛丽亚对此开着玩笑，一会儿取笑他，一会儿又安慰他。此刻，他不再尽力隐瞒自己的感情，这是他原先在世人面前矢口否认的。

渐渐地，彼此间的信任增添了让人不安的因素，它在我的心里产生了即使不算嫉妒也算是反感的情绪。一天，玛丽亚告诉我，她留在男爵那儿吃了饭，因为就孩子的继承权问题他们有重要的问题要谈，这是父亲的事。我脸色阴沉，并对这种低级趣味的念头不加赞许，我表示，这种事情让人生厌。她冲我大笑，挖苦我，而我一向是反对偏见的。最后我也不禁大笑。

事情显得可笑而异乎寻常，但在眼下这是一种“时髦”，对别人的议论我行我素，一旦美德占了上风，事情就糟了。

从那以后，她只要愿意随时都可以去看望男爵。我甚至觉得，他俩一起为她彩排，兴致很高。

这段时间，日子过得顺顺当当。受习惯影响和凭借想象，我仍把他们看成夫妻。我的嫉妒心泯灭了。一天晚上，玛丽亚独自来到我的房间，我帮她脱去大衣。反常的是，她花了很多的时间整理衣衫。我素知女人常有隐私，感觉到了事情的不妙。说话间，她在镜子对面的沙发上坐了下来。在她试图扯起话题时，她偷偷地瞥见我映在镜子里的身影，又悄悄地把头发理好。

一丝狐疑贯穿我全身，我无法掩饰内心的狂躁，高声问道：

“你从哪儿来？”

“从古斯塔夫那儿来！”

“在那里干什么？”

她一阵惊慌，但又马上镇静了下来，答道：

“我在练习脚本！”

“撒谎！”

她大声大气地斥责我荒谬绝伦的嫉妒，语气粗暴。我只好求饶，不幸的是她催我赶紧走，因为男爵已邀请了我们，盘询只好暂时休庭。

今天，回想起这一插曲，我可以庄重地起誓，我的分析绝无差池，我当时的确有权利把她判为重婚罪。但是，她当时用魔鬼的语言对我进行了瞒哄，我受骗了。

到底发生了什么？事情是这样的：

她单独与男爵进餐，喝了掺着利口酒的咖啡，随着肠胃蠕动，她感到自己慵懒困乏。他，男爵，建议她在沙发上小憩，她自然正中下怀。接下去的戏慢慢演来，顺理成章。孤独、信赖，还有回顾，都会对这对夫妇起到激素的作用，他们没有羞愧克制的必要。受限于特种饮食的单身汉动了情，事情就这么发生了。何必错过这种享受呢？这不碍谁的事，前提是，与此真有干系的人要被蒙在鼓里。她是自由的，因为她从来没有从情人手中拿过现款。对一个女人来说，背信弃义算不上什么，或许她还惋叹，失掉了一位能迎合她的要求的丈夫。甚至也许是因为有了比较，因为猎奇心已足，对旧日男人的渴望又萌发了。而他在叫春的格斗中重又装备精良。在这场较量中，怯懦的多情种子不论欲火燃烧得多么炽烈，终归是相形见绌。很有可能，还另有一个细故，她，这个床上的旧交，已经在那男人面前千百次地赤露过身体，而他，对她身上的一切隐秘早已了如指掌，她不再忸怩，别好房门，正餐之后再上一道多汁的甜食。尤其她现在没有任何道义上的约束，她敏感的心会怜悯任何一个渴求者。此外，按我的话说，倘若我是这个曾经受害，却未曾受骗的丈夫，那么我可以向古往今来的各位神明起誓：要是我因为另一个男子而被晾在一边，他的情人后来又落到了我的手中的话，上帝，我不会让她干干净净地走出我的卧室！

然而，当时她那两片可人的嘴唇不住地说着“尊严”“正直”“美德”时，我不愿相信这种猜度会是事实。为什么呢？因为一个被正直的男子所钟爱的女人，总会赢得对他的胜利。他会自欺欺人地说世上只有他爱她，而且也希望是唯一的。这叫愿者上钩。

此刻，我想起了一个成语，这是在一次偶遇中，从男爵对门的一位邻居那里听说的，此话叫作“平分秋色”。尽管我当时没有觉出这种说法的村俗俚野，但这句成语却在我的记忆中留了下来。从那时到现在，已经时过十二年。我不禁问自己，为什么从那以后我所听到的成百上千个单词过脑即忘，而唯有它刻入了记忆呢？

太入情入理了！今天在我看来，她的忠诚是那样无法让人相信，无法让人接受，绝不可能！

此外，我与男爵在一起的那几个小时里，他总是尽量表现对妓女的特殊兴趣。一天晚上，我们在餐馆吃完饭后，他甚至向我打听某些妓院的地址。他企图把我引入歧途，这一点我深信不疑！

再加上他对玛丽亚的态度，就客气程度来讲明显开始有所下降，她的表现也越来越近似一个风骚女郎，但对跟我特殊的性感关系，她像是变得越来越淡薄。

终于，她的首演期到了。那是一次颇为玄妙的成功。首先是能在舞台上看到一位男爵夫人的好奇心，使市民对这个贵族表示出同情，她是出于世袭的原因才解除婚约的。那些单身汉、性无能者、婚姻的“奴隶制度”的死敌向她抛扔玫瑰。更不用说那个身为男爵夫人的提挈人的大演员和她的那些朋友、亲戚、熟人，他们对此壮举感到自己多少是个参与者。

演出之后，男爵把我们连同玛丽亚所寄宿的那家的姑娘一起请去吃晚饭。

我们被演出的盛况深深地打动了，整个世界都心满意足。脸上依然留着脂粉，眼影尚未擦去，头发梳得像个贵夫人的玛丽亚并不讨我喜欢。她不再是我热爱的圣母，而是一个表情佻巧、作态俗不可耐的喜剧演员。她夸夸其谈，无礼地插嘴别人的谈话，沾染了伤害人的狂妄症。

她觉得自己已攀上了艺术的巅峰，对我的评语她只是满不在乎地耸耸肩，一脸同情的神色。

“这一点你不懂，我的小乖乖！”

男爵看上去像个失意的情人。他要吻她，只是因为我在场不好如此。在不停地啜饮了许多马德拉葡萄酒后，他变得直言不讳，声称，这简直是不幸；艺术，这种神圣的艺术需要如此残酷的牺牲！

那些翘候已久的报纸确认，这是一次成功。从而她的受聘也有了保证。

两名摄影师争相拍摄她的姿容，一本刚出版的新书登载了这位新秀的简历。看到所有这些照片让我吃惊的是，其中没有一张跟我心目中的原型相似。这难道是因为在短短的一年内她的性格起了变化？是她的表情，或者在我注视她时，当她在我的眼中代表着爱、温柔和同情时，也许她会变换另一种形象？那些照片上，我见到了她猥琐、粗鄙、无耻的神态，一副放浪形骸、卖弄风骚、挑逗勾引的面部表情。其中的一种姿态尤其让我惊骇：她坐在一把很矮的小椅子上，身体略微前倾，双手搁在靠背上，向任何一个观众展示着她袒露的半边胸脯，另一半被一把搁在衣襟开口处的扇子遮掩着。她的眼神像是痴望着另一个人的眼睛，这人不是我，因为我那由尊敬和温柔合成的爱从来不曾用那种寡廉鲜耻、贪欲色情、玩弄妓女的方式爱抚过她。这幅影像与那种在咖啡馆门口偷偷兜售的下流照片，在我看来别无二致。我拒绝接受这些照片。

“你不喜欢你的玛丽亚的照片？”她一边说，一边扮起一副更加暴露她卑劣的可怜相，这是她从来不敢表露的。“你已不爱我了！”

当一个女子责备她的爱人已不爱自己时，正意味着她本身已泯灭了对他的爱。从那时起，我觉得她对我的好感一天不如一天。

她发现她那肤浅的灵魂从我的灵魂中汲取了为她走向成功所必备的勇气和胆量，慢慢地，她想摆脱她的债权。尽管她仍然听我发表议论，剽取我的灵感，但样子却装得不屑一顾。

“这一点你不懂，我的小乖乖！”

她，头号的蠢物，因为从小在乡下缺乏良好的教育，除了粗通几句法语，其他一无所知，既没有戏剧素养，也没有文学造诣。是我教授了她关于瑞典语发音的基本规律，向她透露了韵律学和格律学的奥秘，她本应对我感恩戴德，但她却视我如同废物。

现在，她的第二场演出即将到来。我帮她选择角色，一个引人注目的大角色，是戏剧安排中的点睛人物。她却鄙夷这一角色！但是没过几天，她又翻云覆雨，说她挑选的正是这个角色。我把人物分析给她听，帮她定制行头，预测演出效果，提醒她掌握退场时间，强调了角色的主要特点。

我和男爵之间进行了一场无情的角逐。他，作为皇家剧院警卫班的领队、演出团士兵的教员，自负地以为对演剧之类的东西他拥有过人的才能。而玛丽亚又过高地估计了他那些所谓的设想，选择他为自己的导师，把我抛在一边。这名杰出的上尉培养了某种特别的戏剧美学，对"自然"表现加以推崇。在追求自然色彩时，他把空泛、世俗和粗犷放在高于一切的位置。

至于谈到描写小人物日常生活的现代派喜剧，我承认它的戏剧原则。但对一个英国的情节剧，我觉得使用这一准则不合适，这种剽悍的激情不像是在客厅里闲情逸致的随念，不能以这种方式来表达。

这种差别对于一个智力平庸的演员来说太深奥了，她总是以某种特殊情况来推断所有其他的特殊情况。

在登台演出的前一天，玛丽亚给我看她的晚礼服，以示对我的尊重。她无视我的建议、恳切的哀求，她仍然选择了一块土灰色布料，从而戕害了自己，将自己的两颊映衬得像死尸的颜色。在回答我时，她用一个女人最典型的理由加以搪塞：

“不过，X女士，那位悲剧明星，是身穿灰色戏服扮演这个角色的！”

“不错，但她不像你金发碧眼。灰色对褐色头发、浅黑肤色是相配的，对金发碧眼不一定合适。”

她明白不过来，反而生气了！

我警告她当心失败，第二次结果应验了我的话。她彻底演砸了。

又是眼泪、怨艾、厚颜无耻！

为了使这一失败更加惨重，一星期之后，那个悲剧大明星又扮演起她的角色，那是为了庆祝某一个节日，我记不清是哪一个了。结果，观众用横幅标语、花篮以及用车辆载着鲜花庆贺那位明星的成功。

玛丽亚把演出失败的原因都推到我身上，因为是我预见到了这场灾难。她跟男爵靠得更近了，以弱者的感情去同情弱者。

而我是个学者，一个剧作家、戏剧评论家，通晓各种文字。通过在图书馆的工作，我有幸与全世界各种文学潮流保持着密切的接触，但我如一件破烂的废物被遗弃在垃圾堆上，受到的是一个傻瓜、侍童与狗的待遇。

然而，尽管她遭到惨败，还是以每年二千四百克朗的聘金被雇用了，她从此得救了。但是，她通往伟大艺术表演家的道路也就此宣告改弦易辙，永远被划到配角的范围里，去扮演交际花一类的二流角色，或扮演任人摆布的玩偶。她大部分的时间用在与裁缝的讨价还价上。一个晚上做三至五套服装的花费吞噬着她微薄的收入。

多么痛苦的失望，多么让人心碎的场面，她接到的脚本越来越薄，台词也只剩下十几行了。她的房间变成了模特儿的画室，到处都是从报上剪下来的服装裁剪的纸样、布料和雪纺绸。而她，这个母亲，有身份的女士，为了神一般的艺术，她放弃了大千世界和华丽的梳妆；为了在市民面前能扮演一个有身份的女士，她成了裁缝，俯在缝纫机上，直到深夜。

还有试演期那种百无聊赖的生活，整小时地等待着自己的出场。虽然无事可做，但还是被迫站在那里。流言蜚语又猖獗起来，可恶的诽谤，淫秽的谣传，使真诚的抱负之心蹉跎殆尽。魔鬼停止扇动双翼，为了想沿着地面滑翔，掠过街沟。

土崩瓦解的时刻到来了。原有的戏装已用旧，为购置新装又破费不菲。突然有一天，她的女士角色被迫交出去，她不得不降格成了统计员！当生计窘迫日趋严重时，她母亲这个能预卜吉凶的卡桑德拉[①]使她的生活更加陷入困境。那些目睹了轰动一时的离婚案和她孩子夭折的众人，纷纷起来谴责这个玩忽职守的母亲、不忠的妻子。剧团老板屈服于众人的愤恨与诋毁，那位有名望的演员也抛弃了她，声明自己错估了她的才华。

“纠纷，诸多的不幸，只是因为一个任性的女人，一个平庸的女人。”

在所有这些灾难中，她的母亲又不幸患了心脏病。于是上流社会又流言四起，说母亲的病是因为担忧这个误入歧途的女儿所引

① 指古希腊神话中的特洛伊公主，能预卜吉凶，但谁也不相信她的预言。

起的。

我又一次受尊严驱使，奋起反抗这个不合理的社会。我不遗余力，要把玛丽亚从泥淖中解救出来。捷径只有文学。现在，因为失去了任何人的恩惠，没有谁再愿意扶掖她，她接受了我的建议，考虑办一份关于戏剧、音乐、艺术和文学的周刊。这样，她可以以评论家和文艺专栏作家登上舞台，为自己日后成为出版家开辟道路。

她为这一事业投资了两百克朗，我自命为编辑和校对。由于我明白自己在经营和资金上力不从心，便将推销和广告都让给她，一位拥有卖报亭的剧团导演将给她帮助。

创刊号拼版完毕，看上去很成功。社论是一位著名青年画家写的；一起来自罗马的实况报道，另一则来自巴黎；一位深孚众望的作家、斯德哥尔摩最主要的报纸编辑人员写了音乐评论；还有我亲自动笔的文学概论；加上出自玛丽亚之手的文艺专栏和剧评。

至此，一切没费周折，但问题是如何按时出版，因为我们缺乏必要的资金和贷款。

我的天，我的命运竟落进了一个女人的手中。

在报纸该发行的那天，她如同往常一样，一直睡到中午。

我满以为报纸已与读者见面，进了城到处遇到的却是讥讽的表情。

“贵报在哪儿能买到？”无数读者兴致很高地问我。

“哪儿都能买到！”

“不，哪儿都买不到！”

我来到一家报刊门市部。

果真见不到我们的报纸。来到印刷厂，报纸还留在印刷机上！

一切全都告吹，接踵而至的是跟这个出版者的一场大争吵。出于轻率的天性和在出版业方面的无知，她是无辜的。她把这次失算又一股脑儿地推在编辑身上，她要我承担全部的责任。

她损失了钱，我丧失了荣誉，耗尽了心血，一切都是白费心机。

全面崩溃中，我留下的唯一想法是：

毋庸置疑，全完了！

我建议她同我一道去死。经历了所有这些不幸的她，已落得一贫如洗，而本想帮扶她一把的我，也被最后的尝试搞垮了。

“让我们死吧！”我说，“像行尸一样流落街头，挡住那些正经人的去路，我们一定会为此大为惭愧。”

她表示反对！

“你多胆怯！太胆怯了，我骄傲的玛丽亚！你想迫使我在众人的耻笑和蔑视中看到你的没落，这太耻辱了！”

我来到酒馆，喝得烂醉如泥，回家睡觉。

酒醒后我去看她。凭借酒徒的眼力，我第一次发现她生活习惯上起了令人嫌恶的变化。她房间不整，衣服肮脏丑陋，乌七八糟也不整理；她那双让人赞叹的小脚插在歪斜了的家用拖鞋里，长筒袜滑落了下来，显出一道道难看的褶皱。

无边的苦难！

她的语言中增加了不少乏味的表达，这些都是她从戏台的专业术语中引用过来的。她的姿态已有街头女郎的味道了，脸部表情凶狠，言语暴躁刻毒。

她埋头干她的手工活，不再抬头看我，像是在运筹着黑色的计划。

突然，她声音沙哑，头也不抬地对我说：

“阿克塞尔，你知道吗？落到了我这般境地的女子还能向一个男人提什么要求吗？”

犹如晴天霹雳，希望是我听误了。我迟疑地问：

“你说什么？”

“一个女子能向她的情人提什么要求？”

“爱情！”

“还有呢？”

“金钱！”

这粗俗的字眼使她产生了持久的兴趣，我走了，深信已把她看透。

“婊子，”我自言自语，深一脚，浅一脚，快步地来到秋色迷蒙的大街。“事情的最后一幕交媾完毕，该结账了！——这种职业，辛劳的报酬，恬不知耻地承认了！”

不知道她一旦彻底破了产会怎么样！但她前不久继承了母亲的遗产，得到了家当和几千克朗的有价证券，尽管它们不那么可靠。此外，她还从剧院领取工资。

真是莫名其妙！这时，我心中出现了B小姐的身影，即是她的女房东和公开的朋友。

一个可怕的人物。她的模样让人怀疑她是个拉皮条的女人，年约三十五岁，生活无着，时常身处困境。她习惯身着奢侈高档的衣饰在街头游荡，溜进别人的家门，为了末了向人告贷，一边还哭诉自己命苦。一个很值得怀疑的人，她痛恨我，因为她知道我感觉敏锐。

现在，我想起了一件事，这发生在几个月前，我当时也没在意，就让它过去了。刚才提到的那个女人求得玛丽亚的芬兰女友的同意，借给了芬兰女友上千个克朗，但女友没有履行诺言。为了保全芬兰女友的名声，玛丽亚想方设法弄钱，因为B女士老缠住玛丽亚。事情果真成了。

这么一来，对芬兰女友的责备，落到了可怜的玛丽亚身上。而在真相大白后,B女士声称不负有任何责任，结果负债的成了玛丽亚。在这种时刻，我对来路不明的女人表示了鄙夷和怀疑，我劝她与这种几乎是诈骗犯的女人分道扬镳。

然而不！为了保住这个虚伪的朋友，她已准备好千百次道歉。没过多久，她把这件事的整个经过编造得像是误会而已。到头来，这一插曲成了我“污浊的想象”。

难道是这个冒险家向玛丽亚灌输了那个下流的主意，“结账”？很可能是这样，因为当时玛丽亚是铆足了劲才说出了这句与她的品质不相符的话。不管怎么样，我很愿意相信并希望这是事实。若是她提出结账仅仅是想要回那笔办报花去的钱，那么，这无非只是一道女人的算题罢了。要是她的要求是对婚姻而言该多好，但她曾发誓弃绝联姻！不过，这已是毫无疑问的了！这关系到爱情、痉挛，这是我费尽心力才在她身上唤醒的，为了无数个吻、带有褶皱的衣裙。然后才是结账！而我，为了我所花掉的力气、日常所做的努力，也要向她算账……还有我的神经、脑浆、血液，我的名声、荣誉、痛苦，甚至我的前途，统统清账。

不，这首先是她的事，先把账本合上。我不提什么责备。

那天晚上我是在咖啡馆和街头度过的，我把这次没落的前因后果都思考了一遍。为什么看到一个人的没落会如此地痛心？这次没落中难道不存在违背大自然的东西？而前提是，大自然需要进步、发展，使得每点退化都表明了力量的分解？社会生活亦是如此，每人都在努力达到物质与道德的顶峰。所以看到没落会产生悲观的情感，它像凄楚的秋天，像魔鬼，像死神。这个还不到三十的青年女子，刚见面时她还年轻、美貌、自由、忠诚、坚强、可爱、有教养，但在短促的两年里，我目睹了她如此之快、如此之深地沉沦了下去。

为减轻她的罪责，我感到一种代人受过的诱惑，这对我来说是一种松弛。然而我缺乏这种魄力，自甘成为替死鬼！因为是我把她引上了光彩、高尚的事业和宽宏的个人崇拜。在她接受演员那种缺乏教养的举止言谈时，我通过效仿上流社会那种雍容儒雅的风度、彬彬有礼的作态和高雅的语言，学会克制自己的感情，使自己变得高尚。这一切都表明着人类是有教养的。在我爱的时候，我始终保持着外观的整洁，怜惜羞涩之心，非常注意得体，不破坏美感，以免在行为上熏染了动物的兽性。对我而言，做爱与其说是肉体，毋宁说是灵魂的结合。

必要时我会变得冷酷，但决不粗俗；我可以杀人，但决不伤害人的感情；需要时，我言辞犀利，但决不收集狡猾的双关语。我杜撰我的设想，它们产生于偶然的机会，在特定的环境中滋长；我的引证既不出于轻歌剧，又与幽默报刊无关！

我爱生活中的整齐、洁净、美丽。为了穿上一件洁白的硬领衬衣，我可以吃饭迟到。我从不衣冠不整，或脚趿便鞋约见情人。我为她准备好一片普通的面包，一杯啤酒，用的是一块清洁的餐巾。

这么说，她落到了这步田地并不是我的缘故。她已不爱我了，所以她也不再希望取悦于我了。她已属于公众，就此成了一个倚门卖相的女人，最终三番五次地要结账。

之后好几天，我把自己锁进图书馆。我为自己的爱，我那光明磊落、如痴如狂、崇高美好的爱戴黑纱！一切业已埋葬，战场已经沉寂，那里曾展开过我们激烈的爱情格斗。两个殉难者和如此之多的受伤人，为的是满足一个破鞋都不值的女人的性欲。如果她的情欲最后的追求起码是繁衍人类，或者那是合法母亲的下意识的本能在驱使着她，朝前走去是为了献身自己，这将是美事！但她讨厌孩子，觉得生育会有碍身份。总之，她性情反常，这使她母性的本能下降为一次简单的纵乐。她被驱赶着，去毁掉一个家族，因为她感到自身是一种退化的、正在衰竭的动物。她把自己藏匿在空话背后，声称要为更高的目标、为人类而生存。

我讨厌她，想把她忘掉！我在成行的书籍下面徘徊，无法摆脱这场纠缠住我的让人诅咒的噩梦。我对她的渴望已荡然无存，她让我感到恶心。然而一种深切的同情，一种父亲般的关怀让我承担起对她未来的责任。如任其发展，则后果不堪设想。她若不做男爵的情人，她便属于整个世界。

然而，我无法将她从泥潭中拔出，也不可能逃避这场人生的把戏。我使自己陷了进去，被紧紧地束缚在她的身上，有目共睹她的没落尚未到尾声。而我同时也跌得粉身碎骨，生活和工作的乐趣泯没了，自我保护的本能丧失了，希望已幻灭了，所以我什么也不要，什么也不想。我羞于见人，有时走到饭馆门口又折回身去，放弃吃饭回家，合着被单躺在沙发上。我像一只被射中要害的动物，四肢无力地瘫在那里，头脑是空白的，没有思想，也无法入睡，等待着病魔骚扰和末日到来。

一天，我终于去饭馆了。我躲坐在餐厅后面一张被遮挡住的小桌边，这专为情侣、衣衫褴褛或无脸见人的顾客而设。这时，一个熟悉的声音把我从遐想中唤醒，有人向我问好。

这是一个沦落的建筑师，一个当年的波希米亚社交圈里的多余人，那些同僚现在早已劳燕分飞。

“你还活着？”他问候着，在我对面坐下。

“算是吧！你自己呢？”

“过得不赖！明天去巴黎！我从某一个傻瓜那里继承了一万克朗的遗产。”

“恭喜你！”

“不幸的是我只能一个人来折腾这笔遗产。”

“这不算很不幸，我生来就有挥霍遗产的本事。”

“是真的？！你能与我结伴同行？”

“毫无疑问！”

“好吧，说定了？”

“说定了！”

“明晚六点去巴黎！”

“然后呢？”

“弄颗子弹射穿自己的脑袋。”

“见鬼！你哪来的这个混账主意？”

“从你那副如同自杀广告的神情中得到的！”

“老兄，真厉害！好吧，去收拾行装，然后奔赴巴黎！”

晚上，我去玛丽亚那里，把我的走运告诉了她。她又惊喜又激动地相信了我的话，向我道贺，一再解释说，这会振作我的精神。一句话，她非常满意，用母亲的关怀照顾着我，使我深受感动。我们俩在度过了一个充满忧伤和回忆，但不去设想未来的夜晚后，因为失去了对未来的信念，我们分了手，永远地再见吧。我们之间的默契使我们根本就没有提这个问题。我们想把这留给未来，让未来使我们再次相聚。

这次旅行确实让人感到青春焕发。在我重新回忆起历史和自己的青年时代时，我感到有种狂热的快乐，使我彻底忘却了过去两个忧患的年头。我脑子里一刻也没想要谈及她。想起这出离婚计整个对我来说真像一抔粪土，人们背转身去，唾弃它，想更快地离开，不再看上一眼。其间，我偷偷地发笑，自己像个下决心不让被捕获的在逃犯。我感受到一个潜逃的债务人的各种内心活动。逃往他乡异邦，使各种未清的债务一走了之。

巴黎的剧院、博物馆、图书馆吸引了我两个星期。因为没有收到玛丽亚的信件，我由衷祝愿她得到安慰，一帆风顺。

一段时间过后，我对这种狂奔乱走的生活厌倦了，不需要更多新东西了。我现在对一切都兴致索然，便留在房间里。我阅读报纸，一种莫名其妙的不快所引起的惶惑压抑着我。我眼前，出现了那个脸色苍白的青年女子的幻象、圣母的肖像，我久久无法平静。那个无耻的女喜剧演员的身影已从我的记忆中被抹去了，出现的只是男爵夫人，她变得漂亮年轻了。她那受难的身体焕发了青春魅力，仿佛苦行僧在梦中找见了乐园。

在这些既痛苦又让人痴迷的梦境中，我收到了玛丽亚的来信。信中她肝肠欲断地告诉我，她怀孕了，只有结婚才能保全她的名誉。

我毫不犹豫地收拾行李，赶乘下一班火车，回到斯德哥尔摩，与她完婚。

我一秒钟也没有怀疑过谁是孩子的父亲。在我受到恩赐犯了罪的一年半后，我把这种后果看作是为解除痛苦的致命一击、苦难的结束，看成是包罗万象的责任和难以逃脱灾难的现实。但是，最后它也将作为某种陌生的新生事物而告终。此外，从青年时代起，我就觉得这种荣誉具有特别的吸引力，而且在我的心目中，这是异性能彼此在一起生活的唯一方式。所以，两人在一起生活没让我感到半点的惊讶。尤其是现在，玛丽亚快要做母亲了，我对她的爱更如插上了翅膀。她一身清白，从错乱、暧昧的关系的污泥中拔出，获得了净化升华。

我回来了。玛丽亚只是冷冷地迎接了我，对我当初的谎话，她狠狠地训斥了我一顿。我做了委婉的解释，告诉她，我患了尿道阻塞症，这种病能减少，但不排除怀孕的可能。加上去年的一年中，在发出错误的信号后，我们不止一次地担惊受怕，所以对眼下发生的事我们并不为此感到惊异。她非常讨厌结婚。在一个坏女友的影响下，她确信，已婚的女子将如同奴隶一样无偿地为其丈夫劳作。因我特别害怕女奴，所以我按自己的审美观对我们的婚姻提出了建议。

开始设法搞到一套三居室，一间给家中的女主人，一间给家中的男子，剩下一间给即将出世的中间人物。加之，家中没什么家务，也不用住用人。午饭由饭馆送到家里，早饭和晚饭由不住家中的女用人来做。这样，家中的开支比较清楚。我们力避互相激怒的起因。

还有，为了消除让人不安的嫌疑——我在耗费我妻子的财产，我建议签署一份结婚契约。那份在斯堪的纳维亚诸国中被人看作是有失丈夫身份的嫁妆，在文明的国度中将作为这个妻子的补充，她将会产生这样的想象，自己的生活并不依靠丈夫。为彻底消除这种坏影响，德国人和丹麦人采用了这一风俗习惯，新娘结婚时带嫁妆，让做新郎的保持一种上门女婿的感觉；做妻子的也可以想象，自己仿佛一直住在娘家，并由自己养活丈夫。

然而，继承了母亲遗产的玛丽亚接收了一批家具，那都是一些不值钱的东西。但是所有这一切对继承人而言都非常具有回忆的价值，并给人以一种古雅的味道。既然有现成的六个房间的家具，何必还要去为三个房间购置新的呢！她请求把房间布置起来，我欣然答应了。

剩下最关键的问题：那个尚未出世的孩子。有幸的是，我们在对分娩秘而不宣上达成了协议，即等待一个合适的时间把孩子送到养育院去寄养。

婚礼定在十二月的最后一天。剩下的两个月中，我将为自己正大光明的生存形式做出努力。

出于这一目的和估计到玛丽亚很快会因被戏剧界摒弃而受刺激，我又开始执笔写作，并在第一个月底之前向出版社交出一本中篇小说集，而且集子也被采纳了。

这一下红运高照了，我因此被任命为图书馆助理管理员，每年有一千二百克朗的固定收入。此外，因为图书馆搬迁到新馆楼，我得到了六百克朗的津贴。事情已算顺遂心意了！接着又是一连串有幸的机遇，使我不由得相信，残酷的命运都为折磨我而抱憾。

芬兰一家颇有名望的报纸聘请我以每页五十克朗的稿酬为该报撰写文学文章，并且，由瑞典科学院出版的瑞典官方报纸以很高的荣誉约我以每个栏目三十五克朗的稿酬为其写文艺评论。加上那些即将出版的古典作家的作品校对工作。而且，所有这一切都发生在我一生中命运最坎坷的两个月中。

在年底前不久，我的中篇小说集付梓问世了。这些作品的发表为我的剧作打下了坚实的基础，我因此获得了我所属那一风格中的青年大师称号。更重要的是这部书被列入划时代作品的行列，因为在瑞典文学中，它还是第一部采用现代及现实主义笔调的作品。

想到我那可怜的、被崇拜的玛丽亚现在能嫁给一个深孚众望的男子，再加上皇家秘书和助理图书馆员的头衔，我心花怒放。这是一个名噪文坛、前途无量的男子，他也许有一天会突然为她扫平眼下也许无意义的多灾多难的艺术道路。

眼睛里衔着泪水的命运之神在向我们微笑着。结婚启事已登出，我摒挡行装，向那与我患难与共的小阁楼告别，走进不会令人生畏的监狱，更不用说是我们了。我们曾预见到了一切危险，并清除了人生道路上一切障碍，踢开了绊脚石。

然而……

三

结婚是怎样一种难以言表的幸福啊！在蒙昧的世界面前我感到安逸，整日里与自己钟爱的女子独处。我重新找到了母亲的家，得到了安宁感，暴风雨后的安宁，找到了孵卵的巢穴。

我被那些属于她的东西、她母亲的遗留物簇围着，有一种感觉，像是自己被嫁接到这株树干上似的。她祖先的那些油画肖像让我感到自己似乎被她家收养着，因为这些祖先将成为我孩子的祖先，我得到的一切都要经她的手。她用她父亲的饰物来打扮我，用她母亲的瓷器餐具来款待我，把那些供装饰摆设用的小人像当作礼品送给我，还有一些让人回忆起远古时代和那些被祖国诗人讴歌的著名将士的小玩意儿。这一切给一个小市民的头脑里留下了深刻的印象，她是个施舍者、恩赐者。我被迷惑得都忘记了正是自己恢复和净化了她的荣誉。正是我把这个塌台的女演员、这个被整个世界唾弃的有夫之妇变成了一个鹏程远大之士的妻子。也许正是我才没让她坠入最可怕的深渊。

多么美好的家庭！让婚姻所有的美丽梦境都在自由中得以实现。

没有结婚用的床，没有一同栖息的洞房，没有夫妻同浴的盥洗室。这样，神圣的婚姻生活中的垃圾都被清除了。

婚姻是多么美妙的归宿，正如我们把它安顿和修正的那样，让人无法不注意到。分睡在各自的卧室里，每天就有了互道晚安的话由，而这将成为恒久不变的事，并且还能常常领受到彼此称祝早安的欢愉，睡起之后彼此还要问安祝好。卧室里那些自制而温情脉脉的互访，开头总是以彬彬有礼的交涉作为引子，而不像在夫妇巢里或多或少的强奸。

现在不能像过去那样在幽会中优哉游哉地排遣时光了。当妻子倚靠在写字台上，专心缝制即将落生的孩子的襁褓，有多少的家务事要干。

在绝对的宁静中度过了一周后，小生命早产了。出世的是个女孩。婴儿很弱，几乎连呼吸都听不到。我们很快把孩子给了邻近的一个正直、年高望重的助产婆。然而两天之后，在助产婆为孩子做了临时洗礼后，因缺乏抵抗力，孩子如同降临人间时那样，毫无痛楚地又离开了我们。

做母亲的得知这一消息后，怀着内疚和由衷满足的感情，她毕竟从那些无法预估的忧愁中解脱了出来，因为世俗偏见阻止了她把一个过早出世的孩子留在身边。

这次打击之后，我们双方达成一致意见，决定不再要孩子！两人生活在一起，也如同事，也如夫妻，然而没有任何爱情上的缺憾，并且互不干涉，各自开拓自己渺茫的前程。由于她已不再相信我的不育症，所以我们采取的是最简便但又最无辜的安全防护措施。

当事情安排停当，迫临的危险被排除之后，我们才松了口气，但随之又陷入沉思。因为我的家已把我摈诸门外，不会有什么亲戚来上门纠缠。我妻子在城里只有一个姨娘，所以没有那么些三亲六眷给我们增添负担。不然，这对新婚夫妇可是不胜烦扰。

但是，时过不久，差不多是六个星期，我发现有两个插足者钻入我妻子的裙下。

最先是一条狗，一条长着一对凶兽眼睛的肥大的西班牙狗。每当我回家，它总用惊慌的狂吠来迎接我，好像我是个不速之客。我讨厌狗，这是胆小鬼的化身，它们缺乏先声夺人的勇气。这只动物之所以让我生厌，因为它是从先前那个婚姻家庭中收留下来的，并每每使我想起那个离异的男子。

当我第一次让这条狗闭嘴时，妻子表示抱歉，继而又微露责怪，唯有这只可恶的畜生能引起她对死去的女儿的怀念，她一直爱着她，而且从未想到，我会是这样残酷，等等。

一天，我发现这只怪兽竟弄脏了客厅里的那块大地毯。我把它痛揍了一顿，结果遭到好一阵斥责。我被骂成是个鞭笞无理性动物的暴虐狂。

“对此你有什么办法呢，亲爱的？动物又听不懂人的话。”

她啜泣不止，声称害怕像我这样残忍的男人。

那只怪兽照旧在昂贵的地毯上屙屎撒尿。

于是，我又承担起教育狗的责任，并竭力说服妻子，狗是伶俐好学的，如果坚持不懈，持之以恒，会出现真正的奇迹。

她暴跳如雷，第一次提醒我那块地毯是属于她的。

“如果是这样，请把地毯拿走吧，我没有必要在厕所里过日子。”

地毯还是留了下来，那只现在受到较为严格管束的狗，在我努力的教育下，比以前留心多了。

一波未平，一波又起。

为了减少不必要的开支，尤其避免生火做饭的麻烦，每到晚上我们一顿冷餐也就尽够了。然而请看！一个绝妙的傍晚，我在厨房抓住了那个女佣，她开着大火在炉上煎烤牛排。

“你在为谁做饭？”

“为狗，尊贵的先生！”

我的妻子走进厨房。

“我亲爱的……”

“这顿饭我自己付钱！”

“好嘛，我冷饭冷菜的，你竟然用我的钱让狗吃得比我还受用！”

这位通情达理的女友，她自己付款！

从那以后，那条狗被奉为神明、殉难者，而且玛丽亚还跟一个相识不久一起混的女友，一同来崇拜这个脖子上系着一条蓝色条带的畜生。两位善良的女士为我的品性中根深蒂固的残暴而伤心。

于是，我的心中油然升起一股对这个搅乱安宁的恶兽铭心刻骨的仇恨，它无时无刻不骚扰着我们。我妻子用羽毛坐垫和围巾为它搭起了窝。但是，每当我去她那早问好、晚祝安时，这个狗窝总是横在路中。每逢星期六，在劳累了一个星期后的傍晚，我本想单独和妻子在一起，坐在烤炉前品上一小盅好酒，畅谈过去与未来。但是，我生活的伴侣，会长达三个小时地与女友待在厨房中，弄得那女仆忙乱不堪，生火做饭弄得家里乱糟糟。结果，那条狗又不得不洗澡！

“她不狠心吗？”当我意识到自己受到怎样的待遇时，不由心中发问。

“她？无情？这颗心感情丰富极了，为了保护一个被遗弃的可怜动物，甚至可以牺牲自己的婚姻幸福。”我失声喊道。

一天吃午饭时，这种卑鄙和无耻终于冲破了全部的极限。

一段时间以来，我那份在饭馆里订好的膳食坏得让人难以置信，但我那个心上人以她不可抵御的平心静气说服我，这是因为我自己变得更加挑剔了。因为她是个真诚、直率的人，我也就相信了她不时搬出的那番话。

被送来的膳食依旧是那样倒胃口，盘子里尽是些净骨碎肉。“你给我买的到底是什么伙食，孩子？”我问那个女佣。

“尊贵的先生，食物本来不算差，是因为夫人让我把好肉都切了下来留着喂狗……”

一个当场被拿获的女人是危险的，她会因为过失将以四倍的重量压在我头上！

她像遭到五雷轰顶似的呆坐在那里，一个被人揭穿的骗子和贼，因为她曾说过，用自己的钱来养活那条狗。她沉默无语，脸色苍白，给人一副可怜相。我为她感到惭愧，因为我还从未让她难堪过，也不想看到她屈身俯就我。我一向把她看作一位无畏的制胜者，一切只不过是她时运不济罢了。我轻轻地拍了一下她的脸颊，请她不要介意这种小事。

她不是那种恢宏大度之人，她恼羞成怒，叫骂我是小市民，一个没教养的乡下人，因为我在一个用人面前败坏了她的名声，那个笨鹅，是她误解了主人的嘱咐。这么说是我错怪人了！她的癔症发作，病势凶猛，她从桌边一跃而起，一头倒在沙发上，狂呼乱叫，号啕大哭，扬言要去寻死。这次我也不那么轻信了，漠然地说：

“为了一只狗弄得这么一团糟！”

她以一种让人精神分裂的方式吼叫着，剧烈的咳嗽也来凑热闹，摇撼着她产后虚弱的身体。我被迷惑住了，让人把医生请来。

医生来了，为她听诊切脉，疑惑不解地走了。在门口，我拦住他问：

“怎么回事？”

“毫无问题！”他说着穿上大衣。

“真的？”

“什么问题也没有！您明白，先生，女人是什么样儿的……再见了。”

要是当初我像今天这么博闻多学就好了，也就是能对任何严重和轻微的歇斯底里病做出判断！可惜，当时我孤陋寡闻。我亲吻她的眼睛，乞求她的宽恕。为什么呢？

她把我贴在自己的胸脯上，把我称作聪明的、小心翼翼亲吻的小男孩，因为她是那样弱不禁风，倘或她理智的小男孩再像以前那样制造一种激烈的场面，她将每天都会出现死的意念。

为了使她幸福美满，我抱起那畜生，抚摸着它的脊毛。这样，她会妩媚地望着我长达半小时。

从那以后，那只讨厌的恶狗更是有恃无恐地随地便溺，简直是随心所欲，毫无顾忌，像是在对我进行报复。我强压住心头的怒气，我期待着发生意外，好把自己从这折磨中解救出来，不再生活在大粪堆中。

这一时刻终于来了。一个不祥之日，我回家吃饭，发现妻子痛哭流涕，陷入深深的悲哀之中。餐桌上空空如也，见不到食物的影子，因为家里的女仆出门去找走失的狗了。

我心中一阵欢喜，陪伴着痛苦异常的妻子深表惋惜。然而她对明摆着的事实却视而不见。尽管我为扫除了道路中的一个障碍而感到舒畅，但我还是真心实意地同情她的痛苦。她看透了我的心，大声喊道：

“你感到很高兴，对不？你对亲人的不幸反倒幸灾乐祸，这么说，你是丧尽天良了！而且，你对我早已不仁不义了！”

“我一直爱着你，宝贝儿，只是那条狗让我恶心。”

“如果你是真心爱我的话，那你一定会爱及这条狗的。”

“我爱你，我从不动手打你，这就是证明！”

没想到这句话产生了可怕的后果。动手打女人！谁都可以想象一下，打人！她暴跳如雷，臆度揣测，怀疑是我赶走了这只狗，将它毒死了。

我们驱着马车去了警察局，甚至去了法院的行刑队里，那个造孽的东西终于被找了回来。回家后，她跟女友大摆宴席庆祝。从那以后，那女友至少把我看成一个潜在的谋杀犯。

之后，那只狗被豢养在妻子的卧室里，那个我曾以艺术家的情趣装点的安乐窝，而现在却变成了一个狗窝。本来就不宽敞的房间这么一搞变得更加狭窄了。房间的全景布局算是完了。对于我的抱怨，她的回答是，这是她的卧室。

于是我装备自己，进行一次正规的十字军东征。我给这位贵夫人规定了食谱，直到让她在发情时浑身战栗，并主动向我提出要求为止。

“早晨你已不再向我道好问安了！”她说。

“门上了锁，我进不了房间！”

她大发雷霆，而我也满腹怨言。整整两个星期我忍受着禁欲的折磨，我要迫使她上门来看我，乞求我给予她巴望得到的恩惠。有些时候，这激起了她对我的仇恨。

慢慢地她让步了，决定让人把狗宰了。但她没有把它杀死在家里，而是委托给那个女友，还举行了诀别仪式，一个死刑犯临终时刻，一场处决。在关键的那一刻，她跪着求我拥抱一下那个肮脏的畜生，以表示妥协，因为狗也具有灵性。谁也无法料定，会不会在另一个世界与它重逢。

结果是，我给了这只被判处死刑的家伙第二条生命，并为此被回报以疯狂的感恩戴德。

有时，我有这样的感觉，自己好像被关在一所疯人院里。然而当人爱情萌生的时候，一切的感受又是那么地模糊不清，真是遗憾！

请诸君不妨试想一下，与那只被判死刑的家犬诀别的情形一年中二度出现，再加上六年的惩罚！

年轻人，当你读到这些发自内心的自白时，你在承受痛苦的两秒钟内，浏览了一只狗的简历。请对我深表同情，把三百六十五天中的每个二十四小时相加，然后乘上一个六十，这时，你会为我苟且偷安感到钦佩!

如果当人们认为，我已精神失常，如同我妻子向人宣称的那样，那么请告诉我，这难道是我的过错吗？如果不是我，又该是谁的呢？不管怎么说，我并没有对这条恶狗下毒手。

让我们再来问一问那位女友吧！一个年近知天命的老处女，狐疑多端，贫穷，整天抱着非分之念，满脑子被人唾弃的想法。

她是我妻子的安慰者，碰上我对狗嗤之以鼻时，她会倒在她的怀里放声大哭。

当妻子对我们的婚姻、对这种奴役、这种女性的劳苦发出诅咒时，她又是一个忠实的听众。

她待人接物谨小慎微，从不参与我们家庭的内政，起码就我所知是这样。也许我整天忙于自己的工作，从不得闲，视线已被蒙蔽了。尽管如此，我还是有所耳闻，说她向我妻子告贷，对此我没有理会。然而又是一个阳光明媚的日子，这位女友拿走一大包银制餐具，送去典当。

于是，我对妻子进行了彬彬有礼的责备，提醒她，我们有婚约在先，这么做我认为是一种被误解的友谊。我作为丈夫、家业的分担人，已是负债累累，而且这一切均是为了她。由于双方都可以自由地提出如此的要求，我请求她把那些有价证券借给我送去典当。

她表示反对，说股票跌价时票证不值钱，卖不出去。此外，她不愿意与丈夫建立买卖关系。

“但是你可以跟一个每年只有六十五个克朗的养老金、没有经济保障的陌生女人建立买卖关系！”

真是稀奇！她拒绝了自己的丈夫，一个前程似锦的丈夫，一个曾在她囊空如洗的时刻保证了她的生存，且跟她志同道合的丈夫！

她最后还是妥协了，出借三千五百克朗得不到保证的股票。从那一刻起，她自视为我的救世主，后来，竟大言不惭地在许多女友前吹嘘，说她牺牲了自己的陪嫁费，以确保了我的前途。好像我是在结识她之后，才显露出一个剧作家、小说家的才华。但我却认可了，承认与她相形见绌，一切都亏了她，无论是我的生活，还是我的幸福和前途。

我坚持家产分开，尤其是因为她与男爵的经济关系是那样错综复杂，他向她借了债，不付现款，而且可以随意赊账。尽管婚后我采取了一系列谨防措施，到头来帝国银行仍要我出面公证，为这些款票担保。

我的抗议终归无效，银行不相信我妻的偿还能力，因为再婚，她的经济能力失去了法律的保护。我怒不可遏，但又不能不在公文上签字，将自己的姓氏排列在男爵的一边。我当时也不明白这意味着什么！然而，我是个易受蒙骗的老实人，以为有身份的人处事为人都会合情合理。

一天晚上，我正好有朋友来访，男爵也光临了我这个新婚不久的年轻丈夫的寒舍。妻子前任的出现真让人觉得大煞风景。但是，既然他在继任者面前毫无愧色，我也只好强作欢颜。当我陪着朋友来到甬道时，我觉得没有介绍的必要。事后妻子指责我，说我有失礼仪。我反唇相讥，说他的来访更欠考虑。

继而便是一场啰唣不休。吵闹中，她指责我缺乏教养。我们唇枪舌剑，我不失时机地针对那些出自男爵家宅，但现又装饰着我房间的壁画向她提出质疑。

“朋友馈赠的礼物不得退还，否则伤人感情，”她回答，“况且，他还保存着你表示友谊和信赖时送的礼物。”

好一个漂亮的字眼，“信赖”，这让我忍无可忍。而有一件东西，刺痛着我的双眼，勾起不愉快的回忆。

“看着那张写字台，它是从哪儿来的？”

“这是我母亲的东西！”

她说得不错，但她只字不提这件家具原先搁置在她前夫的住房！

多么缺乏贞洁的情操，这种低级趣味已渗透骨髓。对我的荣誉她又是何等肆意毁掠！这难道是刻意筹划，为在世人面前尽失我的脸面？难道这个悍妇要把我诱入埋伏圈？

对她恶魔般的逻辑我无可奈何，只好臣服，并深信不疑，任何事情中，素有教养的她对缺乏教养的我堪称师表。加上她的应变能力极强，有问即答。据说，当时男爵从未买过一件家具。既然男爵生活在我妻子的家具群中尚且不介意，我当然也不必忌讳将属于我妻子的东西保留下来！

总之，男爵肯用我妻子的东西，我感到满意。由于挂在我客厅里的那些油画被看作是莫大信赖的证物，看作我们关系中崇高品格的象征，它们一直被保留在那里。然而我也是太幼稚了，没想到我有责任弄清这些风景画的来历。

我当时真是应该意识到，自己虽身为平民，但具有天生的适度感，有高雅的情趣，这在下层阶级中时有发现。而上流人物虽然具有可用来遮掩他们的愚笨的华丽外表，但他们往往缺乏这种品行。

要是能未卜先知我的命运该托付给什么类型的女性，又该多好！但我却是那样懵懂。

自玛丽亚从女儿夭亡的忧伤中摆脱出来后，她对隔绝一时的外界又产生了兴趣。她不时出门看戏，为了学习，参加一些公开的集会，而我则留在家里写作。作为有夫之妇，她的身份得到了保护。那些因她离异对她一直关闭的社交圈子又向她张开双臂。尽管这样，她仍是执意让我作陪，因为丈夫总不露脸给人以不良印象。我对此并不计较，在我隐退个人自由空间的同时，正如我们曾口头上达成的一致——我允许她拥有绝对的独立，她可自作定夺。

“怎么老见不到你的丈夫？别人总是这么问。”

“好吧，”我答，“他们会听说起他的！”

一句话，“丈夫”成了一个可诅咒的字眼，而做妻子的她，已习以为常地蔑视他。

我用在家度过的那些寂寞时光写着人种史的论文，它将保证我在图书馆的晋级。我与巴黎、柏林、圣·彼得堡、北京、伊尔库斯克的科学界权威，开始建立起通信往来。我的案头、我的手中，我操纵着整个古代世界的关系网的纲绳。玛丽亚于此一窍不通，我因暂不能写可供上演的喜剧剧本，她大为不满。我耐心向她解释，不要把我的工作看成无谓地浪费时间而不屑理睬！但是，她根本不想过问这些毫无结果的、科学上的吹毛求疵。对我苏格拉底般的耐性，她像克桑迪普[①]一样开始对我磨烦，并且指责我将她的陪嫁费（又是那些陪嫁费）做了无谓的挥霍！

在充满甜美和苦涩境遇的生活中，除了每天的种种烦恼，一想起玛丽亚的艺术生涯我便深感不安。三月间已是谣传四起，说皇家歌剧院五月底要裁减一大批人，届时，所有的合同都要重签。三个月来，那惯见的泪眼上又平添了新的痕迹。加上家中挤满了皇家歌剧院所有被淘汰的演员。我那随着知识的增长和才智的发展变得高贵的灵魂，唾弃这种没有职业、没有教养、落寞虚荣的沦落人社团。他们用小丑的语言，说着不堪入耳的陈词滥调，像是在创建一门新的学问。

在强忍了这群傻瓜的徒托空言后，我向妻子表示歉意，希望她能理解我没有精力去参加他们的集会。我告诫她，留心同这些麻风病患者和鬼魂同流合污，他们会拖我们下水，消磨我们的意志。

于是她说我是个贵族。

“我的确是个贵族，”我答，“也就是说，我努力攀登才学的高峰，而不是那种世袭贵族的小丘。然而这并不妨碍我同情因命运多舛而蒙受苦难的人们。”

当我今天自问，我怎么会这样长年累月地把自己的生活维系在一个伤害我、揪我头发、伙同其女友与狗侵凌我的女人身上，我以

① 意为悍妇、泼妇。相传克桑迪普是古希腊哲学家苏格拉底的好争吵的妻子。

为，这该归咎于我的知足，归咎于我的苦行僧哲学。它教诲我，不要对人世间的事过分认真，尤其是爱情。我爱她那么深挚，以至成了她的累赘。她曾对我明言，我对她的眷恋弄得她心神不宁。然而在她怂恿我将自己发烫的头颅依偎进她的双膝，并感受她的双手摩挲着我雄狮般的鬃毛时，我忘掉了一切，饶恕了一切，我感到幸福。于是我欣然承认，没有她我一事无成。我的生命系结在一根线端上，而连接线端的线球却为她拥有。她已习惯把自己想象成优越者，是由于我那种自愿的妄自菲薄铸成了她荒谬绝伦的乐观。我在家中扮演婴孩的角色逐渐成为瘾习，使得她与我的交流完全成了宠爱与奉承。

从那时起，我无条件地听从她的摆布，结果没多久，她便滥用起她的权利。

夏日来临，玛丽亚带上女仆到乡下去了。工作使我每周六天无法离开城市。为了有个伴，她将女友带到食宿公寓，我担心她无力支付房租，而她却对我们家道艰难这一事实有视无睹。玛丽亚说，我是一只狡猾的狐狸，把世人想得坏得不得了。为避免最可怕的事情发生，即被迫独自生活，我一如既往地逆来顺受了。

一周的生活，我伶仃孤苦、形影相吊，犹如一介鳏夫。我把周六当作重要日子来庆祝。我怀着欢跃的心情登上火车，然后头顶烈日，步行半小时，身负瓶瓶罐罐和星期天的给养。我一路渴望见到她，想象着她会怎样张开双臂向我迎来，头发飘舞着，两颊因乡下健康的空气变得红润。我精神上已在享受按规定的时间必须做好的午餐，因为我除了早晨喝了点咖啡，直到现在还是滴水未进。湖畔枞树下的小屋渐渐清晰可见，几乎同时，我看见玛丽亚和她女友的身影。她们身着浅色的夏装，正朝洼处的澡堂走去。我拼力呼喊，我敢发誓，她们一定能听到我的喊声，然而她俩却加快脚步，像是在怯逃，对我置之不理，进了洗澡间。

这是什么意思?

我进了屋，女仆出现在眼前，她神情尴尬，显然已有准备，接受不愉快的审讯。

“两位女士呢？”

“洗澡去了，先生。”

“午饭呢？”

“四点前后做不完，因为她们刚起床不久。帮小姐穿衣服又花了我不少时间。”

“你听到我的喊声了吗？”

“嗯，是的，先生！”

这么看来她们是故意回避我，被内疚心理驱使着。我饥肠辘辘疲惫不堪地等了两小时。

一周的繁忙和渴望后得到的是如此的待遇！接着便是一阵阵痛楚如芒刺在背。她像干了坏事被人当场拿住的女生，想尽快躲进安全之地。

她终于出现了！她发现我熟睡在沙发上，心绪恶劣。她若无其事地吻了我，为的是火上浇油。我的神经变得无法控制；饥肠辘辘，又不能画饼充饥，一颗被压抑的心无法在卑微的亲吻下舒展。

“你生气啦？”

“我的神经受到了刺激，你当心点！”

“我又不是你的厨娘！”

“我岂敢当！但不要阻止厨娘去履行职责！”

“不过，你可以想一想，阿美莉亚女士有权要求得到食宿客人的招待。”

“你听到我喊你了吗？”

“没有！”

她说谎！这真是让人心痛。

而我的午餐，我礼拜日的正餐，这是一种何等的惩罚！

到了下午又是泪流满面，玛丽亚诅咒这种夫妻生活，这神圣、幸福的夫妻生活，这唯一的幸福。她扑在女友的胸前号啕大哭，一个劲地吻着那只脏狗。

残酷、虚假、诓骗；多愁善感！

而这一切随着不同形式的变幻将无休止地延伸，整个夏季都将如此。我将伴随两个百无聊赖、兴味索然的女人和一条狗度过我的星期天。而且肯定是，家中所有的不快都要归罪于我遭到损坏的神经，使得玛丽亚和阿美莉亚小姐奉劝我去看医生。

星期天上午，本来定好去游船，结果我的宝贝儿到吃午饭才露面，她因为梳妆占去了所有的时间。我独自去了，孤寂悲凉，过了吃饭时间才回来，结果又迟到了。

敏感的灵魂，像针一样刺伤着我。一天早晨，她突然泪如雨下，因为花匠要宰杀兔子下饭。事后，她躺在床上，承认已向上帝祈祷，但愿那只兔子刀下少受苦痛。

记得前不久，一位精神病大夫把对动物的酷爱归到精神病病症之列。与生俱来对动物的溺爱，是对周围人的冷酷无情。

这个女人为一只兔子祷告，而对丈夫可以用唇角冷冷一笑便把他置于死地！

在乡下的最后一个星期日，玛丽亚把我拉到一边，先是恭维我的大度，赞扬我奋不顾身的性格，然后乞求我为阿美莉亚小姐负担食宿费，因为她财产为数不多。

我当即表示同意。我可以毫不夸张地说，我早就识破了这一诡计，只是未曾拆穿罢了。但是她，能言善辩，甚至对方话未出口，她已准备好了对答如流。最终她说：

“要不然，我自己可以为她付款！”

得承认，我得扣除她馈赠我的烦恼和恶意刁难，不如此，我无法偿还。不过朋友之间可不能这般斤斤计较！

新年伊始，一次全面的经济危机震撼了我们古老的王国。玛丽亚借给我股票的银行倒闭了。继而一切贷款被宣布取消。再加上我必须付的保证金，真是大难临头了。有幸的是，那些债权人在无数的刁难面前做出比较，同意给我缓期一年。可怕的岁月！这是最可怕的一年。

在恢复平静后，我尽快地弥补了所造成的亏空。除了完成图书馆的工作，我开始写一部道德伦理的长篇小说，为报纸和杂志撰写专栏文章，同时又按时完成了论文。玛丽亚的艺术生命危在旦夕，现在年津贴仅剩一千四百克朗。眼下，我占了上风，因为金融界的丑闻已将她毁灭。

她情绪变得从未有过的恶劣，在我身上发泄着复仇的欲望。为重新获得平衡，再次体现个性的独立，她企图向人告贷。结果是，我不能不四处遭受责难。由于天资不颖，被良好的自我感觉所驱使，她试图挽救自己，减轻我的精神负担，结果反而把我推向不幸！我一方面对她的好意满怀感激，但又不得不对她严厉斥责。

她好胜争强的性格逐渐变成阴险毒辣，其间发生的几件事使我明白了她精神状态的可疑之处。

一次，戏剧院举办化装舞会，我要她下保证，不再穿男装，她许下诺言。因为有些难以启齿的事使我惴惴不安。但在第二天我得知，她还是身穿燕尾服进入社交场合，并且欣然接受男士的宴请。我感到不快不仅是因为她违诺，更主要的是那顿饭。

“我难道没有这点自由？”她这么问。

“是的，”我答，“你是有夫之妇，而且我们的关系必须确保稳定，因为你用了我的姓。你一旦声名狼藉，我将蒙受更大的耻辱。”

“这么说，我没有这方面的自由！”

“不错，在一个社会中，一旦一个人的命运与他的亲人休戚相关，他便失去了自由。你可以试想一下，要是我跟别的女人一同进餐，你又会说什么呢？”

她辩解道，尽管如此，她仍有爱做什么就做什么的全部自由！她有任意损害我声誉的自由！有造成一切恶果的自由！她是何等蛮横无理！她把她的自由奉为专制君主至高无上的权力，她可以用来践踏任何一个人的尊严与幸福！

争吵、哭闹和歇斯底里的发作刚平息后不久，新的事情又发生了。这件事更让人忧心，使我认识到，自己对性生活这玩意儿的底细是那样地孤陋寡闻，那种反常的性生活如同一切鲜为人知的事那样让人惊骇。

一天晚上，女仆正要给玛丽亚铺床，她现在就睡在我隔壁，我突然听到一种挤压出来的低声叫唤和偷偷的嬉笑声，像是有人被搔了痒，我顿生一种不祥之感。我为某种不可言喻的压抑所驱遣，它像要变成暴怒而发作。我猛地拉开掩着的房门，使那个捏弄着女仆的胸脯正想用嘴亲吻的玛丽亚大惊失色。

“你们在干什么，是发神经了不是？”我吼道。

“我跟女仆闹着玩。”玛丽亚猥鄙地答道，“这跟你有什么相干？”

“当然大有干系！你滚出去！”

当房间里只剩下我们两人时，我向她说明这种举止的有伤大雅。

她又把一切都推在我“龌龊的想象”之上，倒打一耙地说我已堕落，说在我眼里，所见所闻都成了不干不净的下流行径。

当场拿获一个女人是件危险的事。她把痰盂里所有的污水都向我当头泼来。

反正话已说破了。我索性提醒道，她曾承认对美丽的玛蒂尔达——她的表妹疯狂地爱着。她曾面带一副世上最无辜的羔羊的神情，公然对我说，她自己也感到惊异，一个女人会这样着魔地迷恋上另一个女人。

这一天真的坦白让人心慈手软。我想起来了，玛丽亚曾经有一次在她姐夫跟前面不改色地，并且没有一点意识到有何不妥地承认，她对表妹怀有深深的爱恋之情。

我产生了疑虑，措辞委婉地告诫她，放弃这种念头。事情的开始或许是毫无邪恶的，但发展下去会产生难以预料的后果。然而她只是胡乱搪塞，把我当成了笨蛋。一直以来，她对我的态度，就像对待一个不学无术的人。到了最后她甚至断言，说我在胡思乱想。

再多的解释也是枉然。法律规定这类行为要被判拘留罪。向她说明触碰一个女人的乳头会产生那一部位的快感，在医学教科书中，这种动机被称为恶习，这是荒诞的！

我是一个熟知一切恶习的浪荡子，而她执意要玩她无罪的把戏！

我终于拿住了她，这个缺乏自我意识的罪犯。与其送她进监狱，倒不如送她去女子教管所。

在春天即将过去的时候，她带了一个新女友回家。这是一个毫无趣味的美人，是个演员，年纪约莫三十，在戏剧院几乎被人解雇。她与玛丽亚同气相求。如果事情是这个皇家剧院的大悲剧家的女儿，因为在事业上遭到坎坷的话，我会替这个曾经名噪一时的美人无辜地被人驱之门外而感到痛心的，胜利需要失败者的丧生。

但她给人的印象是个目标明确、伺机捕捉猎物的女人，我对她就更没有半点同情心了！在我眼里，她恭维我，哄骗我，为的是瞒过我那双洞察一切的眼睛。我敏锐的目光能将她看穿。

新老朋友之间不时地产生嫉妒，她俩彼此竭力伤害对方，这种事我不过问也知道得一清二楚。

夏季末梢，玛丽亚的再次怀孕已确信无疑。预产期是来年的二月底。这一信息如同闪电一样袭来。现在最主要的是，在这性命攸关的时刻到来之前，要鼓足风帆到达那能挽救一切的港口。

十一月份，我的长篇小说出版了，并获得了巨大的成功。我稿酬不菲，从而使我们绝路逢生。

我到达了成功的彼岸，取得了突破性的成果，被尊为大师而受人崇敬和恭贺。在熬过了艰难竭蹶的岁月之后，我终于扬眉吐气了。我们怀着无比的兴奋，期待着孩子的出世。我们事先为孩子举行了洗礼，圣诞节还准备了礼物。我们时常拿孩子来炫耀，所有的朋友已很习惯地询问“那个小家伙”的情况，像是孩子已经降临人间。

至于自己，我已厌倦了荣誉。我把我的工作看成是在为玛丽亚恢复名誉，挽救她的艺术生命。为此，我为皇家剧院撰写一个四幕剧本，其中我要塑造一位让人同情的女角色，玛丽亚可以由此重新赢得观众的青睐。作品顺利地发表了，并允许保留那一角色，这一切都发生在我的女儿诞生的同一天。

眼下，事事如愿以偿，我跟亲戚的纽带因孩子的出生又重新缔结起来。

这是一个大好时光，我一生中的收获季节终于来临。家中衣食无忧，还有葡萄酒。作为母亲，她受人敬重，恢复了青春。那枯萎的容颜日见滋润。那因孩子的夭折所带来的一切悲伤此时此刻都化作怜爱，倾注在这“宁馨儿”①身上。

春归夏至，我的经济实力足以让我连续好几个月地放弃写作，携家带小去斯德哥尔摩边陲的岩岛群上，在荒野中自由自在地生活。

同时，我的论文也接二连三地硕果累累，它们赢得了广泛的称

① 出自《世说新语》，原意是“这么样的孩子”，后来用作赞美孩子的话。

誉。在法兰西学院里，文学科学院的成员还听取了我的论文报告会，我被吸收为外国科学家协会会员，并且荣膺俄罗斯帝国地区协会授予的金质奖章。

由于我年仅而立就在文学界和科学界博取了引人注目的地位，前途已获保障，并且我为能将这些战利品奉献在玛丽亚的脚下而感到幸福。然而，她却对我大发雷霆，指责我打破了夫妻间的平衡。为了不让她因为自己属于一个比她高强的男子而感到沮丧，我不住地退让，就像童话中的巨人，让她玩弄我的胡须。而她还忙不迭地要利用这一点在仆人和朋友跟前贬低我，更不用说在她的女友堆里。她就这样恶性膨胀着，被我吹得鼓鼓的。我越是做小伏低，她越是把我肆意糟蹋。我给她一种错觉，似乎我所取得的成功，我那些为她不屑一顾、让她鄙弃的功名，都得感谢她。我为能在她面前甘拜下风而深感欣慰，为能把自己贬为低能的丈夫，也为有一位魔力非凡的妻子而感到兴奋。末了，使得她也确信自己是个天才。日常生活中亦是如此。我本身是个游泳健将，我向玛丽亚传授游泳技巧。为了给她鼓气，我佯装成一个胆怯的懦夫，让她兴致勃勃地谈论自己的壮举，不住地取笑我，这给我带来莫大的快乐。

这些日子里，我常给这位妻子兼母亲下跪。我已失尽了戒备而掉以轻心，已被捆绑在这个三十岁的女人身上。危险的年龄到来了，警告的信号日趋明显。它们或许无关紧要，或许包含和隐匿着巨大分歧的萌芽。

自从她坐完月子，我们之间在心灵上的隔阂又加上了身体上的不谐调，互相拥抱开始让人感到压抑。当她达到高潮时，她的举止像个无耻的娼妇。不管是她想弄得我妒火中烧以寻开心，还是为秽亵放荡的肉欲所驱使，她的种种行迹，让人担忧，且都逃不过我的眼睛。

一个早晨，风和日丽，我们和一名年轻的渔夫同乘一叶小舟去湖心。我手握舟楫，掌握住主桅风帆，那青年手把前桅，坐在我妻的对面。风力渐渐转弱，甲板上变得悄然无声。我突然发现，渔夫在草帽的遮掩下，偷偷窥视着妻子的双脚。但我无法确定，妻子是否故意将脚显露以招人眼目。同时，我还注意到，玛丽亚的目光不时地顺着渔夫的下腹游移，死死盯着那个敏感部位，浮想联翩，魂不守舍。我以为她已坠入梦境，身子用力一晃，向她示意我的在场。然而，玛丽亚行若无事，将目光移至年轻人的大筒靴上，笨拙地拿托词掩饰：

"买这双靴子得花多少钱？"

我暗自想，这种笨拙的提问，让人怎么回答。为搅断她淫亵的思绪，我委婉地向她建议："我们调换一下座位。"

我尽量忘掉这让人气恼和难堪的情形，竭力说服自己，是自己没看真切。这时我想起了另一个场合，她也曾用挑逗的目光捕捉着我，追寻我衣服下面的身体曲线。

一个星期过去后，我的怀疑再次苏醒。发生的一件事，使得我试图在这堕落的本性中重新唤起母性的希望几乎彻底破灭。

一个前来看望我的朋友，在玛丽亚面前行止庄重，但她却用一种令人不快的调情来回报对方的友好。到了夜里，我们彼此称祝晚安，玛丽亚的样子像是马上就要上床安寝。

半小时过去了，我听到阳台上竟有人说话，便疾步走上阳台，发现玛丽亚和那朋友坐在桌边，跟前放着一瓶白兰地。他们对我的出现大为震惊。我强做出一副无所谓的表情，但是第二天，我狠狠地责怪了她的冒失，她如此草率是在别人面前出我的丑。

她开怀大笑！并竭力申辩，抱怨我满腹都是偏见，说我思想肮脏低俗，无事生非。

我勃然大怒，她便装作歇斯底里小发作，一直弄得我不得不求饶才罢，因为是我错怪了她，是我的言谈举止该受人责备。

而她给我留下的是那句卑鄙的话：

“我亲爱的，难道你以为我还有雅兴再次经受离婚的痛苦吗？”

想着我在近来一段时间内所经历的一切烦恼，我神志昏昏地进入了一个戴绿帽子丈夫的睡梦中。

这又算什么呢？这个轻佻的女人？一个变本加厉的女人！那种轻佻是敦请，是引诱，不会是别的。

还有嫉妒？对失去珍贵的占有物的害怕！还有这个爱吃醋的男子？一个成了被人取笑的丈夫，问到原因令人捧腹，他不想失去所拥有的珍宝。

事业上的成功接踵而至，我欠的债务已偿还，金钱如大雨飘然而至。虽然，我的收入已非常可观，但家里的费用仍是一塌糊涂。掌管账本、当家理财的玛丽亚不时地请求我给她更多的开支，结果带来的又是痛苦的争吵。

同时，她的艺术生涯已告尾声。这种后果我能感觉出来。这又是我的罪过，是因为她嫁给了我！我为她写的那个角色已被人淡忘。她当时演得无声无色，结果自己毁掉了这一角色。

这些日子，发生了一起被称作妇女问题的闹剧。起因是一个剧本，它由挪威的一个著名男性女才子[①]写成。那种到处嗅探受压迫妇女的怪癖心理占据了所有软弱的理智。我没有跌入这一蒙骗之中，于是，我被打上了仇视妇女的烙印。

一次争吵中，我允许自己向玛丽亚说了一句坦然的真心话，她又是歇斯底里大作。那时正值十九世纪关于精神学疗法问题有着重大发明问世的时刻。这一发现却又如同所有的重大发明一样是那么地简单！

当着女病人的狂吼，我一把抓起盛满水的大腹瓶，用魔术师的惯用语，如雷贯耳地喊道：

“起来，不然我浇水了！”

骤然间，那吼声戛然而止。充满惊异、真诚的感激和刻骨仇恨的目光从偶像的眼睛中迸射出来。

我一阵恐慌，但是，我这个被生活唤醒的丈夫此刻毫不含糊。我再次挥动大腹瓶，愤怒地喊道：

“你再这样我就把你灌死！”

她站起身来，一个劲儿地骂我是无赖、骗子、可怜虫。这些现象都标志着我的疗法获得了成功！

做丈夫的，你们无论受骗与否，请相信我的话，我作为你们真

---

① 作者在嘲讽揶揄挪威剧作家易卜生，影射他虽是男性，其实是一个有才华的女人，因为他的作品都在替女性说话。

诚而忠实的朋友，向你们传授宝贵的知识，如何去识别假仁假义，切莫忘记！

从那以后，我在一个女人的笔记本中已永远死去。那个被我崇拜的偶像开始憎恨我！因为对她那种女人的伎俩来说，我是一个让她恐惧的人证，所以在整个女性的心目中，我无论是生理还是道义上都终将毁灭。而这个复仇的女人接受了把我折磨至死的这一恩将仇报的艰巨的任务！

经过残酷的斗争，那个女友首先搬进我们家一个带家具的房间住。玛丽亚坚持要负担她全部的食宿费，我竭尽全力劝阻无效。无视我怎么警告，那位妖冶的女郎还是在我家把内衣扔得七零八落，弄得我最终有一种犯重婚罪的感觉。

每到夜晚，当我想跟妻子单独在一起时，她便躲进女友的房间。她俩花着我的钱，抽着我的雪茄，喝着我的潘趣酒，倒逍遥自在。我开始讨厌那个女人。我因难以克制自己，所以每当我想让那个“可怜的孩子”失宠，我就把玛丽亚的辱骂都吸引到自己的身上。

当她控制了我妻子和我们的孩子后——孩子现在几乎完全落进了一个四十五岁的恶妇之手——这个漂亮的女友便跟厨娘狼狈为奸，她们一起偷喝我的啤酒，醉得那厨娘睡死在炉台，饭煳得一塌糊涂。至于啤酒的消耗量有多大，那就不用提了，每月喝掉五百多瓶。最后，我似乎觉得这个美貌的女友是个扼杀男人的刽子手，她物色我成为她的猎物。一天，玛丽亚给我看一件大衣，她想自己花钱买了。我既不喜欢大衣的款式，也不喜欢这种颜色，我建议她选购别的。后来那女友买了，事情也就被人忘了。两个星期过后，店主交来一张有我妻子签名的发票。经过我多方调查后才得知，玛丽亚自甘堕落，她使用在娼妓界颇为有名的伎俩向丈夫敲诈勒索。

按人之常情，作为举债人的我非常恼火。我忠告玛丽亚，解除与一个冒险分子的可怕关系。

情况变得越来越糟！有一次，我妻子以好心人和贤妻良母的名义，十分低三下四地、让人无法理解地乞求我同意把那个“可怜的孩子”作为有教养的女子，带到她物故的父亲的一个老朋友家里去，以促成一次告贷。我对这一请求感到很不是滋味。鉴于这个女友丑恶的名声，她与一些年长的男人保持着暧昧关系，我预感到这是一个危险的陷阱。难堪中，我以她纯洁的孩子的名义，恳求玛丽亚从麻木中清醒过来，告诫她这会导致灭亡。但是，我得到的唯一回答是：“那肮脏的想象在欺骗着我。”然而，更糟的事情还在后头！

有一回，那个美人儿要请人吃早点，其目的是为了引诱一位著名的男演员向她求婚，我顿时识破了这一诡计。香槟酒如水一样地流淌，那些女士像往日一样喝得烂醉如泥。玛丽亚在一把靠椅上清醒过来，不住地吻着坐在膝上的那个美貌女友。

在这种罕见的表演的诱惑下，又像是为了证实某种指控，那个名演员把一位朋友拉到一边，指着这两个女子，喊道：

“喂，你瞧！”

毫无疑问，这影射着四处流传的谣言，在这玩笑的语气中藏匿着某种隐情。

怎么办？

回到家，我恳切希望玛丽亚放弃那种一意孤行的欺诈。为了孩子的尊严，我希望她放弃所有这些愚蠢的诡计，这只会有损于她的名誉。她公然承认，见到美丽的姑娘她会心荡神移，喜欢玩抚她们的乳房，那女友不是唯一的一个，在更衣室里她同样玩弄过其他的女友，这种行为她还将继续下去，因为这是无罪的游戏，只是我肮脏的想象才给涂上了一层淫秽的色彩！

没有任何办法能让她认识到她的过错。我唯一能做到的是让她再次怀孕，以重新唤醒她做母亲的本能。她怒火冲天，但因为身孕不得不在家待上几个月。

月子一满，她便有新的起色。无论是否因为受到反常性欲的驱使而装扮得狐媚，还是因为她女人的天性再次复苏，从那以后，她主动向男子求爱，方式之公开和无耻，弄得我真的嫉妒了。

因为她现在没有演出合同，整天游手好闲，情绪变化无常，专横暴戾、可恶，她宣称要殊死搏斗。

一天，她力图向我证明，雇用三个女仆要比两个更便宜。我不耐烦与这个精神病患者费口舌，一把抓住她的胳膊，把她赶出门外。

她发誓要报复，雇了第三个女佣，结果是家里事情谁也不干，家中一切乌七八糟，女佣从早吵到晚，要么就是痛饮啤酒，或为她们的情人准备膳食。

为了让我的婚姻幸福更添色彩，一个孩子又病了，这样家里雇用了五个保姆，两个医生还不算在内，每月亏空五百克朗。为了恢复心情的宁静，我加倍地努力工作。逐渐地，我的神经不听我使唤了。

她还忙中添乱地一个劲儿地责备我耗费了她凭空想象的嫁妆，

强迫我付给哥本哈根的一位姨妈养老金。那个老太太同样指责我挥霍了她的财产，其理由是谁也无法置信的：据说玛蒂尔达的母亲口头曾允诺过，玛丽亚和这个姨妈分享她的财产。这对我来说是一大新闻，我有责任资助这个懒惰、贪婪、好逸恶劳的姨妈。

而更为主要的是这些财产除了只是空中楼阁，其他什么也不是。然而我还是同意了，而且还不时地受到诱惑，为她的一个老朋友担保，一个头号的估摸不透的冒险家。我承受了一切，因为这尊偶像认为她的宠爱全部出卖给了我。为了一次拥抱，我付出的代价是承认所有过错，承认挥霍了她和她姨妈的财产，毁坏了她的前途，因为我娶她为妻，为她健康的损坏负有责任。

从那一刻起，合法的卖淫进入了我们的婚姻生活。

她根据我的承认，编造我罪行的逸闻，这后来在报刊上作为丑闻传播，再加上那些曾被我驱逐出门外的女人也在摇唇鼓舌。

她为能置我于死地而欣喜若狂。到那年年底，我付给她一万二千克朗的开销，而我还是不得不向出版社预支。当我抱怨这种过高的费用时，她的回答是：

“干吗要生孩子呢？是你把妻子推向不幸！请想想，我为了一个废物放弃了自己高尚的职业。”

我的回答是：

“我的宝贝儿，你当男爵夫人时，你丈夫给你留下的只是两千克朗和一笔债务！你现在得到了三倍的补偿！”

她没有作答，却不停地诉苦说吃的只是配给品，使得我到垂暮时分不得不承认两千是一万两千的三倍，承认自己是一只可怜的狗、一个吝啬鬼、纨绔子弟，他以牺牲一个受人崇拜的、穿上睡袍尤其倍受崇拜的女子为代价走上了成功之路！

为了排解忧愁，她写了一部长篇小说的一章，其内容涉及一个遭受罪恶的被男人奴化和盘剥的女子。但在我的笔下，她是那可爱的金发剪影、圣母玛利亚和“小妈妈”。在这里，我为她讴歌，为这个女人的奇特经历写下了不朽的逸闻，她由于上帝的恩赐进入了一个作家充满痛苦的生活。事情就是如此，她那该遭诅咒的、被一种不相配的荣誉包围着的人品出现在所有批评家的文章中，他们为这位悲观主义小说家的优秀天才歌功颂德而不厌其烦。

我越受到这个女色情狂的折磨，就越发努力地往这圣母头像的背景上贴金。现实越是残酷地摧毁着我，偶像的幻影就越强烈。哦，爱的火焰！

有时我产生这样的感觉，这个女人已开始视我为仇，为谋求新欢，她会慈悲地把我抛弃。同时，我疑心她已有了情人，因为她的面部时而流露出一种陌生的表情。这种怀疑随着她对我们夫妻生活的冷漠而增强。

突然有一天，这种嫉妒闯进了我们的床笫之欢，此刻，地狱的大门全然启开。

她突兀地说，她病了，得了一种莫名其妙的病，病灶在背脊的某一处，不是在脊梁骨上，就是在臀部上，具体位置很难确定。

孩子们的家庭医生，一位我在大学时的老朋友，被请来治病。他诊断背上的肌肉患有风湿节瘤，决定给她做按摩疗法。我对此没有异议，因为病情已得到了证实。玛丽亚每天去看医生。我无法想象这种敏感的治疗方法，况且整天还要忙于工作。她的治疗一直进行下去，我对此也没有过多的留意。但我觉得她病得不算厉害，因为她常熬夜，逛戏院，参加朋友们的聚会，而且每次都显现出充沛的精力。

一天晚上，在朋友家里，一位女士对女医生的奇缺大发议论，她举例说到让人生厌的体检，一个女子要在男人面前宽衣解带。她把脸转向玛丽亚，问道：

“这种事让人觉得难堪，是吗？”

“什么呀，在医生那里？”

我茅塞顿开，开始明白按摩是怎么一回事。看到玛丽亚猥亵的神情，这是我再熟悉不过的了，我心乱如麻。

她在一个缺乏医德的光棍汉、一个臭名昭著的色鬼面前褪去衣衫，而且什么也不告诉我。等到四下无人时，我要她做出解释。她满不在乎地把经过描述了一遍。她虽未脱掉裙子，但里面的衬衣卷了上去，使脊背裸露出来。

“但你不感到难为情？”

“有什么好难为情的？”

“因为你在我跟前也不过如此！”

两天之后，那医生来到我家，想看看其中的一个孩子。我在自己的房间听到妻子和医生非常奇怪的交谈，还有嬉笑声和粗话。不一会门开了，他俩聊着天进来跟我插科打诨。

抑郁的思绪折磨着我，我笨拙地插着话，话题涉及的都是女病人。

“这方面你可是行家，老朋友，”医生跟我搭讪，“妇女病……不是吗？”

玛丽亚恼怒的目光射向了我，充满切齿仇恨，让人感到浑身发凉。医生一走，她便向我扑来！

“婊子！”我一巴掌打在她脸上，我已无法克制。

我违心地吐出了这个字眼，就像无意识的自我表达。但这句恶言又反弹在我身上，刺透着我的心。我当着孩子的面给她下跪，泪流满面地求她宽恕。

然而她却毫不让步。我花了两个小时都无法让她安静。为了补救这罪恶的过失，并消释她不断滋生的敌视，我打算让她去芬兰做一次观光和休养旅游。她可以在那里逗留几周，并且登台演出。

出于这一目的，我和剧院老板进行谈判，一旦和对方商妥，我设法筹备资金。

她出门了，戴着亲戚们献给她的爱国者制胜的花环。

现在她出门云游，而我和孩子们留在乡下。我得了一场大病。我去电报把她召了回来，因为我以为自己将不久于人世了。她的返程对她没有什么问题的，因为她的巡回演出已告结束。

她回来了，见我已经康复便责备我，说我的去电瞒哄她，无端地破坏了她在亲属身边的欢乐。

然而，她那种不可捉摸的性格中又出现了新的变化，这在我心中萌生了新的恐惧。

第一次拥抱时，她出乎寻常地身心倾注，但当我小心翼翼，准备收场时，她却牢牢抓住我，说：

“不，你尽情尽兴吧，人得学会享受，纵情地享受！”这种突如其来的慷慨缘何而起？为什么不再惧怕怀孕？我自问，但没有兴趣去追究。

第二天和以后的几天中，她兴致勃勃地描述着她在芬兰的欢乐。当谈到在汽艇上如何结识了一位工程师时，她简直要神魂颠倒。据说那是个开放型的、现代派的男子汉，他让她信服了人世间没有罪孽，万事都是命中注定的。

“说得不错，宝贝儿，但是所有的行为都会带来后果。甚至有人相信，世上没有罪孽，因为没有人间上帝，但谁都必须对自己的罪愆负责。尽管说是没有罪孽，但只要法律生效，判罪依然可能。尽管从宗教学来看，罪孽可以取消，但复仇依然存在，如果你不反对向伤害我们的人复仇的话。”

她严肃起来，但从表情看，像是我的话使她费解。最终她说：“唯独恶人才施加报复！”

“我承认这一点，但世上的恶人数不胜数，谁也不敢保证不和一个不复仇毋宁死的斗士碰在一起。”

“但支配我们行为的是命运！”

“谈得很对，命运之神就是这样挥舞着复仇者的匕首。”

那个月底她流了产！

通奸的罪行已得到证实！从那以后，我的怀疑与日俱增，因为她的攻击中频添着让人担忧的成分。

她开始力图使我相信，我患了精神病，我的猜疑是因为我大脑过度的劳累。

我又一次接受了她的宽宥。作为和解，我为她写了一部妇女剧，其中的一个大角色是谁也难以忽视的。8 月 17 日，我替她寄去了该剧本的献词信函，信中明文规定，该剧可以随时上演，先决条件是主要角色保留给她。我两个月的辛劳化为奉献，但没有收到一个字的致谢道乏。在她看来，这是对她的威严、对这个失败的女演员责无旁贷的贡品。

其间，家境直线败落，我对此无可奈何，因为我的每一次劝告，每一次插手都被看作是侮辱从而被呵斥了回来。我只好冷眼旁观，眼看着仆人群聚家中，暴殄天物，孩子无人照管。

糟糕的经济境况，又添加了无休止的争吵。

她从那次由我出钱去芬兰的旅游中带回演出挣得的两百克朗。因为她理财，所以我把这两百克朗记入家中的经济账。一段时间过后，她向我要钱。我对她额外的要求感到吃惊，措辞谨慎地问她把钱花到哪儿去了。她把钱给了女友，并援引法律条文，她对自己所得的钱享有支配权。

“那么我呢？”我问，“我挣得的钱，为什么不能自由支配呢？”

“对一个女人应另当别论！”

“你指的是一个受压迫的女人？一个为了自己吃穿不惜让一个男人马不停蹄的女奴？这些都是妇女解放带来的混乱。”

埃米尔·奥日埃[1]在《富尔尚博人》一书中所预言到的关于财产的分离都有了应验，而且丈夫成了卖身的奴隶。然而，虽然如此，

① 奥日埃（1820.9.17—1889.10.25），法国剧作家，生于资产阶级家庭。初写韵文剧，有《女冒险家》等；后改写散文剧，有《普阿里埃先生的女婿》《奥林布的婚姻》等。他以资产阶级道德观点描写社会风俗和家庭生活，是法国风俗喜剧的代表作家。

仍有一些男子自甘堕落，为自己挖掘坟墓。可敬的痴子！

在我的婚姻厄运不断的同时，我运用自己的文学笔锋，抨击偏见和迷信，这些是一个落后社会的赘疣。在一个讽刺作品集子中，我向城里赫赫有名的庸医投去一把鹅卵石，包括那些有女性表征的阴阳人。

有人把我贬低成一个写政治诋毁文章的作者，玛丽亚利用这一点，站到了正义的对立面去了。她白天黑夜地乔装成一个可敬而不幸的女人，因为她的命运与一个文章鄙陋的人连在一起。她此刻却忘了，我除了写讽刺文章，还是一个杰出的长篇小说家和剧作家。身为虔诚的殉难者，她觉得是提醒注意孩子们的未来的时候了，他们将会为一个道德败坏的父亲的卑劣行径而蒙受痛苦：他挥霍了妻子的嫁妆，断送了她的艺术生涯，甚至对她施加暴虐。同时，一家受贿的报纸发表消息，说我已精神失常！一篇约好的、当场兑付现金的诽谤文章为玛丽亚和她女友的连篇谎言增色，这些都是出自这个肮脏女人的下流主意。

她赢了。当她看到我屈从于论敌，于是变得趾高气扬，扮演起一个迷惘儿的虔诚母亲的角色。借助她除了当着丈夫，时常暴露在光天化日的具有魔力的本性，她把我全部的真假朋友都俘虏了过去。我孑然一身，失去了吸血鬼的宠爱，失去了一切自卫的能力。我是该拳脚相加地痛打我的小天使的母亲，还是该继续奉承这个所崇拜的偶像？让人拿不定主意！

我归顺投降！于是，在外她对我百般温柔，一到家就变成了伤人的鄙视。

劳累和野蛮的待遇使我心力交瘁，我病了。头痛、神经质的冲动和胃痛，经医生诊断是胃炎。真是少见的精神受损的作用。而且大家注意到，这些病痛是我宣布了出国旅行的计划后才公布于众的。在我看来，这对那些整天围着我妻子转、为她感到惋惜而施加引诱的无数朋友是唯一的良药。人们还注意到，这种令人费解的病痛是在参观了我一个老朋友的实验室后才出现的，我在那里偷取了本想用来自杀的氰化钾。我把这瓶化学药水塞进了妻子的化妆盒里。

我瘫软无力，精神颓丧地倒在沙发上，观看着孩子们玩耍，回忆着往昔美好的时光，做好了离别人间的准备。我不想对我死去的原因和我卑鄙的猜疑留下任何文字的东西！

我对自己的死无可抱怨，我遭一个我所宽恕的女人杀害！

柠檬果被榨干了。玛丽亚偷偷地窥视着我是否打算超度到另一个世界中去，使她能心安理得地享受一个名作家全部作品的稿酬，甚至还可能向国家领取孩子们的抚养费。

她被自己在戏剧界的成功所鼓舞，我用自己的剧本为她的成功奠定了坚实基础，这使她博取了一个大悲剧家的桂冠。她又径自挑选了一个角色，这一回，她遭到了惨败。当她省悟到，是我用创作使她的荣誉起死回生，作为负债人，她恨透了我。为了寻找职业，她从一家剧院跑到另一家剧院，但徒劳无益。最后她威逼我跟芬兰方面进行交涉，我该抛弃我的祖国、我的朋友、我的出版家，在她的朋友、我的敌人中安身。芬兰人对此置之不理，她的艺术生涯也由此寿终正寝。

这些日子，她的行为如同一个被解放的、摆脱了作为妻子和母亲的羁绊的女性。我由于健康状况而不能参加艺术家集会，她独自前往。有时她直到天明才回家，喝得酩酊大醉，手脚很重，几乎把整个屋子的人吵醒。听到她在就寝的儿童室里像酒鬼一样地呕吐，我恶心极了。

碰上这种情况我又能奈她何呢？去告发自己的妻子？跟她离婚？不！家庭对我来说已成为一个整体，有如一棵植物、一只动物，我是其主要的部分。独自一人我已无法存在，即使失去了母亲，和孩子们在一起也不行。我的血液循环是从心脏出发，然后经由我的动脉，在母亲的子宫里分叉，而后放置在孩子们幼小的身体中。这是一个互相交错的血缘网络，我只要切断任何一根小枝节，我的鲜血将会流逝，渗进沙土。所以说，妻子与人通奸是可怕的犯罪，而且谁都会赞同这一口号："杀死她。"这是一位名作家的话，他当时怀疑他的后代是一个无耻的母亲与他人的杂种时而受到致命的伤害。

与其相反，对这个在女权问题上已渐渐越轨的自由的玛丽亚却衍出了新的真理，根据这一真理，如果妻子欺骗了丈夫，她并没有罪，因为她不是丈夫的私有财产。

我不能自卑自贱地尾随着她，也不想抓什么证据，因为这将意味着死亡。我宁可无尽无休地自我欺骗，生活在一种幻境里，这一幻境我可以用文学的方式加以粉饰。

但是，我还是感到自己受了伤。我深知，我家族的后裔已经串了秧。那些袭用我家姓氏，仰仗我的辛勤劳作而生活的后代并不是我的。然而我还是爱他们，他们像是把未来的生活带入了我的现实世界。但现在，我连因循苟且的希望也被剥夺，我如同幽灵一样在空中徘徊，用我的气根吮吸着空气。

对于我的葬礼的拖延，玛丽亚像是急不可待了。众目睽睽之下，她待我像个慈母，而无人旁视的时刻，她便掐我，拧我，活像那个年幼的杂技演员幕后的凶狠的父亲。她折磨我，以加速我的灭亡。现在她发明了一种新的酷刑，她在我极度衰竭的时候，把我看成一个孱头。在她的狂妄自大到达报复时，她用鞭笞来威胁我，宣布她比我强大。她扑上前来殴打我，于是我站起身来，抓住她的双手，把她掼在沙发上。

“快承认，我只要一息尚存，还是比你强大！”我大声喊。

她死不认账，在我的恫吓下，她哭丧着脸，悻悻地离去，认识到不自量力。

在殴斗中，作为女人和演员，她占优势，但可别忘记，一个被罚苦役的男子对一个无所事事的女人是无暇防范的，她有全天的时间去策划阴谋，使得这男子不日便被缠进一具张开的网中。加之，在她为了开脱罪责，不分场合地公开指责我阳痿的时候，我因羞愧、名誉和同情不能透露她生理上的缺陷。她早在第一次分娩中就有过创伤，在后来的三次生产中更为严重。难道会有人听信，一个从不把夫妻生活的隐秘向人透露的丈夫，会将其妻子的缺陷向世人大张旗鼓地宣传？

除此之外，总是我不时地受到情欲的驱使，乞求她的宠爱。我，为了平息这种欲望，不得不同意做那些违背常情，但让她满足的事。于是，她没有抱怨的理由了。但是，这只天性卑劣的牝狗，为了品到各种滋味，可以拿自己和孩子的幸福作为代价。

“性爱中，除了逃却没有其他任何胜利。”这是女性问题专家拿破仑的断言。逃跑对一个在押犯而言并不是戒律，对一个被判死刑的囚犯来说，更不在话下。

在我养精蓄锐的时刻，我的大脑又恢复了生机。因我现在已摆脱了工作，我准备从这个浪妇和我那些受她愚弄的朋友所设的牢狱中冲将出去。我运用军事韬略，给家庭医生写了信，坦白了我的忧虑，说我也许会精神失常。作为一种治疗措施，我建议去异邦旅游。医生回信同意了我的建议。我急忙将这一裁决告诉玛丽亚。对此，她没有任何法律手段可以阻止。

“大夫开药方了！”

过去，这曾是她惯用的伎俩，她可以随心所欲地让大夫就范。

听了这消息她脸色煞白。

“我不愿离开我的祖国！”

“你的祖国！那是芬兰，令人无法置信你对瑞典会有什么怀念。在这里，你没有一个亲眷，没有朋友，没有戏剧。”

“我不愿意！”

“但为什么呢？”

犹豫片刻后，她说：

“因为你让我恐怖！我不想单独和你在一起。”

“一只你用绳子牵着走的羊羔让你恐怖！这真会吗？”

“你是个凶神。我不想无人保护地留在你身边！”

她一定有个情人，或者她是真的害怕。我能活到这一劣迹真相大白的那一天。

我让她恐怖？我，一只在地上爬行的小狗，在泥潭中行走。为能膜拜她那白色的长筒袜，我让人剪去了我雄狮般的须发，像马一样留着刘海儿；我把小胡须向上卷曲，将衬衣的领子往下翻，为的是与她那些情人相媲美。

她的恐怖更让我感到畏惧，引起了我对新的前途命运的怀疑！

这个女人有了一个难分难舍的情人，或是她害怕末日的审判。我自言自语，什么也没跟她说。

激烈的争吵过后，她硬逼我许下诺言，时满一年便告归故土。我同意了！

生活的意志再次获得。我做好计划，在冬日来临前，写完一部诗集，它将在我出国后出版。仲夏之际，我重新获得生活的力量。我讴歌，歌颂这尊偶像，歌颂我们初次相遇时她飘舞在草帽边的蓝色面纱，它已成为我的旗标，每当我启程奔赴远方，我都将它高高地升起在桅杆上。

一天傍晚，在小范围内，我当着朋友的面朗诵了这首诗。玛丽亚凝神地听着。朗诵结束时，她失声啜泣，站起身来，吻了我的额角。

这个狡黠的演员，她以此欺骗了那个朋友，他从此把我看作嫉妒的狂人，是上苍恩赐了我一位美丽可爱的妻子。

“她爱你，我的老伙计。”那青年向我保证。四年后，他把这件事看作是我妻子对我忠贞的最有力的证据。

“那一刻她是情真意切的，我敢向你发誓。”他重复这么说。

“是的，她是真心地后悔了！只看一个娼妓讴歌爱情的假面具，她仿佛像个圣母。这一点我很乐意相信，年轻的朋友。”

其间，这所屋子总算一时清除了那些女友。她们中的最后一个，那个美人，跟我最要好的朋友、一名非常重要的科学家私奔了。他从那次远途出征后带回四枚勋章和有保障的前途。那个身无分文，寄生在我家的美人儿，这一下死死缠住那青年不放。一年多以前，他曾一直独身生活。一天夜里，她用一辆出租车，借口带他去一个地方，把他勾引走后，逼他跟自己结婚。她在做东的那户人家中干了这件丑事。等权益得到保障后，那美人儿便摘下面具。一次晚会上她是那样地得意忘形，她说玛丽亚伤风败俗。一位参加宴请的朋友却觉得，我们有起诉的必要。

玛丽亚摆摆手对此事表示不耐烦。我本人向那女友永远关闭了交往的大门，同时也失去了一个一蹶不振的朋友。

虽然我没兴趣去做调查研究，但“伤风败俗”这无礼的字眼，尤其是出自这样一个角落，这在我淌血的肉中深深地扎进一根毒刺。还有出处同样肮脏的小小注脚也表明，玛丽亚的芬兰之行中的确有过在此不能详尽描述的不雅举止，这给我旧的臆想又添上了新的怀疑。这使我把流产的情况、命运的哲学和性生活的畅通都联想在一起，她曾是那样地害怕这一切，几次下决心要逃避我。

玛丽亚明白，靠一个多病的作家能过上纳福享乐的生活，她摇身一变成了富有同情心的姐姐——一个护士，需要的话变成一个疯子的看护。她为自己编织着神圣的花环，背着我完全随心所欲，这是我后来才发现的，她的社会救济面铺得那么宽，以至于能用我的名字去我朋友那里借钱。与此同时，家中值钱的家具接二连三不翼而飞，被那个人称头号冒险家的女友收罗去准备变卖。

我密切注意这一切，第一次忐忑不安地问自己：

看到她让人生疑的行为和如此靡费，难道玛丽亚的开支暗中还另有来路？如果这是真的，那这将是什么用途呢？我现在的年薪跟一个部长不相上下，超出一个将军的工资，但我还是脚步沉重如铅，贫困不堪。我们的生活方式简朴得难以想象。我们跟小市民一样，饮食简单，与工人一样喝啤酒、烧酒和劣质白兰地，弄得我在朋友那里被人看不起。我只抽烟斗，不敢有别的奢望，每月充其量下一回饭馆，也不敢超过花销！

只有一次在我生气的时候，我冒天下之大不韪，向一位谙熟此类问题的女士求教。她问我的家庭开支是否过大，当我说出每年耗费的巨额资金时，她笑着向我确证，这简直是在发疯。

于是我坚信，其中必有某些非同寻常且又不可告人的开支。但是什么开支呢？为亲戚、女友，还是为与情夫的幽会？当整个世界成为这个女通奸犯的同谋时，又有谁来把真相告诉她丈夫呢？原因各色各样，我却一样也说不上来。

漫长的准备之后，启程的日期终于定了下来。但我眼前出现了一个新困难，这是我所预料到的，并带来了一连串涕泗滂沱的场面。那只让我感到说不出讨厌的西班牙狗一直活着。对它过多的关心还影响对孩子们的照顾。终于，玛丽亚的宠儿、可恶的守护神、这只遍体伤痕肮脏发臭的老狗一命呜呼的日子临头了。我感到莫大的高兴。我有理由去设想，玛丽亚希望这条狗死去。然而，因为她明白，这样会给我带来无限的欢欣，因为一想到我高兴，她就觉得是一种痛苦，所以她将这狗的死讯久久秘而不宣。她煞费苦心，制造种种折磨，为的是要我对这一企盼的快乐付出更大的代价。

她举行诀别宴会，安排了伤心的场面，最后携带那怪兽进城，让人宰鸡祭礼。出于对我健康的考虑，用那些啃过的骨头给我烹煮晚餐。出门两天，她信中语气阴冷地通知我她返回的日期，仿佛是在给一个谋杀犯写信。我为摆脱了长达六年的苦难感到舒心和陶醉，我去码头接她，自然只接她一人。她见到我，仿佛我是凶手，眼眶里流下豆大的泪珠。我想拥抱她，她把我推向一边。她提着一个形状奇特的包裹，有如踩着哀乐的节拍，大步朝家门走去。手里是那具狗尸！安葬由我办理，做棺材花掉一个劳动日，挖坑用了两个人工。我站得远远的，观看着殉难者的葬礼。真是激动人心的场面。玛丽亚为受难者向敬爱的上帝祈祷，诅咒残忍的凶手。围观的人不停地嘲笑。然而一具十字架，救世主的十字架，终于把我从那畜生的折磨中拯救。这畜生本身无可指责，但她作为一个女人，万恶的源泉，让人毛骨悚然。只因为胆怯才阻止了她明目张胆地去折磨一个男子。

几个悲哀、没有亲吻的昼夜过去后——因为她讨厌亲吻一个凶手，我们启程前往巴黎。

四

我视巴黎为我们这次旅行的主要目的地，我要在那里跟那些了解和熟知我个性的老朋友晤面。他们深知我情绪变化无常，从本质上认识我的思维、悖谬和我的无所畏惧。出于这一缘故，他们最有资格对他们的作家眼下的精神状况做出公正的判断。加之，斯堪的纳维亚最著名的作家群都定居巴黎。我要将玛丽亚试图将我推入疯人院的罪行在他们的喝彩声中公布于众。

在这件事上，玛丽亚失去了同情者，所以整个旅途中，她心绪一直不佳，她对我的态度简直像对待一个流氓。她总哭丧着脸，显得心不在焉，对一切都是那么冷漠。我们每到一个城市投宿，我都带她散步，但她对什么都兴致索然。她什么也不看，对我几乎不理不睬。我提醒她，遭到她的非难。她的神情若有所失。

在企求什么呢？在寻觅一个苦难多端、身旁无亲友的他乡异客，不然就是在物色情人。

另外，她的做派像个缺乏教养、毫无实际生活能力的女子，以致她作为女性应拥有的优秀品德、那种日前她时常自诩的能适应各种生活环境的修养，不时破绽百出。她要求下榻第一流的宾馆，仅仅为了一个晚上，她执意要更换房间的家具。为了一杯茶，她要高级招待。楼道里，她大声喧哗，结果被人警告，丢尽了脸。为了中午睡懒觉，她错过了最佳车次，弄得我们把行李遗落在偏远的火车站。离开饭店时，她只给一马克的小费。

“你是个胆小如鼠的家伙。”她对我的责备这么回答。

“而你呢，不修边幅，没有教养！”

本来轻松愉快的旅行结果成了一段让人畏惧的历程。

到达巴黎，在我那些并没因玛丽亚的相貌动人而着迷的朋友中间，她相形见绌。她觉得自己落入陷阱。最让她心神不安的是我跟那个最著名的挪威作家的友好关系，他对我抱有好感。但她讨厌他，因为他的言论对我非常有利！

一天晚上，一次有艺术家和作家参加的宴会上，那位挪威作家站起身来，把我当作瑞典当代文学巨擘向我祝酒。此时，可怜的玛丽亚不禁目瞪口呆。她，这个殉难者，在她那帮无性别的狐朋狗友的眼中，她嫁给了一个臭名昭著的丑闻作家。看到她在众人爆发出的掌声中受到了致命打击，我一阵心酸。当那位讲演者要我当场许愿，在国外起码居住两年时，妻子充满痛苦的眼神使我再也无法忍受。为安慰她，同时也是补偿，我表示，我们家中的一切重大决定都由夫妇双方一起商定。我的这番话，赢得了玛丽亚热情的目光和在座的所有女士的好感。

那位给我以夸奖的文友不肯将发言就此罢休，他仍坚持我得延长逗留时间，要求赞同他观点的客人为“斯先生的两年逗留期”干杯。

我得承认，虽然当时我清楚地感到，那作家与我妻之间进行着一场无声的搏斗，并且其原因我无从知道，但对他的固执我至今仍无法理解。莫非是这位友人比我本人还更了解内情？或是他凭借天生洞察一切的眼力已将秘密看破，因为他自己的妻子也有怪癖的习惯？

迄今为止，这仍是一个不解之谜！

我们来到巴黎已有三个月，妻子一直觉得不适应。自从她认识到了丈夫被人承认和毋庸置疑的价值之后，她开始仇视这个城市，不断地告诫我提防“伪善的朋友”，他们有一天会给我带来不幸。其间，她又有了身孕，地狱的大门再度打开。

这一回我之所以笃信不疑自己是名副其实的父亲，因为连哪一天，甚至哪一刻怀的孕我都能说个明白，当时的细节我至今仍记忆犹新。

到了瑞士的罗马尼亚语言区后，我们在一个市民住宅区投宿，以避免因家务造成纠纷。这时，她要补偿她所失去的一切，因为现在我已孤立无援了。

她一开始就把自己装扮成照看疯人的妻子。她联合医生，警告客栈工作人员，向女服务员、用人和投宿的客人发出安民告示。我现在动辄得咎。我被剥夺了与知识界人士交往的一切权利，没有谁能理解我。在膳厅用餐，这个头脑简单的可怜虫，口出狂言，胡说一气，我反驳了她上千回。她就这样来报她在巴黎的一箭之仇。由于这一帮没有文化教养的小市民听信她的一面之词，我缄口无语。为此，她对自己的优越感更是确信无疑了。尽管如此，她仍面带病容，神色憔悴，像是心有积郁。在我跟前她表露出不可调解的仇恨。凡是我喜爱的，她就讨厌！因为我喜爱阿尔卑斯山，于是她对此便兴致索然。散步对她而言是生厌的事，她回避和我单独在一起。她揣测我的心愿，尽力使之无法实现。我说不，她偏说是，相反亦然。总之，我让人讨厌。生活在陌生的国土，我不能不寻找她的社交圈。当我们的谈话沉默时，因为我们害怕争吵，我为有她在身边，感到自己不是孤雁无伴而心满意足。

她的身孕已确信无疑，我以为现在夫妻生活可以听之任之了，因为她失去了拒绝的理由。她寻找借口来约束我。足够的拥抱后，当她意识到了我的满足，因为现在不需要采取安全措施了，她对我大为恼怒，是她给了我享受。

我真是太幸福了。我神经质的疾病，其主要原因是由于节欲和性生活的紧张。但是我的胃病依然日趋严重，除了流食，我什么也吃不进。夜间，阵阵胃痉挛和难以忍受的刺痛把我从睡眠中惊醒，我只好试图饮用凉牛奶来止痛。我那有教养、因学识丰富而高度发达的大脑与一个杂乱无章、低级劣质的大脑连接在一道。任何一次企图与我妻子的头脑相谐调的尝试，都会导致痉挛。每当我企图与陌生人搭讪聊天时，我便诚惶诚恐，因为我感到，像是谁都以为我的大脑出了毛病。

于是，三个月来我保持了绝对的缄默。这段时间过去后，我吃惊地发现，我的声音由于缺乏锻炼消失了，我失去说话的功能。作为补偿，我开始与瑞典朋友建立书信联系。然而，他们谨慎的措辞、对我的关心与同情，以及慈父般的建议揭示了他们对我精神状况的忧虑。

她胜利了，而我濒临脑组织软化。此外，迫害狂的第一批征兆已初露头角。

发狂，为什么？我将受到迫害，只有相信自己受人迫害才符合逻辑！

总之，我又回到了孩提时代。由于身体已是极其虚弱，我在沙发上一待便是几小时。我把头枕在玛丽亚的腹部，双臂抱着她的腰肢，就像米开朗琪罗的《圣母怜子》①。我紧紧贴在她胸前，把自己称作她的孩子，大丈夫在小母亲的怀抱里告别人世。她已不再是妻子。她面带忽而胜利，忽而温柔的微笑望着我。这种微笑充满了一个刽子手目睹死去的牺牲品时的假仁假义。她就像一个与丈夫怀了孩子后又要把他勒死的纺织女工。

在这殊死的搏斗期间，玛丽亚过着一种奇特的生活。她一直到中午，差不多一点才起床，然后百无聊赖地在城里闲逛，直到晚饭时才回家，而且大都是姗姗来迟。于是常有人问我：您那尊贵的夫人呢？

“进城了。”我回答，到头来，整个世界都在窃笑。我从未产生过疑虑，从没想到要跟踪监视她。

---

① 意大利画家米开朗琪罗的作品《圣母怜子》显示圣母玛利亚坐态，耶稣基督的遗体横卧在她膝上。

晚饭后，她一直留在客厅里与陌生人交谈。

夜间，她与女仆一道喝白兰地。我听到她们压低嗓门在交谈，我耻于去门后窃听。

为什么呢？害怕会发现不轨的行为！

为什么呢？因为这如同一种男性的宗教已潜入了教育。

三个月过后，家中超支的费用让我大为震惊。现在我们有了固定的开支，所以想核实是轻而易举的事。

每人每天两法郎的食宿费，每月正好三百六十法郎。我按月给玛丽亚一千法郎，这就是说每月足足有六百法郎用来作为其他开支。当我提出要账单时，她大发雷霆，声称余下的钱都在附上的开销中。

“固定支出三百六十法郎，而附加的开销高达六百法郎！你以为我是傻瓜？”

“你给我一千法郎，但其中大部分的钱都作为你自己的开支花了。”

我列了一张清单。烟草（质次价廉，雪茄是两个生丁一支）：十法郎，信件邮资：十法郎。还有什么呢？

“剑术授课（多次！）！”

“唯一的一节课，三法郎。”

“骑术授课！”

“两节课，五法郎。”

“书籍：十法郎。算在一起，三十八法郎，就算是一百法郎吧。附加花销还有五百法郎！这太过分了吧！”

“你的意思是，我对你行窃行盗！这简直让人难以忍受！”

我该作何回答呢？没什么可说的！我是一个卑鄙的无赖。瑞典所有的女人都会认为我的疯癫日趋严重。

这一谣传就这样逐渐完善。那些年里，我的人品形成了特定的形象，取代了那个无辜的作家，出现的是一个神话般的、多嘴饶舌、模糊不清、近乎刑事犯罪的人物。

我想逃往意大利的尝试失败了，那里有我志同道合的艺术家朋友。我们又返回到日内瓦湖畔，期待着她的分娩。

孩子一出世，玛丽亚非常注重扮演神圣殉难者的形象，她变成了一个俯首帖耳的贤妻，毫无权利的奴隶，她恳求我为新出世的孩子洗礼。她非常明白，我对基督教的迷信经常公开表露厌恶。作为一个进步作家，条件不允许我参加教堂的礼仪。

虽然她也不信教——因为她已有十年没去教堂，没参加圣餐，可她为被判死刑的野狗、野兔和鸡做祷告，而现在她疯狂地追求根据某种艺术的绝对规律进行洗礼。毫无疑问，她曾听说过我矢志不移地坚持任何时候不参与这种仪式，它们在我看来是伪善的，与我的学说背道而驰。

她眼泪汪汪地乞求我，唤醒我的怜悯心和宽宏大度。我退让了，但不插手仪式的权利保持了下来。她吻了我的手，对我这种爱情的佐证感激涕零，这件事对她而言意味着良心与性命。

洗礼举行了。但在回家的路上，她当着证人对此开着玩笑，扮演一个无神论者，觉得这种仪式显得荒谬，而且还夸耀自己根本不知道儿子接受了什么信仰！

赢了这台戏后，她对一切都讥笑讽刺。她的人生乐趣缩小为一次胜利，其中，我身处劣势，当着她追随者的面我大出洋相。

再一次受贬、丧失荣誉，为了满足这个权势欲极重的女人！

接着是一位年轻的斯堪的纳维亚姑娘的到来。这年轻人满脑子是女性解放的非分思想，因为她一开始就以公开朋友的身份得到邀请，我成了一个丧失地位的男子。

这还不够，她还带来一部由一名无性男子写的淫秽小说。这个作者遭到各党派的唾弃和揭发，作为其性别的叛徒，已将自己出卖，为了与文明世界所有女学究相联合。自从我读了埃米勒·德·吉拉丹①的《男人与女人》一书之后，才理解了女性问题所带来的全部后果。

废黜丈夫，由妻子取而代之，从而返回到母系社会。

摘去真正创造者的桂冠，是他创造了文明与福利，他是伟大的思想、艺术和职业及一切的创造者。尤其是，我必须放弃这一切去吹捧肮脏的雌性动物，她们只有在无价值的例外事件中参与文明的工作。我想，这是对我所属那个性别的挑战。一想起青铜时代的智慧，那些猿人、半猿人，这些成群的害人虫的发迹，我心中雄性的形象就变得高大。纳罕的是，我开始从重病中康复，被一个充满仇恨的意志所激励，起来与这个虽然智商低劣、道德匮乏，但始终占上风的敌人抗衡。

在这场两个部落间你死我活的恶战中，摘取胜利桂冠的总是那更缺乏道义、更为腐朽的一方；而且，男子基于天生尊敬女性及她们能哺育后代的长处，而女子因此有自由时间参加斗争，所以男性想

① 法国十九世纪小说家。

取得胜利的机会非常令人怀疑。对这个问题我慎重行事，把自己武装起来准备战斗。我正忙于撰写一卷书，它将作为一只挑战的手套，向那些“女性解放者”扔去，她们会以奴化男性作为谋求自由的代价。

春天来临，我们搬进另一幢寄宿住宅。我很快发现自己走进炼狱，受到二十五个女人的看管。她们把我写讽刺文章所必需的灵感出卖给那些旨在削减男性权利的人。三个月后，我的书即将问世。这是一部婚姻小说集，扉页加了前言。其中，我向与此事不无关系的那一位道出了逆耳忠言，如下：

女性不是奴隶，因为她和她的孩子通过男子的劳动得以赡养；女性也从没屈从过，因为她选择了自己的角色或者说大自然给她分配好了地位，使之受到男人的保护，以恪尽母亲的责任。至于智力，女性无法与男性相媲美；但谈到人类的繁衍，男子不能与女子相提并论。所以在伟大的文明工作中女性是多余的，因为男子对此更加精通。而且，根据进化论的阐述，两性间的差别越大，后代越为优秀。这么说，女子男性化或将两性等同是一种倒退、一种荒谬，是浪漫或空想社会主义的残渣。

女人，作为男子必要的附属品、男子精神上的杰作，不具有对丈夫的任何权利，因为她只是从数字的角度代表了“人类的另一半”。按比例，这莫过于六分之一的六分之一。好吧，不要让男子们的劳动市场受到侵犯，遭到破坏，让他们承担起多于应该承担的责任，为妻子和孩子们去排忧。并且，大家有目共睹，夺走任何一个男子的工作，只会更多地导致一个老处女或娼妓的出现。

人们想象得出大男子主义者的愤懑，可以想一想，如果她们有能力策划一次诉讼，敦促没收书籍，她们将组成一个多可怕的派系。不幸的是，她们的智慧不足以将这一求助于宗教的女性事业进行到底。这么说，无性别主义者的愚蠢现在已被晋升到一种宗教的等级！

玛丽亚坚决反对我回到故乡去，因为我们的资金现在已不允许全家挪动。她害怕我无人看管的独身行动，或许更担心的是，我将公开出现在法庭，就我的精神状况对四处流传的谣言进行驳斥。

然而，她还是莫名其妙地病了，以致卧床不起。但是，我仍然决定要去，要亲自出现在别人眼前。我启程了。这无聊的六个星期对我来说像是被判了二十年监禁。其间，我在给她的信中流露出某种由于相隔千里和被迫节欲所产生的爱。我劳损过度的大脑美化着她的肖像，给她重新镀上一层耀眼的色彩。节制与欲望使我的想象为她披上了保护天使的素装。一切的丑恶、卑下和凶残全部消失殆尽，我最初幻觉中的圣母又出现了，甚至在接受一位老记者的来访时我承认，“我在一位贤妻的协助下变得更加谦恭和纯洁”。这些，后来在联合王国的各家报刊上转载。

她看了一定放声大笑，这个浪妇！起码公众可以免费享受一次欢乐！

对我的情书玛丽亚写了回信，她对事情的经济方面表示出了浓厚的兴趣，而这种兴趣随着别人频频为我喝彩而增加。剧院里、大街上，或是在法院大楼前，她变换着态度，详细阐述法官的无知，承认自己因为不能到场而感到非常惋惜。对于我狂热的爱，她的态度比以前更加矜持。她什么也不允许，对此只字不提，光反复说一些固定的词汇，诸如听起来、理所应当。并且，她把我们婚姻的不幸归咎到唯一的原因上，那就是我从来不理解她。然而我敢发誓，正是对我这个学识渊博的作家的语言，她才一窍不通。

那些来信的其中一封，又提醒了我往日的怀疑。她害怕我会在成功地逃脱了法律的制约后，宁愿定居国外。她动肝火了，痛骂我，威胁说不再爱我，恳求我对她表示同情，请我回忆一下我的母亲，并承认，只要一想到不能再见到“她的”祖国（不是芬兰），她会从头到脚彻身冰冷，她会为此死去。

哪来的这种突然的寒冷？我心想，直到今天仍是百思不解。

我终于被陪审员宣告无罪。在接下去的一次宴会上，大家争相为玛丽亚祝酒，她成了我劳苦功高的贤内助。

真是妙哉！

我回到日内瓦，在我旅行期间，我的家眷一直住在那里。我感到诧异的是，玛丽亚精神焕发地来火车站接我。她有点心神不定，但她信中却说自己卧床不起，而一直没有康复。我霎时精神振作。那天夜里，对所忍受的全部刁难与不公我得到了补偿。

翌日我发现，寄宿公寓里尽是学生和轻薄的娘儿们。当我了解到这些人所谈论的话题时，我可以相信，玛丽亚很乐意在这种可疑的社交场合中打牌喝酒。这里流行的让人吃惊的亲密深深地伤害了我。她跟大学生们又玩起“小妈妈”的游戏，而且跟那个最让人厌恶的女子关系暧昧。这个女人在桌上喝得如醉如痴，那模样令人恶心地联想到一头肥猪。

在这个淫乱窝里，我的孩子们委屈地住了六个星期！而母亲却是熟视无睹，不闻不问，因为她对此毫无偏见。那场佯装的病根本没有阻拦她跟这批可疑的人进行可疑的集会。

她说我嫉妒、保守、摆贵人架子。以往争斗的烈焰再次熊熊燃烧。

现在又出现了一个新的、自然会引起争吵的问题——对孩子的教育。家中的女仆，一个乡下姑娘，没有一点文化，却被提拔为家庭教师，在母亲的许可下，干着残酷的蠢事。两个好逸恶劳的女人每天都睡懒觉，弄得孩子们也不得不睁着眼睛躺在床上。若是孩子不依，便遭体罚。于是我决定出面干涉。我事先不打招呼地来到儿童室，擂着鼓把她俩叫醒。孩子们欢呼雀跃，把我视为他们的救星。妻子说到了个人的自由——压制他人的自由，但这改变不了我的主张。

虚弱和大脑的偏狂症，要将不相同的东西等同起来，这在家庭中同样要造成危局。我的第一个女儿，聪颖、早慧，从一岁起就习惯翻阅我的带插图的书籍，她一直享有老大的权利。由于我不可能为最小的孩子提供相同的优先权，因为她年幼，不能保证看一本珍贵的古籍而不把它撕坏，母亲便斥责我不平等。

“大家都该一视同仁！”

“大家？难道她们的衣服鞋子的大小都要一样？”

无言以对，继而是责怪，说我幼稚和愚蠢。

“要根据每个人的能力与成绩，成人如此，小孩亦如此！”

她执迷不悟，咒骂我是个不通情理的父亲，“仇视”最小的那个女孩。说真心话，我特别喜爱大女儿，因为她是老大，因为我们共同有着对我一生中最初幸福时光的美好回忆，因为在她妹妹到来之前，我可以跟她明理地交谈了。或许是因为最小的孩子出世的那几年，正是我对她母亲的忠诚开始起疑的年头。此外，在孩子面前，母亲的公平意识显得非常淡漠，因为她除了睡觉，几乎总不在家，对孩子们来说，她成了陌生人。

孩子对我越来越亲近，这引起母亲的嫉妒。为了改变这种状况，我总是让母亲来分配玩具和糖果，以让她赢得孩子们的好感。

就是这样，那些小家伙成了我生活的组成部分。在孤独使我忧伤的时候，与这些活泼的小生命在一起，我振作起来，这同时也连缀了我跟那女子的关系。所以，任何离婚的在我看来都是不堪设想的，这对我来说将留下难以愈合的创伤。因此，我就这样陷入了最深的奴役。

我对那些主张女子男性化者的抨击不久便产生了后果。瑞士的报纸对我进行了猛烈的攻讦，使我在那儿无法安生。我的作品被禁止出售。我从一个城市被驱逐到另一个城市，我来到了法国。

但是，巴黎的友人已背信弃义，他们与我妻子串通一气。我有如一只被追赶的野兽，更换着栖身场所。正当灾难来临时，我在巴黎附近的一个艺术家村庄中找到了避风的港口。这样，我又挣扎在另一张网中，十个月来，它死死缠住我，或许这是我一生中最艰难的经历。

这个社团里都是一些斯堪的纳维亚的青年画家，大部分是没有受过教育的农民小伙子。他们的出身各有不同，难以分辨。而且，更糟的是，那些从偏见中解放出来并酷爱两性人文学的女画家，她们自信能跟男人并驾齐驱。为了自己的性别戴上面具，她们的行为完全仿效男人，如抽烟、酗酒、打台球，临街随便在门后大小便，在大庭广众之中毫无羞耻地呕吐，稍许吐露心怀后便一同沉湎于寻欢作乐中。

真是忍无可忍！

为了不单枪匹马，我跟其中的两个怪物建立了联系，一个是所谓的作家，另一个是业余画家。

首先，那位女作家前来造访我，是慕名而来。她的来访引起了我妻子的嫉妒，她当即盘算自己抢占这个女盟友。我觉得这名女作家的开明程度足以珍视我对女性世界的进步论述。然而，眼下发生了一连串的事情，使那些可疑的朋友重新活跃了起来。事隔不久，我后来出了名的偏狂症完全爆发了出来。

那里有一本艺术家肖像集，其中收入了所有的斯堪的纳维亚人的漫画。我发现自己的头上装饰上了一个角[①]，这是以卑鄙的手法用我前额的头发曲卷而成的。而画册的版权所有者是我最好的朋友。我从中得出结论，我妻子的不贞除我之外路人皆知。我把这件事告诉了那个收藏家，要求做出解释。由于玛丽亚就我的精神状态事先向他提出了警告，他向我起誓，根本不存在额角上的装饰物，向我证实，这完全是出于误解，没有追究的必要。

一天傍晚，玛丽亚和我与一个来自斯堪的纳维亚的老先生一起

① 表示妻子有外遇，给丈夫戴了绿帽子。

坐在花园里喝咖啡，他来自我的家乡。当时，天边透着一丝微明，玛丽亚的脸庞仍依稀可辨。老人汗漫无边地说着我离开瑞典后发生的各种事件。言谈中，他提到了那个替玛丽亚按摩过的家庭大夫。顿时，玛丽亚变得留心起来。她打断老人滔滔不绝的叙述，急切地问：

“哦，您认识那个医生？”

“他很出名……这是说，他具有某种名声……”

“一个好色之徒。”我打断他的话。

玛丽亚神色陡变，一丝淫笑留在她翘起的嘴唇上，她的牙齿露了出来。尴尬中，谈话戛然中止。

等到我和老人单独在一起时，我不住地恳求他给我透露些这方面的事，以及让人不安、四下流散的传闻。他再三起誓，说根本没有这方面的谣传。但是，在我近一个小时的尽力纠缠后，他给了我一个让人颇费捉摸的安慰：

“此外，我亲爱的，假如有这么一个丈夫，那么您可以放心，这样的丈夫不止一个！”

就是这些！但从此以后，玛丽亚再也不提这个大夫的名字了。然而，尽管过去也有这样的传言，她是非常关切地在大庭广众之中谈论这个名字，她好像是在有意磨炼，以至于听到这个名字不再脸红；她像是被某种强迫观念所占据，它会使所有的怀疑都失去效力。

这一奇怪的发现把我从睡梦中唤醒，我长时间地细细追溯与此有关的事情。此时，对在诉讼期间发表的一篇文学作品的回忆为我琢磨这件事投来一束光亮，一束稀微的光亮，但可以确认，它足以明鉴这些流言的来龙去脉。

有一回，那个著名的挪威女才子，即男女平等运动狂热的鼓吹者，他的一个剧本落到了我手中，我当时并没有把事情联系起来想。而现在，这种暗示让人觉得事情明白无误。这就是说，我对妻子的坏名声可以做出尽可能差的估价。下面是那剧本的概要。

“一名摄影师（这是由于我那些影射真人真事的小说而招来的诽谤名称）娶了一个行止可疑的姑娘为妻，她曾是一位腰缠万贯的男子的情人。这个女人靠她旧情人的私下接济来维持家境，一边操起她丈夫的行业，而此人是一个喝着波希米亚酒消遣度日的懒汉。”

这样，在出版家的帮助下，事情的真相被歪曲了。事实正好相反，因为这些先生曾有耳闻，玛丽亚搞过翻译，但谁也不知道，是我帮着她改稿润色，并把全部的稿酬让给了她。

“事情变得越来越糟。那个可怜的摄影师发现，她婚后过早降临人间的可爱女儿不是他的孩子，这个女人是通过欺骗把他引进了婚姻的圈套。为了给这种卑劣的行为进行粉饰，这个受骗的丈夫勒索了妻子过去的情人一笔可观的款项作为补偿。”

在此，我联想到了玛丽亚在男爵名义的担保下接受的那次贷款，这是我在婚后的第二天签署的。

然而，谈到这个女孩子非同寻常的出世，我完全不懂得推算日子，因为我的女儿是婚后两年才来到人间的。

然而，那又是怎么回事呢？那个夭折的孩子。那是一条线索。那个过早逝去的女婴，是她促成了本来也许永远成不了现实的联姻。

一种结论，尽管没有把握，但毕竟算是一种结论。玛丽亚在我们的婚后对男爵的访问，男爵与我们这对新婚夫妇的交往，挂在我们房间墙上的油画谁都有目共睹，那贷款……和其他的一切。

我准备下午大吵一场。我决心已定，向玛丽亚递交一份作为我们两人控告信的辩词，因为这时，我们一同受到这个男性主义者代理人的攻击，他是为了这桩卑鄙的委托才受贿的。

当玛丽亚跨进我的房门时，我以最热情的态度向她问候，请她坐下。

“有什么事吗？”

“有一件很要紧的事，跟我们俩关系密切。”

说着我把剧本向她做了说明，同时，我把情节虚构了一番，说那男演员的化妆那么浓重，使他的形象跟我酷似。

她缄默无语，显然内心紧张地打什么主意。

于是，我开始陈述我的辩词。

“假设这与事实相符，那么，你就对我说实话，我向你起誓，我能原谅你。那死去的小女孩果真是古斯塔夫的女儿的话，那么你是有权这么做的，这说明你与我只是因为含混的许诺而结合在一起，并各自拥有完全的自由，因为当初你从我这儿没得到什么。至于剧中的主人公，在我看来，他的行为表明他是个正直的男子，他不能毁掉他女儿和妻子。至于那笔钱，他把它作为那女孩的赡养费收下，我也认为这是一笔合理的补偿费。”

她听得异常认真，带着她那种渗透骨髓的小市民气质。她咬住诱饵，但不把它吞下。从她刚才因内疚而变了形，而现在却平静下来的面部表情来判断，证据已经充足。她拥有自由支配自己身体的权利，因为她从我这儿分文未得。至于受蒙骗的丈夫，她宣判他无罪，把他说成“心地高尚”。

在未能从她的口中得到任何供认的情况下，我继续我的结束语。我给她架起一座使她能借以逃脱的金桥，求她来谋划，需采取什么措施，好为我们挽回名誉。我建议她写一部反映我们夫妻生活的小说，以在世人和孩子们面前为我们洗清。

我滔滔不绝地讲了一个小时，她一直倚坐在桌边，精神非常紧张地用手指头摆弄着钢笔，除了偶尔的叹息，一言不发。

我平静地来到屋外散步，打一盘台球。在我回到自己的房间之前，玛丽亚仍坐在原位上，纹丝不动，像尊雕像。两小时后，当她听到了我的脚步声时，便站起身来。

“那是你给我设下的一个陷阱？”她想知道。

“真是天大的笑话！你以为我会伤害我孩子的母亲吗？”

“我觉得你什么都做得出来。你是要抛弃我，就像你当初把Y某某派来（这是一位迄今尚未提及的朋友），让他勾引我。这样，你好当场抓住我与别的男人私通。”

“这是谁跟你说的？”

“海尔嘉！”

这就是曾提到的玛丽亚的女情人，我们启程前的最后一个女朋友。女性同性恋者的复仇！

“那么你相信了？”

“那当然！不过，你看，我把X某某先生像你一样完全牵着鼻子转，把你们两个人……”

“这么说，你曾经利用第三者对我进行欺骗？”

“我没这个意思。”

“但是你已经承认了你欺骗了我们两人，你就欺骗了我，这也合乎逻辑。”

她犹如一个罪人责骂我，要我拿出证据。

证据！

然而我，因发现了一种丧尽天良的卑鄙龌龊的无耻行径而被击溃，这是我连做梦也没想到的。我垂下头，跪在地上，求得她的怜悯。

“你不是相信了。你以为我会跟你离婚！我作为你始终不渝的忠实朋友，一个怜爱、体贴你的丈夫，没有你我就无法生活下去！你曾抱怨我的嫉妒，你看到了，那些女人怎样地想勾引我，而与你相比我把她们看作下贱的恶魔揭露了出来，并且你都相信了。”

同情心揪住了她。一种陡然而来的快意使她软化了，心底变得坦诚，承认从来没有轻信过这一切。

“但是，尽管如此，你还是欺骗了我。说实话，我会原谅你的！把我从这些缠人的痛苦思虑中解脱出来吧，说老实话！”

她什么也不说，除了狠狠地咒骂 Y 某某先生：“这个无耻的家伙！”

我的挚友，一个无耻的家伙！我恨死了自己。生活真是让人无法忍受！

午饭期间，玛丽亚主动向我表示友好。我上床以后，她来看望我。她坐在我床边，握住我的手，吻了我的眼睛，随即黯然泪下。

“你哭了，我的宝贝儿，告诉我，你干吗要伤心，我会安慰你的。”

她支吾了几句语无伦次的话，赞许我气度不凡，待人宽厚，还有我对尘世间不幸的豁达襟怀。

乾坤颠倒了！我指控她与人通奸，而她反倒抚慰我，为我唱颂歌。

然而，火苗已经蹿起，大火已经熊熊燃烧。她欺骗了我！我非弄个水落石出不可，他是谁？接下去的那个星期是我有生以来最痛苦的时刻。这关系到坚持一场抗衡所有天生的、遗传的、通过教育获得的行为规范的可怕斗争，而同时，自己又要谋划一次犯罪行动。我已下了决心，私拆写给玛丽亚的来信，以了解我所处的位置。尽管我向她表示了绝对的信赖——也就是说我允许她当着我的面拆看我的邮件，但在神圣的法律面前我还是不敢越雷池半步。这是不成条文的社会契约中最优秀的成果，在任何情况下，这种通信的自由不允许受到侵犯。

然而，我还是滑入了歧途。一个阳光明丽的日子，当我手中捏着一封被偷拆的信件，我自重自爱的情操丧失殆尽。我的双手颤抖着，仿佛打开的是我尊严的死亡宣判书。我读的是那些女友中的一个冒险分子的来信，她一直被人冠以“一号选手”。

她用讥讽和蔑视的措辞对我发泄着疯狂的仇恨，希望敬爱的上帝有一天会大发慈悲，把玛丽亚从灾难中解救出去，并来关照我，让我摆脱那迷乱的灵魂。在我抄下这些无耻之尤的语句后，我把信封好，交给邮差让他在晚上的邮班时再送来。在一个合适的时间，我把信交给妻子，坐在她身边，观察她的神色。

当她读到那一段时，就是提到希望我离别人世的那个位置——第二页上方，她笑了，开怀大笑。

所以说，这个被人崇拜的偶像看到她的出路不在于自己的良心忏悔，而是我的死亡。她想摆脱犯罪后果的最迫切愿望是看着我死去。她要先看着我遭受命运的致命一击后，再取出我的人寿保险，领取我这个名作家的养老金，然后可以随心所欲地再嫁，或者做个快活的寡妇。这尊偶像!

是啊，moriturus sum[①]，在我沉湎于让人陶醉、幸福的苦艾酒和使我的大脑暂度安宁的台球时，我加速了这场灾难。其间，出现了一种新的、比其他的病都难以治疗的并发症。那位对我似乎怀有好感的文学女友，被热烈追求她的玛丽亚占有了，流言蜚语由此开始猖獗。

同时，这个女友的搭档妒火中烧，这导致了产生最恶劣的谣言。一天晚上，拥抱后身心轻松的玛丽亚问我是否爱上了Z小姐。

“哪来的话，爱上这种蠢笨的酒婆娘？你怎么会想到这一点的？”

“但我爱她快要爱得发疯了！这难道不稀奇吗？我甚至害怕跟她单独在一起。”

“你想从她那儿得到什么呢？”

“我不知道，吻她，她实在太让人着迷了。前不久，我们三人都脱光了衣服，她的身体实在太妩媚了。”

“那就勾引她吧！”我说。

“你喜欢我这样做？”

① 拉丁语，意为人固有一死。

“这跟我有什么相干？我只感到对知识的饥饿。”

一个星期后，我们把来自巴黎的朋友连同他们的夫人邀请到家。这都是些无拘束、无偏见的艺术家。

那些做丈夫的到了，但为了不把我伤害得太厉害，夫人们用破绽百出的借口谢绝了邀请。

结果是纵酒宴乐，这些先生的出丑亮相让我气愤之极。

两个女友和玛丽亚被人当作娼妓。当大家喝得酩酊大醉时，我发现，妻子三番五次地允许一名少尉吻她。

我要求做出解释，拿起台球棍，在这两个下流无耻的家伙的头上威胁地挥舞着。

“啊，你这是干什么，他是我青梅竹马的朋友，又是我的亲戚。你别出洋相了！”玛丽亚这么回答我，“此外，在俄国，人们爱怎么接吻就怎么接吻，我们同属俄罗斯臣仆。”

“说谎！”一位朋友喊道，“你们不是亲戚。这是谎言！”

我差一点儿起了杀人之心，只是想到，这样会撇下那些失去父母的孩子，我克制住了。

待人群散尽后，我告诫她道：

“简直像个妓女！”

“为什么？”

“因为你让人像对妓女一样地对你。”

“你醋劲儿可真不小！”

“是的，不错，我是吃醋了，这关系到我的荣誉，我们家族的尊严，我妻子的名声，我孩子的将来！由于这种场面有伤风化，弄得良家女子不敢参加我们的社交活动。在公开的场合下与一个陌生男子接吻！你难道不知道，你的作态像个疯子。你对一切都闭目塞听，什么也不信，丧失了任何一种责任感。如果你再不悔过，我让人把你关进疯人院，我不允许你再与那些臭娘儿们往来！”

“是你鼓励我去勾引她们的。”

“为的是给你设下陷阱，把你捕获。”

“此外，你凭空猜想我与那些年轻女友之间的关系，你有足够的证据吗？”

“没有证据，但有坦白招认，这件事我们曾经常谈到。我也曾向你说明，各种性变态的心理动机让我无法理喻。对一事实的解释并不意味着对其恶果的防止。由于这种事情，我们会被摈弃在社会之外，遭到舆论的谴责，所以我警告你以防后患。”

“如果可以，请你举例，如果有这种事的话。”

“那些供认，开始时你说过，你爱上了Z小姐，然后你告诉我，那两个姑娘因身体彼此不能和谐地求得满足而嘲骂、抱怨。又一例，Z小姐当着你我的面，跟平时一样烂醉如泥。她解释过，如果留在国内，她会被判处驱逐出境。”

“但你承认，世上没有恶习。”

“如果这些姑娘光是嬉闹取乐，我并不介意，因为这不会给我家庭造成什么后患。但在这一刻，如果你同意，当这给我们带来烦恼的话，这种行为的恶果便显而易见。对我一个搞哲学的人来说不存在任何恶习，充其量只会出现躯体与灵魂上的不足。当日前巴黎的下议院讨论与自然相违背的恶习问题时，全体有名望的医学专家都赞同这样的看法，即法律最好不要介入诸如此类的事，除非碰上这样的情况，即公民的权益受到了严重的危害。”

当然，我可以向她解说如何进行实验，怎样去辨别不同流派的哲学。但想必是对牛弹琴，她遵从的只是她动物的本能。

为了彻底弄清楚流散的传闻，我给巴黎的一位挚友写了信，迫切地恳求他，把一切都告诉我。

他的回信坦白地透露，基于斯堪的纳维亚人那种明显的思想意识，我妻子对那些非情非理的爱怀有好感。那两个丹麦姑娘在巴黎是出名的同性恋者，她们是市内女同性恋咖啡馆的常客。我们住在公寓里，债台高筑，囊空如洗，失去了逃跑的可能。有幸的是，那两个丹麦姑娘因勾引村里的一个女孩子，遭到村民的仇视，所以她俩被迫离开了那个地方。但是我们相识八个月的情谊并没有如此无情地结束。因为这些出身高贵的家庭、受过良好教育的姑娘已成了我们的患难之交，我想给她们创造一个堂而皇之的下台机会。出于这一目的，我们在一位青年艺术家的画室里举行了告别宴会。

到了上甜食时，大家畅怀痛饮。感情已不能自主的玛丽亚手拿酒杯站起身来，唱起了下面这支歌，这是她根据《情人》中那个很有名的调子即兴填的词：

君不知，那玛丽亚
她爱年轻的女郎
但对美貌的丈夫
却嫉恨若狂。

然而并非为了他！
因为她同样
让那姑娘痴狂。
此刻，在姑娘离别戈莱兹①的时光
她虽厮守着丈夫，却如寂守空房。
啊！蒙古特②的美景良辰，
还有那已烟消云散的欢畅，
可怜的玛丽亚暗自吟唱。
我愿生活在那里，
醉生梦死，永不消亡。
我愿去到天一方，
天一方——是的——天一方！

她的歌唱感情那么炽热，那么真挚，那双杏核状的大眼睛热泪充盈，在烛光中闪烁。她已敞开心扉，而且，说真话，我深深为之打动，心情激奋。她的歌声中有着一种天真、动人的真诚，它遏制了一切淫乱的邪念。这个女子，这个讴歌女子的女子。奇特的是，她没有阴阳人的矫揉造作，没有！她是一位仁爱的女性，柔情似水，估摸不透，天地恢恢，无以把握。

然而稀罕的是，这位被痴爱的对象是一个形同男子的红发女人，弯曲垂悬的鼻子，下颌重叠，浑黄的眼睛，两颊因嗜酒而浮肿；胸脯扁平，两手拱曲，这个让人生厌可怕的东西！谁都不难想象，一个

①② 法国一城市名。

可憎的怪物，模样足以吓跑一个粗奴。

唱完歌，玛丽亚与那怪物贴身而坐。那人站起来，捧起玛丽亚的脑袋，张开血盆大口，吻了玛丽亚，就是说，她把玛丽亚的两片嘴唇贪婪地吞进她那令人作呕的嘴巴。我把这叫作肉欲的爱。我自言自语。我同那红发女人频频碰杯，使她醉卧桌下。她跪在地上，眼睛惊恐地瞪住我，靠在墙上，发出傻愣愣的憨笑。

我从未见过这种形态的怪魔，女性解放的形象在我心目中永远地定格了。

在马路上的这场街头丑剧接近尾声时，那个作画的姑娘坐在一块界碑上，发出骇人的号啕，并大呕大吐，至此集会即将结束。翌日，那两个姑娘便从此远走他乡。

这么一来，玛丽亚经受了一场危机，这只不过引起我的同情。她愈渴念女友痛苦愈深，一副断肠情人的模样，独自一人漫步林间，低吟着情歌，寻觅朋友留下的足迹，似乎心都碎了。弄得我直担心她会失去理智。她感到不幸，但我无法改变她的思念。她回避我对她的爱抚，当我想拥抱她时，她把我从身边推开，使我心里产生对那离去的女友彻骨的仇恨，因为她掠走了我妻子对我的爱。

而神志恍惚的玛丽亚丝毫不隐瞒她痛苦的原因，相反四处散布她的积郁和失恋的苦恼。这真让人难以置信。

痛苦中，她与两个女友依然书信频繁。一天，我因自己强制节欲而暴躁。我截住玛丽亚的一封信，一封彻头彻尾的情书！我白皙的小宝贝，我的小猫咪，那聪慧、温柔的玛丽亚品德高尚，但她可怕的丈夫，没有礼貌的粗汉，傻瓜蛋！接着便是试图引诱她出逃或把她拐走。我抵死反抗这两个情敌。到了晚上，苍天助我，我跟玛丽亚在月光下发生了肉搏。她咬我的手，我把她拖到河边，要把她跟猫一样地淹死。这时，对孩子的思念让我冷静了下来。

我准备自杀，但在死去之前，我要将我的一生付诸文字。

当那两个丹麦姑娘租订度暑房间的消息在村里传开时，第一部分已脱稿。

我立即让人打点行装。我们前往瑞士德语区。

阿尔高①，一方乐土。阿卡狄亚②，这里，邮政局长赶着畜群去牧场，军队上校坐着唯一的出租马车进城；这里，姑娘们要带着贞操嫁人，小伙子们射靶击鼓。一个懒人国，一个黄啤酒和香肠的国家，保龄球、哈布斯堡人和威廉·退尔的故乡，荒郊野宴和真挚民谣之乡；到处是牧师的妻子和教士田园式的宅院。

我们紊乱的情绪又稳定了下来，我也重新康复。对打打闹闹已经厌倦的玛丽亚整日耽于懒散。十五子游戏③成了家中的避雷针，骰子的敲击代替了危险的交谈，美味、无害的啤酒取代了烈性的苦艾酒和葡萄酒。

环境对人的影响如此显见，我感到异常惊诧，经历了疾风骤雨之后，生活竟会变得这番欢畅，人的灵魂具有如此之强的耐冲能力，过去的一切被逐渐淡忘得这么干净，使我梦中都觉得自己是世上最幸福的丈夫，妻子是人间最忠贞的女子。

① 地区名，位于瑞士。
② 古希腊地名，风景优美，居民多以牧羊为主，风俗淳朴。
③ 一种双方各有十五枚棋子，以掷骰子决定行棋格数的游戏。

因缺乏社交和朋友间的往来，玛丽亚进入了母亲的角色。一个月后，孩子们穿上了母亲为他们裁制的新衣。她不再为把全部的时间奉献给孩子们而感到无聊了。

但是，她的身体依旧日渐虚弱，往日的精神焕发消失了，她已开始人老珠黄。当她的第一颗门牙掉落时，她多么伤心！可怜的玛丽亚！她哭了，把我拥进怀抱，恳求我，永远地爱她！她年纪已三十有七，头发开始疏落，乳房犹如暴风雨后的波涛平伏了下来。楼梯的台阶对她的小脚开始显得过高，呼吸时出现胸闷。不难想象，我虽正等待着康复，等待生命的第二春天，男子气和青春的活力有增无减，但对她我只加倍地爱。她现在只属于我一人，我们时常厮守一处。她终于彻底属于我了，她将别无选择，在我的关爱下，日趋衰老，在我保护下，免遭诱惑，为孩子们奉献出毕生。

她痊愈的征兆日渐明显，身体和精神状况好得让人兴奋。她预见到某种危险，即丈夫年仅三十八。她带着嫉妒心敬重我，而且也开始注意自重。我夜间过访，她时时不忘充分显示出女性的温柔。

我的一夫一妻制家庭观念，不再存在任何危机。我非但没有滥用职权，以势压人，还尽力减缓她因嫉妒而产生的痛苦折磨。我用再度萌发的爱抚慰她。

孟秋时节，我出门做了长达三周的旅行。玛丽亚认为我的健康状况糟糕，试图说服我放弃这一冒险行动。

“你会为此丧命的，我的孩子！”

“让我们等着瞧吧。”

这次旅行关系到我的声誉，我成竹在胸，想以此再次唤醒她对丈夫的挚爱。

我备受艰难，疲惫不堪地回到家，但身体变得强健，皮肤被晒得黝黑，体质增强了不少。

她目光惊异而又不无挑衅地迎接我，言语中掺杂着让人沮丧的失望。而我，经受了三星期苦行僧生活，浑身是旺盛的生命力。我视她为情人，又把她当作妻子，一反常态地不做任何准备，直截了当地搂抱住她的腰身，把她仰面放倒，不顾四十小时的旅途劳顿，当即履行了做丈夫的全部权利。她迟迟疑疑，不知该做何表情，显得思前想后，害怕在我面前泄露真情。或许她仍害怕见到丈夫恢复成一个男子，一个征服者。

在我完全恢复理智后，我发现玛丽亚的相貌新近有变。我细细打量之后才发现，她已镶上假牙，并显得比以前更年轻了，她服饰的细节流露出惹眼的轻浮。我通过详细探察发现，有个十四岁的陌生姑娘，她与玛丽亚有着一种如漆似胶的友情，她俩彼此拥抱接吻，一起散步游泳，使我不得不回避。

事隔不久，我们在四方林湖畔的德国膳宿公寓里安家。

故态复萌，而且局势险峻。

公寓里住着一个少尉。当我工作时，玛丽亚向他表示亲近，他们一起玩保龄球，一起去花园漫步。

餐桌上，我似乎已觉察到，他俩眉来眼去，却互不搭话。说真的，我有这样的感觉，仿佛他俩在用眼神交媾。我横下心，向他们发起主动出击。我向前探出脑袋，两眼正视我妻。她感到我识破了她的诡计，于是把视线从少尉的太阳穴滑开，无奈地转向挂着啤酒广告的墙，同时神情迷乱、恐慌，提了一个毫无相干的问题：

“这是什么牌子的啤酒？”

“你在跟少尉偷情！”我把话顶了回去。她弯曲下脖子，好像被我勒住了缰绳。接着如同遭了雷击一样，哑然无声了。

两天后的晚上，她称身体十分疲倦，给了我一个晚安的吻，便消失在卧室的门口。我躺在床上，翻阅着书。突然我觉得清醒异常，我听到了玛丽亚在楼下客厅里歌唱。

我下床找到女仆，让她立即把玛丽亚找来。

“告诉夫人，让她马上来这里，否则我拿藤条下楼去请她，当着众人的面揍她！”

玛丽亚很快来了。她面有愧色，但装得若无其事，对这突如其来的传唤她要问个究竟。尽管有其他女士在场，但我不允许她跟陌生男子厮混。

“我生气的不是为了这个，而是因为你那么狡猾，你把我支出客厅，好让自己单独留下。”

“那好，如果你硬要坚持，我就去睡觉。”

多忠诚的妻子，多么俯首帖耳。是发生了什么事？

暑往寒来，天下起了大雪，一切显得悲凉和孤寂。简陋的公寓里，我们是唯一留住的客人。因为天寒，我们去空荡荡的公共餐厅吃饭。一天中午，天气很好，一个身材魁伟的男子走进餐厅。就他的身份而论，他长得很帅，模样像个侍者。他在桌边坐下，喝着葡萄酒。

玛丽亚开始用秽亵的眼神打量起她的邻座，追踪他身体的线条，衡量着，最后坠入梦幻。那客人站起身，走了，显然是对这种极为崇拜的注视感到窘迫。

“多帅的美男子！”玛丽亚把脸转向房东喊。

“那是我过去的门房。”他答。

“真的！他竟如此举止不凡，这在他那个阶层实属罕见。”

“没错，一个俊俏的美男子！”

接着，她滔滔不绝地谈论起男性美的细节，这使公寓主人感到诧异。

第二天，当我们来到客厅，那位未知姓名的漂亮门房已端坐在那里。他精心修饰，身着节日盛装，头发梳得溜光，胡须修得整整齐齐，他很清楚自己动人的外表。当这个流浪汉向我们问了好，得到我妻作为答复的友好问候之后，他开始端起一副美男子的作态来。

次日，他又来了，并打算好正面出击。他按门房的规矩，开始一次留好退路的献殷勤。说话时，他把脸直接对着我妻子，采用的完全是另一种手法，全然不把我这个做丈夫的放在眼里。

这实在让人费解！

然而事实是，作态妖媚撩人、楚楚可爱的玛丽亚当着丈夫和孩子的面主动与陌生男人搭讪。

我再次试图让她清醒，告诫她注意自己的名声，但这最终又给我带来惯常的抗议，仍旧是我“肮脏的想象”。

接着又冒出第二个缺乏自知之明的家伙，那是村里烟草店的店主，一个身材暄胖的男子。玛丽亚时常去他那儿买小百货。比起侍者，他略微狡黠些。他试图先博得我的好感，且也显得较有出息。第一次露面时，他瞪着眼挑逗性地看了看玛丽亚，然后转向公寓老板，大声说：

“多美满的家庭，我的上帝！”

玛丽亚心头热乎乎的。从此以后，这个爱慕者从不缺席。

一天，他借着酒劲，胆大妄为。当时我们正在玩游戏，他过来了。他俯在玛丽亚身旁，向她求教各种游戏的秘诀。我尽量客气地提醒他，那家伙才回到自己的座上。

比我更敏感的玛丽亚觉得有必要向受到伤害的杂货铺主赔礼，她把脸转向他，碰运气地问：

“您兴许也玩台球吧，先生？”

“不，尊贵的夫人，或者说，无论如何是玩得不够水平，遗憾！”

他说着站起身向我走来，递过一支雪茄。当我婉言谢绝时，他转向玛丽亚：

“您呢，尊贵的夫人？”

有幸的是，为了她、为了这个烟草商以及我家庭的未来，她假情假意地谢绝了。

这个无赖竟敢在餐厅当着丈夫给一个有身份的女士敬烟。我是一个爱吃醋的疯子，还是由于我妻子的做派下流，使得每一个从她身边走过的男人都被撩拨得欲火中烧？

事后，她上了楼来到我的房间，我对她大发雷霆，旨在把她从梦中唤醒。但她执迷不悟地走向犯罪的深渊。末了，我概述了她以往和现在所有的秽行，举例时，我对每个细节还各做了分析。

她脸色惨白，双目失神，像座泥塑木雕，三缄其口，直到我把话说完。最后，她下楼睡觉去了。但是这一回是我有生以来第一次降低人格去监视她的行动，我走下楼梯，来到她的房门口，通过钥匙孔向里窥视。

灯光下，女仆正好坐在我眼前。玛丽亚很激动，心神不安，像个企图为自己辩护的被告，激愤地谈论着我对她没道理的猜疑。她重复着我的话，仿佛要把这些话从口中吐净，彻底唾弃。

“我是无辜的，谁都会这么相信！尽管我不乏出轨的机会。”

她接着取出两只酒杯和一瓶啤酒，放在桌上，斟满酒与仆人碰杯。

然后，她在仆人对面坐了下来，挨近她的身体。在她把贪婪的目光投向女仆丰满的乳房时，她的双唇明显地抽动了一下，如同一张深邃的大口，受到刺激下，身不由己地将唇肌往里一收。接着，她把脑袋靠在姑娘的胸前，拥抱住她，说：

“我的心肝，吻我吧！”

姑娘怯生生地答道：

“我的心肝。”

这时，玛丽亚重复了她的请求：

“吻我吧！”

姑娘吻了她的双颊。

“因为亲吻乳房是犯罪，你就抚摸我的头吧。”

姑娘抚摸着她的脑袋，玛丽亚在两把椅子上伸展着四肢，将头埋进姑娘的腹部。玛丽亚的语调变成极度的渴求，像是刚获得了快感。她的说话声变得缓慢、模糊。

她呻吟着，感到不幸。可怜的玛丽亚！她在远离我的位置寻求慰藉，但只有我才能恩赐她这些，排解她心中的痛苦。突然，她站起身，侧耳倾听。

“是谁?！”

我仓皇遁逃。当我再次站上岗，我看到，半裸体的玛丽亚怎样向对方展示自己的肩膀，袒露出优美的曲线，企图把女孩的注意力引到她裸露的身体上。大概是这些对那女孩并没产生什么效果，她继续她的辩词：

“他疯了，毫无疑问，我相信，他想害死我。我感到阵阵胃痛……不，相信我！……我必须逃回芬兰，对吗？……但是，他会为此而死，他那么爱这些孩子……”

这意味着什么？这一切？莫不是良心的谴责！在潜在的欲望驱使下，她感到难以自持，在一个女人的怀里寻求寄托。一个性变态的孩子，一个不贞洁的罪人，但首先又是一个不幸的女人。

我彻夜不眠，完全被痛苦击倒了。

过了午夜两点，玛丽亚在梦魇中发出惊叫。我的同情心油然而生，敲击着板壁，要把她从魔鬼手中救出。此外，这已不是第一次了。

翌晨，她感谢我的帮助。我爱抚她，为她遗憾，问她，有什么可向朋友忏悔的。

“你说什么？我没有什么可忏悔的！”

她若是此刻向我坦白一切，我可以原谅她，她的自疚唤起我的强烈同情。尽管发生了一切，我还是那么一往情深地爱她，也许是因为她的痛苦与不幸。一个蒙难的女子！我怎能对一个不幸的人落井下石呢。

然而，她没有让我摆脱可怕的怀疑，而是一意孤行地对抗。现在，她已完全把我看成一个疯子，她用自卫的本能编造一套谎言，把事实的真相扭曲，用来抵制良心的自责。

新年临近，我们启程前往德国，在博登湖畔歇住脚。

到了德意志这个兵士的国度，那里，家长制依然盛行。对女权的误解所导致的幼稚使玛丽亚茫然若失。在这里，姑娘仍不允许踏进大学的校门；在这里，军人妻子的陪嫁将交付作战部作为不能转让的家产被保管起来；这里，所有的官职只能由男子和一家之主来承担。

玛丽亚表示拒绝，她像是被诱入设下的圈套。她第一次在有女子参加的社交圈中试图讨好我就遭人严厉的非难。在这里，我终于获得了女性那一派的支持，而玛丽亚却四处碰壁。与军人交往中，我重新振作起来，让自己的举止充分显示男子的洒脱，这是入乡随俗的结果。在十年出于道义的非男化的生活后，我身上又展露出大丈夫的气质。

同时，我又开始蓄养雄狮的鬃发，弃绝了刘海儿。由于常年习惯了对一个神经过敏的女人柔声细气地说话，我几乎失去了一半的音量，现在又恢复了原先雄浑而洪亮的音色。我下陷的两颊又丰满起来。在我年届四十之际，整个体质却又恢复了强健。

在与寓所中的女士们混熟之后，我习惯做她们的代言人。玛丽亚因为对她们不抱有好感，觉得自己受到了冷落。从此，她开始害怕我。一天早晨，这是十年夫妻生活中破天荒的事，她衣装整饬地出现在我的卧室，使我吃了一惊。我不甚明白这一唐突的转变。在一再地敦促之后，她才道出了下情。她对女仆产生了嫉妒，是因为生火，女仆每天早晨要进我的房间。

但她同时表示，我眼下的举止让她十分恼火。

“我讨厌男人，我恨你，你已变得这么自负！”

不错，那是她曾钟情过的门房、小巴儿狗、那个胆小鬼、她的小孩。尽管这种爱所剩无几，而这个阴阳人，不管她是否欣赏别的男人，却绝不对我做丈夫的施爱。

不管怎么说，我颇得那些女子的青睐。我寻机与她们交往，让自己沉浸在女性的温柔和缱绻之中。这种情感只有纯正的女子才具备，它让人顿生一种爱慕之心并不假思索地服帖依顺。凡此种种，男子只会向一个真正的女性奉上。

这些日子，我们正商量准备立即返回故乡，我往日的疑虑又添加了一层。我担心又要跟过去那些女人打交道，所以我一定要弄个水落石出，妻子的情人是否就在她们之中。为了弄清真情，我悉心向四周打探。过去我曾向瑞典友人探询过有关玛丽亚不贞洁的传言是否真实。自然，我不会得到直言不讳的答复。

大家对这位母亲饱含同情，但谁也不想想，耻笑嘲讽将使做父亲的陷入绝地。

我突然想到，新心理学应结合测心术运用。在晚会上，我采用主教和其同行的手法，把这门学科作为集体游戏对女士们进行启发。玛丽亚满腹狐疑，控告我施行招魂术，嘲笑我是个装神弄鬼的自由思想家，用刻毒的语言诽谤我，想迫使我放弃这个将给她带来祸患的决断。

为了迷惑她，我装作听信了她的话，但在四下无人的时刻，我不再施用催眠术，而是出其不意地向她发起攻讦。一天晚上，我们单独对坐在餐厅里，我把话题逐步引向体操，当她谈兴上来后——不管这是我的蓄意努力，还是因为我的话题使她产生联想，她不觉中谈到了按摩。继而，她的话锋又转到了因按摩带来的痛楚。当想到在医生那里所学的课程时，她失声喊道：

“按摩好疼！只要一想起，就感到疼痛……”

行了！她低下头，想掩饰她那死神般的苍白。她双唇翕动，欲言又止，眨着双眼。一阵使人尴尬的寂静，我拼尽全力也要延长这一寂静。这是我思绪的列车，我使用娴熟的技巧，把它引向我所控制的方向，让它开足马力，她想刹车那是枉费心机。深谷就在眼前，车行已无法阻止。她使尽全身的力量抬起身子，挣脱我逼人的目光，一声不吭地冲向门外。

我的计谋成功了！

但是，几分钟后她又折了回来，脸上泛着光，声称让我体尝一下按摩对大脑的良好功效。她站到椅子背后，抓捏我的头顶。不幸的是我眼前正好有面镜子，我飞快地往里瞧了她一眼，瞥见了一个苍白、错愕的魔鬼，它两只恐慌的眼睛死死盯住我的脸，我们刺探的目光相融在一起。

她一反常态地坐到我的大腿上，双手搂紧我的脖子，解释说，因睡眠缺乏，她已疲劳极了。

“你到底干了什么丑事，以至于向我献媚？”我问。

她把脸埋进我的胸脯，吻了我，向我道了一声晚安，走了。

这些不足以作为向法院起诉的证据，但我已很满足，我对她的人品习性已了如指掌。

还得补充的是，那个医生和按摩师前不久被我姐夫拒之门外，他俩用卑鄙的手段调戏了人家的妻子。

我不想回到自己的祖国，被卷入是非纠纷，这于我的荣誉有损无益。由于职业的关系，我每天不得不跟那些男子打交道，而他们又被人疑作我妻子的情夫。为了逃避对绿帽子丈夫的嘲讽，我一走了之。

我来到维也纳!

单身一人下榻饭店，旧日的偶像依然紧追不舍。我无心工作，只能在与他人的通信中寻求慰藉。我每日给她两封信，两封情书。这个陌生的城市像一座坟墓，我恍若一具行尸穿梭于人群之中。然而，为了给寂寞的大脑增加些刺激，我开始启动幻想。为了把我的玛丽亚引入这死亡的绝境，我编织了一个童话。我仿佛看见，所有无生命、静止的建筑物和死去的鬼魂都在翩翩起舞。遐想中，玛丽亚成了大歌星。为了让梦幻成为现实，把美丽的首都风光变成她形象的背景，我去音乐学院的校长家登门拜访。我虽厌弃戏剧，但仍把晚上的时光都消磨在歌剧院和音乐厅里。当我向玛丽亚报告我的所见所闻，我觉得对一切都兴趣盎然，看完歌剧回到寓所，我倚伏书桌向她详尽描绘某某小姐的演唱技巧，做着比较。相比玛丽亚，她们都相形见绌。

当我偶尔来到博物馆，却到处都能见到她：望景楼里，我伫立在圭多·雷尼[1]的杰作维纳斯雕塑前，时间长达一个多小时。她跟我膜拜的人物不差毫厘。临了，我对她的思念变得那么强烈，使我立刻打点行装，赶上返程的列车。毋庸置疑，我已对这一女人着迷得不能自拔，我已无法抵御她的魔法。

回到家中又是何等幸福！看模样，我炽热的情书感动了玛丽亚。小花园里，我向她迎面跑去，激动地吻她，双手捧住她的脸说：

“你在施展魔术，小巫婆？”

“这话什么意思？你不是想跑吗？”

“不错，的确想跑！但你比我更强大，我彻底顺服！”

上了楼，我在自己房间的桌上发现一束红玫瑰。

“这么说，你多少还是爱我，你这个妖精！”

她腼腆得像个少女，两颊绯红。这下我可遭罪了。拿出尊严，恪尽努力吧，从锁链中逃脱出去，否则，我将大错特错。

整整一个月的时间在柔媚的春光和八哥鸟的鸣啭中流逝。纵情地恩爱，无尽地拥抱，两人同弹一支曲，共掷一副骰子。我生命中最后五年的好时光已告结束。秋天里宜人的春光，我们竟丝毫没有意识到冬天即将来临。

从那一刻起，我在安乐窝里如坐针毡。玛丽亚自从给我灌输了

---

① 雷尼（1575.11.4—1642.8.18），意大利博洛尼亚派油画家和版画家、新古典主义的先驱。

迷魂汤后，又故态复萌，她衣着邋遢，不安假牙就抛头露面已是习以为常。她不听我的规劝。我已有预感，这种事会违背人意地以冷漠告终。同时，她对同性的激情再次以新的力量爆发。这一回形势更危急，她的注意力已转移到少年女子身上。

一天晚上，地区司令官携同他十四岁的女儿、男爵夫人、寓所的女主人和其十五岁的女儿，加上另一个同龄姑娘应邀来我家参加家常音乐舞蹈晚会。

临近午夜时分，我惊愕地发现，醉意三分的玛丽亚站在那些姑娘中间，淫荡的目光欲把她们吞噬，她那血盆大口的马嘴吻着这些姑娘，使我重见当时她吟唱女同性恋之歌时的情形。司令官坐在客厅的一角，注视着她，气得要爆炸。我感到自己已受到审判，已锒铛入狱，预感到这将是一出无法补救的丑剧。我冲向那群姑娘，借口邀舞，把她们打发散去。

夤夜，只剩我们两人，我责问玛丽亚。事情掀起了轩然大波，一直到清晨才平息。她饮酒过量，违心地背叛了自己，坦白了那些我永远无法启齿的劣迹。

我气得无以复加，把所有的控诉和告发都重复了一遍，添加上一个自己也觉得有些过分的猜测。

“这种古怪的病，”我大声呼喊，“因为这个，我真是痛心疾首……”

“啊哈！你这个无赖，难道你想说是我把梅毒传染给了你……”

我万万没想到这一点，我本来指的是氰化钾过敏症。但在这一时刻，这一提示犹如棍棒将我击中。我想起曾发生的一件事，当时看来是极不可能在记忆中留下深刻印象的。

差不多是她接受按摩疗法的同时，一天，我在生殖器上发现了皮疹。我非常信赖地把这事告诉了玛丽亚。她一时不知所措，但马上冷静了下来。

现在，疑心陡然变得强烈。当时为什么要原宥这种该告发的事呢？又联想到了我在诉讼后收到的一封匿名信中的一句话，信中，玛丽亚被称作“南泰利耶的娼妓”。

这意味着什么呢？让我们追究一下那些值得追究的疑迹。

当时，玛丽亚在南泰利耶与男爵相识时，几乎已订了婚，而且是跟一名众所周知身患性病的少尉。可怜的古斯塔夫成了劫难中所盼望的救星，被瞒哄上钩。这或许正是玛丽亚一再表示感激的原因所在。这种感激之情在离异后还时时表露出来，尤其当她承认，是他把她从某某危难中拯救……当然，她没有做进一步的说明。但是，“南泰利耶的娼妓”！那个新家庭过的隐遁的生活，没有社交，也从不被邀请，她被从自己的社会阶层中清除了出去。

事情真会这样？玛丽亚的母亲，一个出身平民家庭的女教师，当时受到那个芬兰男爵的诱奸，那就是玛丽亚的生身父亲，他因为破产，负债累累地潜逃瑞典——事实果真如此？这个苦难生活中的寡妇做出了出卖女儿的牺牲？在南泰利耶？

这个年逾花甲但仍卖弄风骚的老妪，让我产生的只是略带同情的反感。她性情鲁莽，生性贪婪，好逸恶劳，一向视男人为剥削的对象。她是男人真正的吸血鬼。她利用债权人轻信的弱点，采取欺骗手段，夺走女婿一笔虚构的嫁妆后，暗中让我承担她姐姐的赡养费。

可怜的玛丽亚！在此，她形迹可疑的往事、她的良心自责、她的不安以及那肮脏的思想，其根源我已找到！我把最近发生的事联系起来，我觉得能对她们母女间激烈争吵的原因做出判断，一切都是一目了然，再加上玛丽亚神秘的自白：当她用脚踏住母亲的喉咙，她有一种强烈而无法克制的快感。

是为了灭口？或许是！母亲曾威胁地说过，她一旦"把一切告诉我"，玛丽亚跟我之间就会发生感情破裂。

还有玛丽亚对母亲的反感，古斯塔夫说她是老不死的！他那将信将疑的坦白所做出的答案是，她把一个娼妇的全部招数都教给了她的女儿，以便让她把丈夫弄到手。

这一切的最终结果坚定了我无条件逃跑的决心。为收集有关这个我给了其后代姓氏的女人的各方情况，我来到哥本哈根。

在阔别了故乡多年之后，一遇上同胞我才明白，我一开始就陷入了一张众说纷纭的网，这是玛丽亚和她的女友精心炮制的成果。

她成了圣洁的殉难者，而我是个疯子，戴着众所周知的绿帽子！

事情像是我在以卵击石。人们听我述说，向我善意地微笑，盯住我，仿佛在看一只珍奇动物。我孤立无援地愣怔着，感到被整个世界所抛弃。我未能弄到哪怕是一点微小的信息。将我抛弃的大多是心胸狭窄的嫉妒鬼，他们希望看到我的沦落，因为这是她借以前进的唯一手段。我回到自己的牢房，玛丽亚等候在那里，一种显而易见的惧怕使她惶惶然。事实早已由此明了，这胜过那一趟远途旅行。

两个月的时间，我拖曳着锁链。仲夏之际，我第四次出逃，并去了瑞士。但是，现在牵制我的不是能被敲断的锁链，而是绵长的绞绳。它越被加长，越可以不费气力地把我索绑回去。

我再次回到家，她向我表示强烈的蔑视与憎恶，她曾深信，也是她唯一的希望，这次出走将给我带来死亡。恰在这个时候，我一病不起，我以为死神正叩击着我生命的大门，决定对发生的一切盖棺定论。但是，当我发现，自己原来深受吸血鬼之害，我决心活下去，我要洗刷这个女人强加于我的一切污秽。在我收集完她所有的骗术后，我将回到生活中去，为自己报仇雪耻。

刻骨的仇恨在我心中燃烧，一种比冷漠更为危险的怨恨，它正意味着爱情的相悖方向。这种情感及其逻辑形式如下：我恨她，是因为我爱她。一个星期天，我们在花园的树荫里用午餐，储存了十年的电滋液体，毫无特殊起因地突然喷射而出。我第一次动手打了她。一阵雷暴般的耳光落在她的脸上。当她像是要奋起反抗时，我强迫她跪下，她发出恐慌的狂叫。当我辨清被吓得面无人色的孩子们声嘶力竭的哭喊时，我愕然了，那种抽打的快意顿时消失。这是我坎坷多难的人生中最可怖的几分钟，殴打女性，殴打孩子们的母亲，这是亵渎神明，图谋杀人，是违背情理的犯罪。孩子们瞠目而视。我感到，太阳被隐匿进乌云，生活让我恶心得想呕。然而在同一时刻，宁静占据了我的各种感觉，一种暴风雨过后的宁静，一种宛如履行了神圣职责后的惬意。我为此遗憾，但不后悔，这种效果，这种作用。晚上，玛丽亚在月色里散步，我向着她迎上去，吻了她。

她没有拒绝我，突然大哭起来。稍许的交谈后她平静了下来，她陪我来到我的卧室，我们交欢到夜深。

多奇特的婚姻！中午，我还对她饱以老拳，至夜，我们又夫妻同衾共枕。

多奇特的女人！吻了我这个残忍的虐待狂。

早知如此，十年前我就该痛打她了，今天我将是全世界最幸福的男子！

请铭记这一点，你们这些戴绿帽子的丈夫。

其间，她蓄意报复。几天后，她来卧室看我。一番寒暄和闪烁其词后，她承认曾被人强奸过，是唯一的一次，并且在她的芬兰之行中。

这么说，我的分析已得到证实！

然后，她恳求我，不要以为这种事曾屡次发生，更不要瞎揣测她有情夫。

好了，屡次发生，不止一个情人！

"这是说你欺骗了我。为遮掩众人的耳目，你编造了关于我发狂的童话。为掩盖你的罪过，你要把我折磨至死。你是个罪恶的女人！现在是分手的时候了。"

她跪在地上，泪如雨下，乞求我的宽恕。

"我饶恕你，但我们得离婚！"

翌日，她很平静。又过一天，她振作了起来。在灾难的第三天，她的举止像个无辜的人。

"我因心胸坦荡，可以承认一切。我没有什么可受指责的。"

她不仅是无辜的，她更是一个蒙难者，她用戕杀人的恩赐态度对待了我。

她对自己的罪孽所造成的恶果一无所知。她竟然毫不知晓，这让我进退维谷。我不知是该留下来，被当作头戴绿帽子的丈夫，继续忍受众人的嘲讽，还是该远走他乡。不幸已铸成事实，我成了迷惘的丈夫。

十年的折磨只换取了几记耳光和一天的泪水，这不公道。

我最后一次无声地逃之夭夭，我没有勇气向孩子们道别。

一个星期天的午饭时分，我来到一艘驶往康斯坦茨①的客轮的甲板上，决定去法国寻找我的朋友，在那里当即写下关于这个女人、这个无性人世纪的真实而典型的小说。

没想到，在我即将离去的那一刻，玛丽亚出现在眼前，她泪流满面，神情紧张，发着烧。不幸的是，她媚人的打扮让人入迷。我保持冷漠、沉静，没有拒绝她一连串不情愿的亲吻。我无动于衷。

“说话呀，我们起码还是朋友。”她说。

“我风烛残年的敌人！”

我强迫她离去。

船起锚了，她在码头上徘徊。她还在试图，用眼神的魔力把我勾摄回去，这眼神欺骗了我多少年！她来回奔跑，像只丧家之犬，这只可恶的母狗！我期待着她投进江水，我们可以在水底结缘，在最后的一次拥抱中葬身鱼腹。这时，她转过身去，背对着我，消失在一条陋街僻巷里，给我留下一个迷人的身影。这身影踩着碎步，

① 位于今日德国的巴登－符腾堡州。

曾在我的喉咙上践踏了长达十年之久。对此，在我繁多的作品中，我从未发出过一声怒吼。是我迷惑了读者，替这魔鬼真正的罪行涂上了一层保护色。直到现在，这个恶魔的诗人仍在为她讴歌。

为抗拒这种忧伤的情感，我马上来到下舱的客厅。我在餐室找到座，泪水仍似泉涌。我只好来到舱外的甲板上。

苍翠山脉的那一端，我看到一顶白色的小屋，窗户是绿色的。杂乱的小巢中歇息着我的小宝贝，他们失去了保护人，失去了生活的来源。想到这里，我犹如万箭穿心，痛苦不堪。

我感到自己像个蚕茧，身上的丝渐渐地被这汽艇抽尽。蒸汽机的活塞每抽送一次，我就变得单薄一点，丝线拉得越长，寒冷就越加剧。

这是死亡，它在向我靠拢。我笃信不移，自己是被人过早地从脐带上铰下来的胎儿。

家庭是一种何等难以分离的生命机体！最初分离时，我已觉悟到了，那时，我只因害怕罪孽，担心良心的谴责会让我无法生存。然而她，这个淫乱的女人和刽子手，她并没有因此而收敛！

到了康斯坦茨，我转火车去巴塞尔[①]。多美的星期天下午！

要是人间真有上帝，我会乞求他，饶恕我最不能饶恕的死敌，切莫让她遭受如此折磨人的时光。

现在轮到机车头了，它正抽去我的心肺、脑髓、神经、血管和所有的内脏，使我到达巴塞尔时，感到自己如同一具骨架，空空如也。

---

① 瑞士巴塞尔城市州首府。

巴塞尔到了，我兴致极高，我将重游我们在瑞士生活过的地方，我将尽情享受对她及孩子们的回忆。

我在日内瓦，在奥齐只停留了一周，然后马不停蹄，心神不宁地从一家饭店换到另一家饭店，像个遭到诅咒的罪人，犹如永恒的犹太人四处被驱逐。我昼夜哭泣，我用咒语召唤我的孩子，寻找着他们留下的足迹，在日内瓦湖畔为我纯真的孩子们的海鸥喂面包屑。我有如一条黑影，杳无行踪。我每天都盼望着玛丽亚来信，但一切徒然。她太狡猾，她不会让文字作为凭证落到敌人的手中。而我，每天给她写好几封书信。信中，我原谅了她，但信一封也没发出。

真的，法官先生们，若是我因精神失常而向你们起诉，那么在这些绝望、失去安慰的时刻，这种疯狂会迸发而出。我向你们起誓！

我丧失了抵抗的能力，头脑思绪纷繁。我想到，玛丽亚的承认也许是一个陷阱，为的是把我从身边摆脱，以跟随那陌生的神秘情人；或者更坏，与那些性别相同的情人、丹麦的女同性恋者，重新聚首求欢。我仿佛看到了孩子们落进了继父的手里，或是“继母”的魔爪中，她肆意挥霍着我“全集”的稿酬，过着声色犬马的无耻生活；我编绘着我的生活史，用两性人的眼光进行审核，是他拐走了我妻。随之，我自我保护的本能全部爆发出来，我施展诡计。我无法忍受因为写作而离开家庭过着幽居的生活。我决定返回故乡，继续收集有关玛丽亚罪愆的详情，直到把小说写完。这样，我可以不受嫌疑地利用她，使她成为我复仇的工具，在我完成作品后再将她抛弃。

出于这一目的，我给她拍去电报。电文清楚明白，没有过分的感伤。我通知她我们离婚的申请已被驳回，我托词是需要双方的签字，约她在博登湖北岸我写作的小屋里见面。

我打起精神，第二天一早坐上火车，准时赶到目的地。一个星期的痛苦被抛到九霄云外。我的心脏又开始了正常的跳动，两眼炯炯有神。重见湖岸那边的山，我心胸变得开阔，那里有我的孩子。我的小船靠了岸，但我没见到玛丽亚。终于，她从跳板上向我走来，她脸色憔悴，仿佛一夜间老了十岁。目睹一个年轻的女子变成了老妇人，我心如刀割一样地难受。她步履蹒跚，两眼红肿，双颊下垂。

此情此景，单单是同情就驱散了我全部的怨恨和反感。我不由得一阵战栗，支起身子，换上一副欢快的小伙子赴约时常带的笑容。一见到玛丽亚，我感到似乎有一束耀眼的光芒射向我。这时，她酷像她的丹麦女友。一切都齐全了，那神情、作态、举止、发型，还有面部表情。莫非是女同性恋者在跟我开玩笑？难道玛丽亚刚离开她情人的怀抱？

回忆起初春时的两件事，更强化了我的这一想象。首先让我大吃一惊的是，她曾向我打听住处附近的一个房主，他的公寓是否还有空房间。

为谁找房间？干什么用？

接着是她恳求我同意，每晚去公寓附近的一家住宅去弹钢琴。

这尽管算不上确凿的证据，但诸如此类的小事时时提醒我要倍加留心。而眼下当我陪伴玛丽亚向旅馆走去时，我再一次审视了我的角色。

她虽已身遭毁灭性的打击并一再解释她痛苦异常，但她仍是矜持冷漠。她清醒而明确地向我提出有关离婚案审理过程中的问题。她一收起那副哭丧脸，便从头到脚地挑剔我，因为她从我的举止中丝毫没有觉察出忧愁的迹象。她提问时的神态跟她的女友是那么相似，使得我感到有一种诱惑，想用“达维德小姐近况如何”的提问揭示出来。首先跃入我眼帘的是某种 la tragediment[①]的装腔作势。这种作态与那个女友如出一辙，而且大多时候带有一种特定的动作。她习惯地将一只手支撑在桌面上。

那些天，我请她喝高浓度的葡萄酒，她一杯接着一杯，直到喝得烂醉。这时，我才有机会问起孩子们的事。她开始抽泣，继而又放声大哭，并且承认，她熬磨了一生中最艰难的一周，据说小家伙们从早到晚地要爸爸，而且她还觉得离开我就无法生活。当她发现我手指上的结婚戒指不见了，吃惊不小。

“你的结婚戒指呢？”她想知道。

“我在日内瓦把它卖了。我用换的钱为自己买了一个姑娘，以重新获得一次平衡，多少是这样。”

她脸色煞白。

“既然我们现在彼此账目两清，”她结结巴巴地说，“让我们从头开始吧！”

“你觉得这就是所说的平衡吗？你的行为给这个家庭带来无法补救的灾难，因为我对孩子的合法出身产生了怀疑。对这一家族纯净血缘的败坏，你是有责任的。你决定了四个人的命运，你三个来历

① 法语，意为致悲剧演员。

可疑的孩子和你的丈夫，他在众人的眼里是个乌龟男人而被人肆意耻笑。而我的行为又有什么后果呢？什么也没有。”

她哭了。我建议，让离婚一事按部就班地进行，她可以作为我的情人继续留在家中，在我告别人世后将孩子收养。

“你一直梦寐以求的就是这样的结合，对吗？是你把我们的婚姻糟蹋成这般模样！”

一时间，她沉默不语，这一建议让她不寒而栗。

“怎么样？你不是曾经跟我说过，你将去一个独身男人那里当家庭教师，我就是那个你要寻找的鳏夫！”

“我们考虑考虑吧。不过，这需要时间。但你能一直来看我们吗？”

“只要你愿意的话。”

“只管来吧！”

我已是第六次回家，心里已拿定了主意，这一期间要将作品及时脱稿，同时要弄清这一神秘事件的端的。

最终辩词

七个月过去了，我婚姻生活的故事已近尾声。

在这一时间里，我们去了哥本哈根。在那里，我既遇到过亲朋故友，也遇到过丹麦国籍的朋友，但仍摸不到什么底细。我耗费了许多精力写信，杳如黄鹤。

我最后的一位忠实朋友给我的答复大致如下：

“我们可以假设，即使你妻子是不忠，你也并非毫无过错，因为你太好猜疑了！”

这种说法难道还具有一点理性？

我为自己的家族忧心忡忡。我曾目见了一个品质如此低劣的女人的所作所为，她本应在堕落中结束生命。我关心的是家族的荣誉，我不愿意扮演受骗者的角色，替别人的孩子吃苦，这让我恶心。我讨厌将自己的生存建筑在沙滩上，出于这些原因，我妻子与人通奸是我的过失？

在装疯卖傻面前，人们不得不俯首帖耳，我亦如此。

然而，还有所说的嫉妒，让我们拭目以待。考虑到她的演员性情，我给她单独出门的全部自由。她喝得酩酊大醉，直到薄明时分才回家，我对此没有半句怨言，这是因为我对她的忠诚抱有完全的信赖而不存半点疑心。然而，从她滥用了她的权利那一刻起，我对她进行了监视，追寻她的行踪，并不以为有何不妥。直到出现了那些让人怵惕的情况后，才产生了嫉妒。换言之，这是担忧妻子的不轨和孩子的非法出身。请诸君自己做出评判吧。如下述的类似情形给我留下多少伤风败俗的印象：

一天晚上，在戏院里，当时玛丽亚要登台扮演我剧本中的一个角色。我敲完门走进她的更衣室。

我见到了什么？双份儿的黄油面包和司陶特啤酒。

不一会，我听到门外有人呼唤，我的神经对此再熟悉不过了。

“嘘！玛婇肯，就你一个人？”

话音未落进来一个男演员，神色惊慌！他来与我妻子共进晚餐。

让我们再做些赘述吧，这样的先例闻所未闻，一个女演员在更衣室约见男子，除非这是她的丈夫。

那天晚上回到家，我要她把事情讲清楚，结果是她对我当面大声取笑，骂我是个爱吃醋的傻瓜。

还有一次，我听说在所有的女士都退席之后，唯独玛丽亚仍留在艺术家俱乐部里，跟男人一起饮酒作乐直到次日清晨。当我劝止她单独和男人们一起酗酒时，她对我喊叫：

“我是搞艺术的，你不能禁止我去艺术家俱乐部。”

“我从没有禁止你去艺术家俱乐部，只是不希望你一人留在那里和男人们一起喝酒，尤其是因为你抱着这样的观点，一个喝醉的女人对她的行为不负有责任，这指的是通奸。”

照她的说法，是我的嫉妒造成了她的失足。

还有一回，我来到一家平常的饭店，看到她和两位年轻先生坐在一起，眼前摆着酒杯和一瓶白兰地。我孩子的母亲在公开的场合与两个小伙子酗酒！但我没有跟她吵闹，面对此景，我克制住自己，请求她跟我回家。然而，她非但不听我的劝告，反而一走了之，说是去参加一个艺术家年会（？），直到天明才回家。她拿走钱也不跟我打招呼，径自从我的钱包里取走。而我，为了买烟叶，每花一个子儿都要征得她的同意，我乞来的又是自己的钱，她是一文不名！

这就是妇女梦寐以求的平等！

试想一下，世上这样的男子一个也没有：不论他跟我是否有血缘关系，他会对这一切感到责无旁贷，把有关这个妖精可耻的生活内幕都告诉我——拯救母亲，目的在于拯救孩子！

正是这样，三个孩子被推向毁灭，他们被断送在一个性变态的母亲手里，却没有被托付给具有责任心的父亲。

整个世界与这个淫乱的女人私下结党来对抗我这个忠实的丈夫！

最终辩词：无论是谁，若不想受骗、受人迷惑、被人捉弄，就得自己去行骗，去迷惑他人，去捉弄他人！

起诉：把谁都推向毁灭，让一个患疯病的女人的谎言四处泛滥，她什么都干得出来，满口谗言妄语，混淆视听。这样，她的全部过失都在一个无辜者身上！

这是一场殊死的较量，我对此望而生畏！

事已至此，在我完成使命之后，我第七次启程，走向虚无！因为我的存在是修筑在一片动荡的土地上。法官先生们，若是我将来一旦精神失常，安知不会如此，请你们不要断定我早已疯癫，请不要将前因和后果混淆。还有你，你相信自有能力做出评判，而不受各种错杂情况的羁绊。在你把我判为疯人之前，请为我寻拿奸情。一旦你发现了这些罪证，请确信，通奸是事情的缘起，而精神失常——无论这是误会还是事实——是后果！

至于我自己，我会毫不迟疑地判决这一怪物有罪。她心底一直指望着我早日归天。我奉劝获得解放的先生们、两性平等的道德问题的信徒们，你们要依据男女各一方所犯下罪行的后果来评判男子和女子的通奸。

我恳请那些立法官先生，仔细地考虑一下，如果给那些亚种动物、低级生物、一年中行经期间十三次发病和发疯并在孕期变成彻底的疯狂的人，而且在她生命的余年中对自己的行为不负有任何责任，如果给这种无知的罪犯、本能的不法分子、毫无理性的凶残动物以全部的公民权利，那么，这将会带来什么样的恶果！

我的故事就此完结，但愿天从人意，但愿死神将我从这无边无底的地狱中拯救出去！

图书在版编目 (CIP) 数据

狂人辩词 / (瑞典) 斯特林堡著; 金弢译 .-- 桂林: 漓江出版社, 2022.5

(外国名作家文集 . 斯特林堡卷)

ISBN 978-7-5407-9174-2

Ⅰ . ①狂… Ⅱ . ①斯…②金… Ⅲ . ①自传体小说—瑞典—现代 Ⅳ . ① I532.45

中国版本图书馆 CIP 数据核字(2021)第 233536 号

KUANGREN BIANCI

狂人辩词

[瑞典] 斯特林堡　著

金弢　译

出版人:刘迪才

策划编辑:张谦

责任编辑:黄彦

书籍设计:石绍康

责任监印:张璐

出版发行:漓江出版社有限公司

社址:广西桂林市南环路 22 号　邮编:541002

发行电话:010-65699511　0773-2583322

传真:010-85891290　0773-2582200

邮购热线:0773-2582200

电子信箱:ljcbs@163.com

微信公众号:lijiangpress

印制:北京中科印刷有限公司

[北京市通州区宋庄工业区 1 号楼 101 号　邮编:101118]

开本:880 mm × 1230 mm　1/32

印张:9.25　字数:191 千字

版次:2022 年 5 月第 1 版　印次:2022 年 5 月第 1 次印刷

书号:ISBN 978-7-5407-9174-2

定价:55.00 元